Puro impulso

Puro impulso

LAUREN ASHER

ROTA DE COLISÃO #1

Tradução
Flora Pinheiro

Rio de Janeiro, 2024

Título original: Throttled
Copyright © 2020 by Lauren Asher. All rights reserved.

Todos os personagens neste livro são fictícios. Qualquer semelhança com pessoas vivas ou mortas é mera coincidência.

Direitos de edição da obra em língua portuguesa no Brasil adquiridos pela Editora HR LTDA. Todos os direitos reservados. Nenhuma parte desta obra pode ser apropriada e estocada em sistema de banco de dados ou processo similar, em qualquer forma ou meio, seja eletrônico, de fotocópia, gravação etc., sem a permissão do detentor do copyright.

Direitos exclusivos de publicação em língua portuguesa cedidos pela Harlequin Enterprises II B.V./S.À.R.L para Editora HR Ltda.

A Harlequin é um selo da HarperCollins Brasil.

Edição: *Julia Barreto*
Assistência editorial: *Isabel Couceiro*
Copidesque: *Isadora Prospero*
Revisão: *Daniela Georgeto*
Design de capa: *BooksandMoods*
Adaptação de capa: *Beatriz Cardeal*
Diagramação: *Abreu's System*

Publisher: *Samuel Coto*
Editora-executiva: *Alice Mello*

Contatos: Rua da Quitanda, 86, sala 601A — Centro — 20091-005
Rio de Janeiro — RJ
Tel.: (21) 3175-1030
www.harlequin.com.br

CIP-Brasil. Catalogação na Publicação
Sindicato Nacional dos Editores de Livros, RJ

A852p

Asher, Lauren
 Puro impulso / Lauren Asher ; tradução Flora Pinheiro. – 1. ed. – Rio de Janeiro : Harlequin, 2024.
 336 p. ; 23 cm.   (Rota de colisão ; 1)

 Tradução de: Throttled
 ISBN 978-65-5970-374-6

 1. Romance americano. I. Pinheiro, Flora. II. Título. III. Série.

24-88039   CDD: 813
     CDU: 82-31(73)

Gabriela Faray Ferreira Lopes – Bibliotecária – CRB-7/6643

Os pontos de vista desta obra são de responsabilidade de sua autora, não refletindo necessariamente a posição da HarperCollins Brasil, da HarperCollins Publishers, da Editora HR Ltda ou de sua equipe editorial.

Mãe,
obrigada por tudo,
inclusive pela água-benta
que você vai jogar em mim depois de ler o livro.

PLAYLIST

PURO IMPULSO - LAUREN ASHER

God's Plan – **Drake**	3:19 +
High Horse – **Kacey Musgraves**	3:34 +
HUMBLE. – **Kendrick Lamar**	2:57 +
I Think He Knows – **Taylor Swift**	2:53 +
Antisocial – **Ed Sheeran e Travis Scott**	2:42 +
Mixed Emotions – **Emily Weisband**	2:40 +
Animals – **Maroon 5**	3:51 +
Bailando – **Enrique Iglesias**	4:04 +
Torn – **Ava Max**	3:18 +
Sorry (Latino Remix) – **Justin Bieber ft. J. Balvin**	3:40 +
Never Be the Same – **Camila Cabello**	3:47 +
Dusk Till Dawn – **Zayn ft. Sia**	3:59 +
Locked Out of Heaven – **Bruno Mars**	3:53 +
Proud – **Marshmello**	3:11 +
Anywhere – **Rita Ora**	3:36 +
Die a Happy Man – **Thomas Rhett**	3:47 +

PRÓLOGO

Noah

DOIS ANOS ANTES

Respiro fundo, apreciando o cheiro de borracha e escapamento antes de baixar a viseira do capacete. Mãos enluvadas seguram o volante do meu carro de corrida, um Bandini Fórmula 1, meus dedos tremendo com as vibrações do motor enquanto o capô de metal chacoalha. O público do Grande Prêmio de Abu Dhabi explode de empolgação enquanto a equipe retira os aquecedores dos pneus. A classificação bem-sucedida de ontem me coloca na primeira posição no grid de largada e, desde que eu não faça merda, o título do Campeonato Mundial será meu.

Uma por uma, luzes vermelhas se acendem acima de mim, refletindo na tinta vermelha e lustrosa do capô. Os fãs aguardam em silêncio. As luzes se apagam para sinalizar o início do Grande Prêmio. Aperto o acelerador, e meu carro dispara pela reta antes de eu chegar à primeira curva. Pneus derrapam pelo asfalto, e escuto os rangidos dos outros pilotos atrás de mim. Mas sofro de visão de túnel na pista. Somos apenas eu e o circuito.

— Noah, quero que saiba que Liam Zander está atrás de você, seguido por Jax Kingston e Santiago Alatorre. Mantenha o ritmo e a atenção nas curvas — diz a voz do chefe de equipe pelo rádio em meu capacete.

Sigo defendendo minha posição, dificultando qualquer ultrapassagem nas curvas. O ronco do motor me enche de euforia quando acelero em outra reta a mais de trezentos e vinte quilômetros por hora. Fãs gritam enquanto passo por eles. Aperto o pé no freio instantes antes de fazer outra curva, os pneus macios chiando contra o asfalto. Música para os meus ouvidos.

As primeiras voltas da corrida passam sem problemas. Sinto a adrenalina percorrer meu corpo quando o carro de Liam se aproxima em uma das curvas, a reconhecível tinta cinza metálica brilhando sob o sol do deserto. Seu motor ruge. Faço uma manobra arriscada, freando alguns segundos depois do recomendado para a zebra. O metal treme quando os pneus direitos se erguem antes de bater de volta no chão. Liam recua, sem conseguir me ultrapassar, enquanto meu carro avança.

Um mecânico fala pelo rádio.

— Essa foi uma curva perigosa. Relaxa aí, ainda faltam cinquenta e duas voltas. Não tem por que dirigir de maneira arrogante.

Eu rio do conselho. Depois de uma temporada puxada contra Liam, Santiago e Jax, há apenas mais um Grande Prêmio entre mim e a vitória no Campeonato Mundial.

— Santiago ultrapassou Liam na última curva. Não o subestime, ele quer a vitória. — Mais conversa ecoa pelo rádio.

É só falar no diabo que ele aparece: o carro azul real de Santiago surge no meu retrovisor lateral. Balanço a cabeça enquanto meu carro contorna outra curva fechada. Ele age feito um moleque que tenta se exibir um pouco demais, querendo se destacar em sua equipe e no circuito de F1. Até tem habilidade para um novato, mas as muitas situações das quais foi protagonista durante a temporada me fazem hesitar em deixá-lo se aproximar.

O desgraçado chega até a asa traseira do meu carro, diminuindo a distância entre nós — uma imprudência diante das curvas estreitas que teremos pela frente. Meu coração bate mais rápido. As mãos apertam o volante enquanto respiro fundo algumas vezes. Inspiro, expiro — essas merdas de ioga. Não desisto do primeiro lugar, sem o menor interesse em deixar Santiago ultrapassar meu carro. O asfalto cinza passa por mim em um borrão. Na reta seguinte, Santiago chega pelo meu lado, nossas rodas quase se tocando. A apenas alguns centímetros de distância.

Ambos os motores aceleram ao máximo. Recupero o primeiro lugar na curva seguinte, minha asa dianteira avançando aos poucos à frente da dele.

Puta merda.

Em vez de recuar, Santiago acelera.

Idiota do caralho.

Toda a situação se desenrola em câmera lenta, como em um filme reproduzido quadro a quadro. Eu, um espectador inútil. O chefe da equipe da Bandini grita no meu ouvido para eu recuar, mas o som de metal se chocando me diz que já é tarde demais.

O carro de Santiago faz contato com o meu a cerca de trezentos e cinco quilômetros por hora, uma colisão catastrófica da qual não poderei me recuperar. Praguejo enquanto minhas rodas se levantam do chão e eu acabo no ar. Saio voando antes de fazer contato com o asfalto.

Meu carro capota duas vezes e se arrasta pelo pavimento, faíscas voando ao redor da minha cabeça, o cimento tão perto que eu poderia tocá-lo. Porra, ainda bem que tenho a proteção do halo. O som agudo de metal raspando machuca meus ouvidos até o carro parar de se mover. Respirações ofegantes saem dos meus pulmões, abrindo caminho através da garganta apertada.

— Noah, você está bem? Algum possível ferimento? A equipe de segurança está a caminho.

— Nenhum ferimento. Aquele filho da puta bateu em mim, me empurrou feito a porra de um bate-bate.

A imprudência de Santiago faz meu sangue ferver. Planejo dar um soco na fuça dele assim que aquele merda entrar na *cool down room,* a sala onde os pilotos descansam depois do Prêmio. Tirar aquele sorriso de menino bonitão da cara dele.

— Ah, merda! Noah, se prepare!

Um arrepio sobe pelas minhas costas. Incapaz de me mover com o corpo preso, fico lá sentado enquanto o carro de Jax tenta desviar antes de bater no meu, a capotagem anterior me deixando vulnerável a outra colisão. Puta merda. Estremeço e minha cabeça bate dolorosamente no encosto enquanto nossos carros giram sem controle. O impacto me sacode, meu corpo doendo de maneiras que eu não imaginava possíveis.

Posso dar adeus à vitória do Campeonato. Tudo graças a Santiago e sua estupidez, fazendo uma manobra que não deveria ter feito para ganhar alguns segundos de vantagem. Uma total imprudência da parte dele. Fico tonto à medida que a adrenalina vai se dissipando e meu corpo cede à dor.

— Vai se foder, Santiago. Aproveite sua vitória no Campeonato, porque será a última.

Não me importo se todos ouvirem minha comunicação com a equipe. Que ele e seus fãs saibam que o odeio. Santiago pode se achar o máximo agora, mas vou acabar com a raça dele. Aquele desgraçado começou uma briga que não vai ganhar.

Manchas pretas turvam minha visão, a combinação de estar de cabeça para baixo e ser atingido duas vezes sendo mais do que o meu corpo pode suportar. Estou completamente impotente enquanto a equipe de segurança trabalha para endireitar meu carro. Fico me remoendo neste humor tóxico e soco o volante no ritmo das marteladas do meu coração.

Resmungo para os paramédicos, que verificam se sofri algum ferimento. Sou liberado sem nada a relatar, exceto um ego ferido e a pressão sanguínea nas alturas. A equipe de segurança me deixa nas suítes da Bandini, e passo pela equipe de box, sem o menor interesse em amenidades ou tapinhas falsos nas costas me dizendo que vai ficar tudo bem. Não quero ouvir que vou ganhar o Campeonato no ano que vem.

Subo os degraus para minha suíte de dois em dois, pronto para quem me aguarda atrás das portas. Meus pulmões ardem depois de uma respiração funda. Porra, são umas dez, na verdade, inspira e expira, o ritmo finalmente me acalmando.

Abro a porta e encontro duas pessoas que preferiria não ver tão cedo. De preferência não nos próximos dez anos, mais ou menos. Meu pai anda de um lado para o outro na pequena suíte, seus ombros largos ocupando o espaço, o peito subindo e descendo no ritmo dos passos. O cabelo escuro está despenteado, o que não é comum, e os olhos azul-escuros estreitam ao me olhar. A mamãezinha está acomodada em um sofá cinza. Seus olhos gélidos não encontram os meus; ela olha para suas unhas. Com o cabelo loiro perfeitamente penteado, seu corpo está posicionado nas almofadas como a ex-modelo que ela é. Para sua sorte, fincou as garras no meu pai e conseguiu o prêmio máximo de ter um filho com um piloto de F1 famoso. E então ganhou na loteria genética, conseguindo um filho que rivaliza com o homem com quem se casou.

Uma bela família, não é? Uma história deformada sobre ausências em aniversários, feriados não comemorados e arquibancadas vazias na maioria das corridas de F1. A única razão pela qual os dois vieram a este Prêmio foi porque meu pai queria relembrar o passado enquanto minha mãe se exibia para as amigas, mostrando como é grandiosa a vida de alguém que deu à luz uma estrela do automobilismo.

Nenhum dos dois veio por mim.

— Que merda aconteceu lá atrás?

A voz do meu pai corta minha pele como uma faca. Seus olhos incisivos me analisam em busca de qualquer sinal de fraqueza. Ele sofre de uma constante cara de cu, com rugas marcando a pele sensível perto dos olhos. Para o meu azar, sou parecido com ele. Cabelo escuro ondulado, olhos azuis que rivalizam com o mar do Caribe e uma altura que se iguala à dele.

Coloco a palma da mão sobre meu macacão de corrida, acima do peito.

— Vai entender. Alguém me disse que eu estava dirigindo para uma das melhores equipes de F1, mas talvez eu não devesse ter acreditado.

— Alguém me disse que você ia ser o campeão mundial este ano, mas talvez eu não devesse ter acreditado — retruca meu pai.

Ah, aí está a víbora que todos conhecemos e odiamos. Veja bem, meu pai pode até ser uma lenda para todos na comunidade da F1, mas para mim ele é uma cobra que veio direto dos abismos do inferno. Enviado pelo próprio Diabo. Um homem venenoso que não faz nada além de me dar esporro, financiando minha carreira com o adorável bônus de me diminuir sempre que tem chance. Mas, na frente dos outros, ele finge ser um pai amoroso que apoia minha carreira no automobilismo, tanto financeira quanto emocionalmente. Poderia ganhar um Oscar de Melhor Babaca Coadjuvante.

— Está com medinho de eu superar seus três títulos? Achou que eu ficaria feliz em ficar na sua sombra, sempre tentando alcançar o *lendário* Nicholas Slade? — O desgosto toma a minha voz.

Ele diminui a distância entre nós e me agarra como nos bons e velhos tempos. Seus punhos apertam meu macacão de corrida, os olhos mal escondendo a raiva que ferve dentro dele. Posso perceber que está dividido entre me bater e discutir comigo.

Reviro os olhos, fingindo indiferença, apesar do coração acelerado.

— Sua previsibilidade me deixa entediado. O que você vai fazer? Me dar uns tabefes pra me lembrar o quanto você é babaca? — Minha voz permanece firme.

Meu pai e eu temos uma história, na melhor das versões, conturbada. Os primeiros três anos da minha vida foram divertidos, mas, assim que comecei a correr no kart, foi o fim da linha. Ironicamente, os melhores anos da minha vida deram lugar aos piores. O pai que me levava ao parque para andar de bicicleta ou jogar bola desapareceu. Ele só piorou com o passar dos anos, quando tudo o que eu queria era agradá-lo, me esforçando para me tornar um dos melhores pilotos de kart. Depois vieram as fases na Fórmula 1, sempre buscando o amor e a aprovação dele às custas da minha infância. Desesperado por qualquer coisa para interromper seus rituais privados. Os fãs não conhecem o meu verdadeiro eu, não sabem as merdas que aguentei para impressionar meu pai, as surras semanais que eu levava quando não conseguia o primeiro lugar. Nenhum dos seus cintos era particularmente macio.

As palmadas se tornaram socos que se transformaram em agressões verbais assim que atingi sua altura. Meu pai roubou minha infância às custas da minha humanidade. Porque, para sobreviver aos piores, você acaba ficando igual a eles.

Eu encaro o monstro que me criou. Ele conseguiu o que queria. Para agradá-lo e me proteger, me tornei igual a ele, exceto pela parte de bater nos outros. Sou um escroto com barreiras emocionais mais altas que o Grand Canyon.

Ele me olha com desdém, suas palavras um rosnado entre dentes cerrados.

— Perdi milhares por causa do seu desempenho de merda. Parabéns pelo segundo lugar. Me pergunto como deve ser perder um ano inteiro da sua vida. Você não pode viver à minha sombra quando não é digno nem de respirar o mesmo ar que eu.

Sua raiva não afeta minha mãe, que fica lá sentada nos observando, os olhos frios e mortos iguais a sua personalidade. Um desperdício de espaço que se finge de mãe sempre que é conveniente. Ela escolhe se fazer de cega toda vez que ele fica assim, a indiferença evidente em seu olhar vazio. Até me esqueceria de que ela fala se não fossem as ligações para pedir ingressos exclusivos e passes para bastidores.

— Então você deveria cair fora. É bom nem chegar perto de mim, porque ouvi dizer que ser um fracasso é contagioso.

Eu seguro suas mãos e o empurro para longe. Ele não recua, mantendo o contato visual comigo enquanto rosna.

— Você é um desastre, desde que nasceu. Só chegou tão longe por minha causa e por causa dos meus investimentos, já que ninguém mais aceitaria patrocinar um moleque patético feito você. Um mimado pomposo que se fingia de durão quando na verdade chorava no travesseiro à noite porque a mamãe não te amava e o papai te batia toda semana.

Dou de ombros, esperando parecer indiferente. Por dentro, meu sangue ferve, a irritação subindo pelas minhas costas na esperança de uma briga, uma infeliz herança genética que recebi desse homem.

— Poxa vida, pai, sinto muito. Quer enxugar os olhos com uma nota de cem dólares? Que decepção deve ser criar um filho que já tem três títulos do Campeonato Mundial.

— A decepção não foi criar você. É ver o projeto de homem ridículo que se tornou. Aproveite a sua festinha de segundo lugar. Sei que já faz um tempo para mim, mas ouvi dizer que a visão do primeiro lugar no pódio é bem melhor. — Ele me dá um sorriso maligno antes de se afastar.

Xeque-mate. Merda.

CAPÍTULO UM

MAYA

—**M**aya Alatorre, bacharel em Comunicação.

O anunciante apresenta meu diploma em inglês e espanhol. Meus pais e Santi abrem sorrisos largos para mim de seus lugares ao lado do palco, acenando cartazes em meio aos outros pais de formandos da Universitat de Barcelona. Aperto o pedaço de papel caríssimo nas mãos, a textura áspera pressionada contra os dedos, lembrando-me dos meus esforços para me formar hoje.

Me acomodo de volta no mar de estudantes vestidos com becas de poliéster baratas. Após alguns discursos, mudamos nossas borlas de lado, representando o fim de nossos dias na universidade. Cinco anos de trabalho árduo e duas mudanças de curso depois, posso dizer com toda a alegria que me formei. Descobri que não nasci para cursar biologia; desmaiei durante um laboratório de dissecação quando minha dupla cortou o estômago de um porquinho bebê. Direito também não combinou comigo; vomitei em uma lata de lixo próxima durante meu primeiro debate, desistindo antes mesmo de as perguntas começarem. As pessoas considerariam esses recomeços como fracassos, mas acho que fortaleceram o meu caráter. E a minha resiliência para lidar com erros.

Levei dois estágios para descobrir meu interesse em cinema e produção. Me junto à estatística de desempregados pós-faculdade, porque encontrar empregos na área de cinema é muito mais difícil do que eu pensava.

Minha família me encontra do lado de fora, com a vista de Barcelona nos recebendo enquanto o ar fresco de dezembro roça minha pele, pouco protegida pela roupa de formatura barata. Todos nos juntamos para um abraço em grupo, depois eles tiram fotos minhas. Recebo muitos parabéns e beijos, além de um envelopezinho do meu irmão, Santiago.

— Para a graduada. Demorou, hein.

Ele abre um sorriso antes de dar um tapinha no meu capelo. Temos alguns traços parecidos, mas também somos diferentes, graças a Deus. Cabelo escuro e grosso combina com nossos olhos castanho-claros, cílios longos e pele oliva. Nossas semelhanças param por aí. Santi herdou o gene da altura de algum parente distante, enquanto eu parei de crescer no oitavo ano. Ele exibe uma barba de uma semana e um sorriso bobo, enquanto eu prefiro um sorriso mais travesso que combina com o brilho nos meus olhos. Ele malha sete dias por semana, enquanto eu considero as escadas para chegar às aulas como meu exercício diário.

O telefone de Santi toca e ele se afasta para atender.

Minha mãe me arruma em uma pose e tira mais fotos. Somos parecidas: olhos cor de mel, estatura baixa e cabelo ondulado e volumoso o suficiente para acordar bem.

— Estamos extremamente orgulhosos de você. Nossos dois filhos estão fazendo coisas boas no mundo — diz ela enquanto tira uma foto minha revirando os olhos. Seu sotaque tem uma cadência tranquila, o resultado de ter aprendido inglês com os hóspedes do hotel onde trabalha.

Eu resmungo quando ela me dá um beijo na bochecha, deixando uma marca de batom.

Meu pai resmunga que ela precisa começar a me tratar como uma mulher adulta. Olhe só para mim, agora sendo chamada de adulta madura, e só por ter jogado um capelo de formatura para cima. O sorriso do meu pai chega aos olhos castanhos, com rugas marcando os cantos, enquanto ele os abaixa para mim. Ele tem cabelo grosso, que rivaliza com o de Santi, barba curta e corpo esguio. Santi parece uma versão mais jovem e musculosa do nosso pai.

— Quem quer jantar? — pergunta meu pai, esfregando a barriga.

Santi volta em nossa direção, parecendo mais pálido do que o normal. Ele se aproxima de mim e sussurra no meu ouvido:

— Desculpe, mas eles vão ficar irritados se ficarem sabendo por outra pessoa.

Olho para ele, confusa, sem entender por que está se desculpando.

Santi respira fundo antes de sorrir.

— Meu agente acabou de me ligar para dizer que a Bandini me ofereceu um contrato para a próxima temporada.

Minha nossa.

Santi não rouba só a cena, ele rouba logo o filme inteiro.

Coloco a vitamina verde de Santi na mesa ao lado de seu banco de exercícios. Míseros cento e vinte mililitros de vitamina zombam de mim, a prova grudenta de que meu lugar jamais será na cozinha. Ainda mais porque o líquido verde ainda pinga do teto. Que bagunça. Cozinhar é divertido até eu me esquecer de fechar a tampa do liquidificador, espirrando o conteúdo por toda parte, inclusive no meu cabelo e roupas.

— Não preciso que me sirva. Você deveria estar se divertindo, porque vai demorar até estarmos em casa de novo. — Ele grunhe enquanto levanta um peso acima do peito.

— Quero ser útil em vez de sentir como se estivesse explorando você e morando de favor. — Mexo as mãos nervosamente enquanto ele conta suas repetições, suas exalações profundas preenchendo o silêncio.

Equipamentos elegantes reluzem sob as luzes do teto, uma prova do seu compromisso com a Fórmula 1. Sua nova casa é bem diferente do quarto que dividimos na infância. Ela tem seis quartos, uma academia, um minicinema e uma piscina olímpica. Chocantes quinhentos e cinquenta metros quadrados.

Ele suspira.

— Dinheiro não é mais uma questão.

— Eu sei, eu sei. Mas quero construir um nome, não posso viver na sua sombra para sempre. — Minha mão coça de vontade de enrolar uma mecha do meu cabelo, mas resisto ao tique nervoso.

Não acho que um dia vou me esquecer do fato de que a conta bancária dele tem um número ridículo de zeros. O primeiro salário da F1 pagou minha faculdade na íntegra. Simples assim. Santi nem pensou duas vezes ao assinar o cheque, como se estivéssemos esperando que ele sustentasse toda a nossa família agora que era bem-sucedido, o que está longe da verdade. Nós somos gratos por tudo o que Santi faz. Seu desejo de ajudar de qualquer maneira possível vem de um lugar especial, não é apenas por dever.

Quando éramos mais novos, nossos pais trabalhavam em dois empregos para economizar cada centavo para a carreira de Santi no automobilismo. Meu pai tinha um bico consertando karts enquanto minha mãe fazia faxinas nos fins de semana. Ao contrário da maioria dos herdeiros ricos que entram para a F1, meus pais são, no máximo, classe média. Santi construiu um nome sem qualquer respaldo financeiro e sem uma linhagem famosa. Ele finalmente tem patrocinadores que acreditam nele e em suas habilidades, tornando a vida mais fácil e as corridas muito mais divertidas.

— Quero que venha às minhas corridas nesta temporada. Você pode usar este ano para descobrir o que quer fazer depois. Além disso, vai ser divertido. É nossa chance de finalmente viajarmos juntos. — Ele me lança um sorriso bobo por detrás do seu haltere.

Santi está vivendo sua fantasia de ser um dos melhores pilotos de F1 com a Bandini — a principal equipe do esporte. Ser piloto deles é um sonho realizado. Não hesitei em dizer sim quando ele me pediu para acompanhá-lo, porque meu irmão mais velho é basicamente um superastro. Sua revelação bombástica na minha formatura há algumas semanas doeu, mas superei o golpe porque ele tinha um motivo válido para não querer que ficássemos sabendo pelos paparazzi. Diferente de outros irmãos e irmãs, não me importo em dividir o holofote.

— Esse é o plano. Sua assistente me mandou todas as informações da viagem e das reservas.

Parece estranho dizer que ele tem uma assistente. Ela cuida de todos os seus compromissos, como estadias em hotéis, compras semanais e os agendamentos de patrocínios.

— Você recebeu a câmera que escolhi para você?

Não faço ideia de como vou retribuir sua generosidade, ainda mais com presentes tão caros. Ele ainda me compra coisas, mesmo pagando tudo. Nos últimos tempos, fico dividida entre a culpa e a gratidão.

Sorrio para ele.

— Sim, obrigada de novo. Já configurei tudo e estou animada para fazer vlogs. Já comprei um tripé de mão para filmar coisas da F1.

Ele não perde o ritmo, levantando o peso acima do peito enquanto continua a conversa.

— Mal posso esperar para assistir aos vídeos quando você começar. E já arrumou todas as suas malas?

Reviro os olhos.

— Sim, pai, arrumei tudo faz dois dias, como você pediu.

Ele dá uma risadinha enquanto seus olhos amendoados encontram os meus.

— Espero não ter que lidar com essa atitude durante toda a temporada. Não consigo acompanhar seus hormônios adolescentes.

— Você é um ano mais velho do que eu. Pode parar de ficar me chamando de "adolescente". Qualquer problema com hormônios é coisa do passado. Eu tenho 23 anos, não 15.

Seu corpo treme. *Ótimo. Bem feito por não pensar antes de falar.* Ele precisa tomar cuidado com o que diz, já que equipes de filmagem vão segui-lo o tempo todo.

Ele se levanta e limpa os equipamentos porque é esse tipo de cara: organizado e responsável. Pessoas respeitáveis limpam os equipamentos da academia, botando tudo de volta no lugar, enquanto pessoas como eu nem botam o pé na academia, para início de conversa.

Enquanto Santi é confiável e seguro, eu costumo ter boas intenções com uma execução não tão boa. Respeito as decisões de vida do meu irmão, mas estou em uma fase de transição. Então quero aproveitar a oportunidade de viajar pelo mundo, aprender sobre mim mesma e crescer. Nossa família sabe que tenho que encontrar um rumo em algum momento. E com certeza vou. Mas, como um bom vinho, estou levando um tempo.

Meu *tempo* inclui bebericar drinques na beira da piscina enquanto Santi compete ao redor do mundo em vinte e uma corridas diferentes. Não, estou brincando. Como qualquer outra europeia decente, eu amo a F1, o que significa que torço por ele a cada passo do caminho, ou a cada rotação de roda. Mas você entende o que quero dizer.

Meu irmão e eu fazíamos tudo juntos quando éramos novos. As corridas de kart dele eram o nosso programa de família, e ninguém ficou surpreso quando ele se tornou piloto de F1 — com incríveis 21 anos, quebrando recordes mundiais. Não consigo imaginar a satisfação de Santi ao saber que a Bandini reconhece o seu potencial e quer capitalizar com ele. Seu novo contrato reconhece seus esforços durante toda a vida na comunidade automobilística, representando um novo capítulo em sua carreira de piloto.

Basicamente, meu irmão mais velho tem talento e impulsão. E o trocadilho foi intencional.

É na sala de musculação de Santi que eu faço uma promessa para ele.

— Juro solenemente fazer tudo de bom.

Suas sobrancelhas se unem.

— Você acabou de citar Harry Potter para mim?

— Não exatamente. Mudei um pouco a frase, então agora é totalmente minha.

Ele ri de mim.

— Você é uma figura.

Ah, meu querido irmão, nós dois sabemos bem disso.

Nossos pais aparecem uma hora depois para o jantar de domingo. O cheiro da paella caseira da minha mãe invade meu nariz enquanto a sangria cobre minha língua. Eles sorriem quando Santi e eu contamos que pretendo acompanhá-lo na temporada de corridas, transbordando de orgulho e felicidade.

— Todo o seu trabalho árduo deu resultado, incluindo aqueles longos dias nas pistas de terra antes de entrar para as grandes ligas das divisões da Fórmula 1. Somos gratos por todos os sacrifícios que você fez, incluindo os estudos. — Meu pai ergue o copo antes de tomar um gole.

Nossos pais gostam de expressar sua gratidão por tudo o que Santi tem feito pela família desde que conseguiu seu contrato com a Bandini, incluindo pagar o resto da hipoteca deles, abrir uma poupança e pagar por suas férias. Mais algumas de suas atitudes altruístas. Uma pontada de ciúmes incontrolável percorre meu corpo ao pensar em sua habilidade de cuidar da nossa família. Não saber se algum dia estarei à altura do que ele faz me intimida. O sucesso dele me deixa feliz — não me entenda mal —, mas fico nervosa com a possibilidade de não chegar nem perto de sua grandeza.

— Mal podemos esperar para visitar a Bandini quando você competir em Barcelona na sua corrida em casa. — Minha mãe bate palmas, um gesto que costumo copiar. Seus olhos brilham sob o lustre na sala de jantar de Santi, o cabelo castanho caindo por cima dos ombros.

Santi sorri para eles.

— Mal posso esperar para voltar e competir na Espanha. As corridas em casa são as mais importantes para os pilotos.

Todos brindamos às palavras de Santi.

— É ótimo você ir com ele para fazer companhia. Tenho certeza de que é solitário na estrada. Além disso, você terá seu vlog — diz minha mãe enquanto come.

Eu a amo por me incluir na conversa. Ela apoia todo o meu processo, enviando diferentes artigos e vídeos sobre como me promover enquanto construo um público.

Não pretendo segui-lo de um país para o outro, porque isso é meio patético. Minhas ideias têm significado para mim, mas vlogs não podem se comparar a dirigir os carros mais rápidos e caros do mundo.

— Posso filmar tudo porque Santi comprou uma câmera para mim. Tomara que eu conheça gente pelo caminho, porque quero me manter ativa quando ele estiver ocupado. — Ergo o queixo, projetando uma confiança que não sinto no momento.

— Estamos felizes por você ir com ele. Sua mãe e eu nos preocupamos com você e esperamos que encontre o seu caminho. Ponha esse diploma em Comunicação em uso.

Meu pai passa a mão pelo cabelo grisalho. Ele tem boas intenções e, como meu histórico não é dos melhores, não posso condená-lo, mas a dúvida me atravessa ao ouvir o comentário. Tento afastá-la.

— Santi tem sorte de ter a vida que queria. Ele é um astro aos 24 anos. Eu só tenho 23, o que significa que ainda tenho o mundo à minha frente. — Sorrio para meus pais, ignorando o pânico que me atravessa ao pensar em decepcioná-los.

— Eu combinei algumas regras básicas com Maya, sabe, para ela não arranjar problemas. Deus me livre de encontrá-la bêbada chorando no chão de um banheiro ao som de uma música dos Jonas Brothers.

Atiro meu guardanapo de pano em Santi.

— Isso aconteceu uma vez! Era meu aniversário e eles tinham acabado de anunciar que estavam voltando. Eu estava superemotiva, tá? Fui tomada pelos sentimentos bem ali enquanto lavava as mãos.

Todos à mesa riem.

— E eu disse a ela para não entregar a câmera para estranhos por causa do que aconteceu da última vez. — Os olhos de Santi têm um brilho bem-humorado.

Eu me contenho para não revirar os meus.

— Como eu poderia imaginar que um cara aleatório ia sair correndo com o meu celular quando pedimos uma foto? Quem faz isso? Vai contra todos os códigos de ética já escritos.

Para ser justa, algumas situações são consequência de eu estar no lugar errado na hora errada, tendo confiado em uma pessoa suspeita.

— É coisa de gente sem moral. Você precisa tomar cuidado com esses tipos quando estiver viajando. As pessoas precisam frequentar mais a igreja. — Minha mãe faz o sinal da cruz para garantir.

É a cara da minha mãe pensar que a religião resolverá tudo. *Coitada.*

Aproveito o resto do jantar com minha família, grata quando o assunto da conversa muda. Ninguém entende como é difícil tentar estar à altura de tudo o que meu irmão faz. Não que eu queira, mas, mesmo assim, seria impossível me comparar a Santi. Tudo o que quero é deixar a negatividade de lado e aproveitar as viagens que temos planejadas.

Porque sabe o que é pior do que reclamar do seu irmão mais velho?

Reclamar de um irmão mais velho que é tão perfeito o tempo todo.

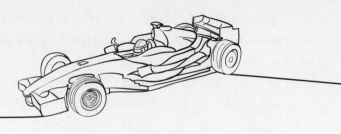

CAPÍTULO DOIS
Noah

Ponho um travesseiro por cima da cabeça para bloquear qualquer luz entrando pela janela. Os lençóis farfalham ao meu lado e a mão quente dela encontra o meu pau por baixo dos lençóis.

— Certo, essa é a hora em que você pega suas coisas e vai embora.

Aponto para a porta enquanto meu outro braço segura o travesseiro contra o rosto. *Por favor, não discuta.*

— Você está me expulsando da cama enquanto estou com a mão no seu pau? Nós transamos há três horas. — Ela não consegue esconder sua incredulidade.

Ela é inteligente e tem uma boa noção de tempo.

— É, a noite passada foi divertida e tudo mais, mas tenho que levantar para o treino. Mas gostei. Obrigado.

Ela arranca o travesseiro do meu rosto, e vejo uma mulher com ar briguento, o cabelo loiro bagunçado e a maquiagem borrada. Sorrio satisfeito com o resultado de um trabalho bem feito.

Ela me lança um olhar de fúria que combina com sua careta de desdém.

— Você é tão inacreditável quanto dizem. É sempre escroto assim com as pessoas?

Pisco de surpresa algumas vezes, sem a menor paciência para o ataque. Ela mudou da água para o vinho desde a noite passada. *Vai entender.*

— Fico feliz em saber que tenho essa fama toda. Enfim, aqui não é hotel, não. Quero que vá embora antes de eu ter terminado o meu banho.

Não vale a pena ficar na cama. Eu me levanto com o pau de fora e a bunda à mostra. Ela fica de boca aberta enquanto fecho a porta na sua cara, encerrando a conversa. Elas sempre vão embora antes que eu saia do banheiro.

Tomo um banho demorado para evitar ver a loira de novo. Amber, Aly, seja lá qual for o seu nome — eu lá sei, uma hora todas se misturam, uma transa sem sentido atrás da outra. Agora, com a temporada recomeçando, não vou beber como fiz ontem à noite. Preciso manter o foco e os patrocinadores felizes. E ficar bêbado não é um hábito meu, de qualquer maneira, porque preciso manter minha excelente forma.

Afinal, sou um dos melhores da Fórmula 1, o que significa que tenho que zelar pela minha imagem.

Veja bem, para responder à pergunta da garota, eu sou um escroto, sim. Mas não é como se eu escondesse isso de ninguém. Pessoas como ela não dormem com pessoas como eu na esperança de que eu vá ficar de conchinha e dizer palavras doces depois de uma boa foda. É difícil para mim entender o raciocínio de mulheres como ela, que ficam chateadas depois de uma noite de sexo, me xingando de tudo que é nome. Não consigo evitar ser do tipo "uma transa e tchau". Mas as mulheres sabem como funciona, fazendo fila nas boates para babar nos meus mocassins Gucci por uma chance de ir para casa comigo. Elas me usam tanto quanto eu as uso. Uma transa rápida e sem apego para aliviar a tensão.

E eu tenho muita tensão para liberar.

Há algumas semanas, a Bandini contratou Santiago Alatorre como segundo piloto. Meu rival agora é meu colega de equipe. Um merdinha inconsequente que gosta de correr no limite, custe o que custar.

Posso respeitar o fato de que ele dirige bem, mas o moleque ainda tem muito a aprender sobre o esporte. Um monte de lições que terei prazer em ensinar. Tipo quando recuar ou como se desculpar por um acidente quase fatal. Esse tipo de coisa.

O fato de a Bandini o ter contratado apesar de nosso histórico complicado é inacreditável.

Então fiz o que qualquer pessoa razoável faria para passar o tempo durante as férias de inverno. Enchi a cara ontem à noite, uma bebida virando cinco, e aqui estou, sendo chamado de escroto por uma mulher. Há quem me ache legal. Eu sempre as faço gozar várias vezes antes de terminar, afinal, minha babá criou um cavalheiro, mesmo sem a ajuda dos meus pais.

Mas não posso atribuir meu péssimo humor a uma loira enfezadinha. Minha raiva é toda por conta do novo contrato da Bandini com Santiago. Agora tenho que dividir minha equipe com um cara de quem nem gosto, nossa rivalidade ainda forte desde que ele colidiu comigo durante o Grande Prêmio de Abu Dhabi. Foi um desastre — meu carro ficou irreconhecível depois do acidente, aposentado e todo amassado. E minha perda foi o ganho de Santiago. Ele conquistou um Campeonato Mundial graças à minha colisão. Duvido que perca o sono por causa disso.

Santiago só parece ser descuidado. Mesmo em situações tensas, ele calcula os movimentos que faz na pista, disposto a qualquer coisa para terminar no pódio. Ele tem culhões.

Tenho pouco respeito por ele desde nossa colisão, mas não o culpo tanto quanto as pessoas dizem. Na época, o culpei. Mas, depois de pensar muito, cheguei à conclusão de que não foi ele quem me custou o Campeonato Mundial. Isso foi culpa minha. O verdadeiro motivo pelo qual não o suporto é porque sua imprudência quase me mandou para o hospital, uma lembrança que não vai ser esquecida tão fácil.

Pretendo ser educado com ele, já que precisamos agir feito colegas de equipe. Não precisamos ficar disputando quem tem o pau maior quando minha direção fala por si. Ele vai entrar na minha equipe, na minha casa, e mostrar suas habilidades. Ou seja, posso relaxar enquanto ele se prova digno do dinheiro que lhe pagaram este ano. Será interessante ver como as coisas vão se desenrolar e quem vai se sair melhor. Nada de desculpas, porque, com condições equilibradas, o melhor piloto vencerá. E todos sabemos quem é ele.

Meu telefone toca na mesinha de cabeceira. *Pai.*

Fico dividido entre atender o telefone e deixar cair na caixa postal. Decidindo pela segunda opção, me afasto, mas então o telefone começa a tocar de novo. Aquele homem esperto sabe que evito qualquer contato com ele. Não querendo prolongar o inevitável, atendo a ligação.

— Pai. Como está? — Seguro o telefone entre o ombro e a orelha enquanto pego minha bolsa de treino.

— Li as notícias. A Bandini adicionou aquele moleque à equipe. Onde eles estão com a cabeça? Ele mal se provou. — Sua voz grave ressoa pelo celular, ignorando formalidades.

— É bom falar com você também. — Minhas palavras carregam a mordacidade de sempre, porque a babaquice é de família.

— Pare com essa enrolação de merda, Noah. Isso é sério, ainda mais depois de ele ter acabado com você da outra vez. Você precisa ficar esperto esta temporada e não deixar ele levar a melhor.

— Podemos deixar o acidente pra lá, já faz muito tempo. Não estou preocupado com um piloto que teve sorte uma vez. — Confiro se a garota de antes foi embora, sem querer outro encontro com ela. *A barra está limpa.* Pego as chaves e tranco meu apartamento em Mônaco.

— Eu não investi uma fortuna nessa empresa para eles brincarem com a sua carreira. Se acham que um moleque vai receber os melhores recursos sem mostrar seu valor... estão muito enganados.

Esfrego os olhos.

— A gente pode ver como ele se sai antes de você reclamar com algum representante da Bandini. Duvido que ele consiga me vencer de novo, já que foi um acaso. Um golpe de sorte, e eu perdi o controle.

— É bom ele não vencer mesmo. Não faça cagada de novo, você não quer desmoronar sob a pressão quando está no auge da carreira.

Obrigado pelo carinho, pai.

— É, é a minha cara. Falo com você depois. Tchau. — Não espero pela resposta dele antes de desligar.

Meu pai não consegue deixar de ser um babaca, mas o público gosta dele, então ele guarda todas as suas questões para descontar em mim. Ele sempre consegue o que quer. Suas soluções para problemas incluem dinheiro, ameaças e imposição de autoridade. O fato de eu ter me mudado para o outro lado do Oceano Atlântico não colocou distância suficiente entre nós. Mesmo com a diferença de fuso horário entre a Europa e os Estados Unidos, ele encontra um jeito de entrar em contato comigo.

Qualquer corrida com sua presença sempre acaba sendo um desastre. Os fãs me chamam de realeza da F1, um príncipe americano por causa do meu pai, o incrível Nicholas Slade — que ainda é considerado um dos maiores pilotos da história da F1. Sorte a minha ter ele fungando no meu cangote e apontando tudo o que faço de errado ou no que posso melhorar. Sim, ele impulsionou minha carreira. Sou grato por todos os investimentos que fez para me ajudar, mas eu participo de corridas toda semana, provando para ele e para todos que serei uma lenda também. O mundo das corridas mudou muito desde que ele correu, vinte anos atrás. Os carros que dirijo hoje dão de dez a zero nas merdinhas de metal que ele dirigia, transformando o esporte no que os fãs amam hoje. Um esporte com drama, alta velocidade e riscos intensos.

Meu celular apita com uma nova mensagem.

PAI (24/12 10:29): Reservei meu voo para Barcelona.

Uma porra de feliz Natal para você também, pai.

CAPÍTULO TRÊS

MAYA

Três meses se passaram desde que Santiago assinou seu novo contrato com a Bandini Racing. Estou morando com ele enquanto se prepara para a nova temporada, e me mantenho ocupada começando meu vlog. Quero compartilhar todas as minhas viagens enquanto acompanho Santi pelo mundo. Meu computador está lotado de pesquisas sobre coisas diferentes para fazer em cada cidade enquanto ele se prepara para as corridas. Fico toda orgulhosa por ter me adiantado e feito planos.

Eu respiro o cheiro exótico de Melbourne, Austrália. Tudo bem, o aroma não tem o exotismo que eu esperava. Uma mistura de escapamento de carro e combustível de aeroporto flutua no ar, já que o *outback* está bem longe. Mas é o que tem para hoje. É estrangeiro o suficiente, e aprecio muito minha primeira vez visitando outro continente.

Profissionais chamam a primeira corrida de Santi de "flyaway". Eu me atualizei sobre todos os termos da F1 porque não quero que os fãs pensem que estou despreparada.

Digo bom-dia com um sotaque australiano para uma das comissárias de bordo ao sair do avião. Um deslize. Ela não parece achar a mínima graça da minha tentativa de piada, então apago a saudação australiana clichê do meu celular assim que entro no aeroporto.

Mantenho uma lista traduzida de frases populares de cada país que visitamos para evitar passar vergonha, pelo menos além do normal. *Anotação mental: conferir quais frases soam toscas.*

Estico as pernas doloridas após o voo de vinte horas vindo de Madrid, meus músculos me agradecendo pela atenção especial. Santi pega minha bagagem da esteira enquanto eu procuro o carro alugado da Bandini.

Somos deixados no hotel onde a equipe fica hospedada. Olho ao redor do saguão elegante, me distraindo com uma obra de arte modernosa enquanto Santi conversa na recepção. Ele sempre manda uma mensagem para a assistente garantir uma suíte de dois quartos nos hotéis porque tende a ser um criação mimado.

Nossa suíte é moderna e fresca, com uma paleta de cores minimalista e uma varanda com vista para a pista. Me jogo no sofá da sala. As almofadas confortáveis praticamente me engolem como um abraço acolhedor depois de um longo dia.

— Tenho algumas reuniões com patrocinadores e depois preciso ver alguns problemas no carro novo. Você vai ficar bem sem mim? — Seus olhos castanhos me estudam enquanto ele coloca um boné da Bandini na cabeça.

Abro um sorriso largo para ele.

— Claro. Já tenho planos para o dia, mesmo. Não se preocupe comigo.

— Sempre vou me preocupar com você. Você dá trabalho.

Eu o encaro com ofensa fingida.

— Não precisa usar palavras tão pesadas.

Ele acena para mim enquanto sai da suíte. Eu jogo um travesseiro na porta enquanto ela se fecha, errando meu alvo por questão de segundos.

Olho em volta. A suíte é muito melhor que as acomodações anteriores de Santi, com uma televisão do tamanho da minha cama lá em casa, uma mesa de jantar para oito pessoas e o grande sofá que me envolve.

Depois de colocar meu biquíni e pegar minha câmera, vou conhecer o hotel. Minha barriga ronca durante o passeio, me incentivando a comer alguma coisa antes de ir para a piscina. Eu relaxo e cochilo em uma espreguiçadeira, o calor do sol me envolvendo como um cobertor quente, bronzeando minha pele. Sou tentada por uma soneca à tarde, meu corpo cedendo ao jet lag, apesar do arrependimento que sentirei mais tarde.

— Tenho uma coletiva de imprensa hoje e quero que você venha.

Santi entra no meu quarto e se joga na minha cama. Seu treino o deixou todo suado e grudento, a pele suja contrastando com o edredom branco.

— Ah, claro, fique à vontade para deitar na minha cama com suas roupas suadas.

Ele me ignora e pega um dos travesseiros. Continuo a fazer minha maquiagem, leve e natural, meu visual do dia a dia. Minha pele brilha no espelho após minha longa soneca-que-virou-sessão-de-bronzeamento de ontem.

Ele solta um grunhido.

— Noah é um babaca e você me mantém na linha. Não serei um idiota se você estiver lá. *Por favor*, venha.

Suas palavras me distraem, e acabo enfiando a escova de cílios no olho. *Merda. Existe dor maior do que rímel no olho?*

Sinto meu coração acelerar ao pensar em Noah Slade. Ele é atraente, daquele jeito diabolicamente bonito. Cabelo bagunçado tão escuro que parece preto, maçãs do rosto tão definidas que poderiam cortar gelo e lábios que qualquer mulher invejaria. Vejo fotos dele em todo lugar — anúncios, comerciais, revistas de fofoca. Ele está por toda parte. Sem falar que meu irmão já esteve no pódio com ele várias vezes.

Posso ter assistido uma ou vinte vezes na TV lá de casa. Era difícil resistir à tentação de ver Noah ser banhado com champanhe em um pódio de corrida, sorrindo para o troféu em sua mão.

Eu suspiro. Noah não é o tipo de cara que você leva para casa para apresentar para sua mãe; é do tipo com quem você se diverte antes de encontrar o cara que finalmente leva para casa para apresentar para sua mãe, tranquilizando-a de que deixou seu passado selvagem para trás. Sua lista de ex-parceiras é mais longa do que minhas listas de compras e de afazeres combinadas. É nojento, mas estranhamente fascinante, como as mulheres gostam disso.

— Você entende que é um homem adulto, certo? Como eu vou manter você na linha?

— Porque não vou falar nada grosseiro demais para os ouvidos da minha irmã.

Ele pisca os cílios longos e escuros para mim de um jeito ridículo que amolece meu coração. Maldito seja ele e sua bobeira. Eu caio nessa toda vez, uma vítima do jeito de menino de Santi.

— Esse seu teatrinho para parecer inocente é terrível. É assim que você conquista as mulheres? — Ele joga um travesseiro bem na minha cara, borrando ainda mais o meu rímel. — Argh, você está estragando a minha maquiagem! Tudo bem, eu vou. Mas saia da minha cama. *Agora.*

Ele se ergue com um pulo, triunfante, porque caí no plano dele. Feito um patinho.

— Até mais tarde. Vou mandar alguém vir buscar você na hora. — Ele digita algo em seu telefone.

— As coisas que faço por você… Vou tentar não dormir durante a coletiva, mas não prometo nada.

Ele solta uma gargalhada.

— As coletivas de imprensa da F1 são emocionantes. Você vai gostar, tenho certeza.

Ele sai com um sorriso estampado no rosto. Não sei se é sério quando esfrega as mãos como um gênio do mal… e até olha de soslaio de maneira suspeita.

Termino de me arrumar. Um assistente me leva até a área da coletiva de imprensa, onde meu irmão acena para mim da mesa. Meu sorriso espelha o dele, e meu coração se aquece ao vê-lo lá em cima vivendo seu sonho, usando o tradicional uniforme escarlate da Bandini — tudo o que ele queria desde criança.

Tiro uma foto rápida para os meus stories do Instagram. Sinto muito por desapontar as mulheres que dão em cima dele, mas *eu* sou a fã número um de Santi. Depois de mexer no meu celular, olho para a mesa e encontro os olhos azuis de Noah — um tom lindo emoldurado por cílios e sobrancelhas escuros. Seus lábios carnudos se curvam para baixo enquanto ele me analisa. Meu corpo esquenta com seu olhar interessado, reparando no belo ser humano à minha frente porque não sou cega. É impossível acalmar meu coração acelerado, batendo forte contra a caixa torácica, enquanto o observo. *Porra*. Acho que nunca considerei um cara *belo* até agora.

Ele passa a mão pelo cabelo grosso e rebelde. Pelo jeito como está despenteado, parece que ele passa os dedos pelos fios o dia todo. Braços fortes repousam sobre a mesa, e vejo sua pele bronzeada e as mãos grandes, o que leva meus pensamentos a lugares indecentes. O corpo esguio e musculoso de Noah é ideal para corridas — e também é o tipo perfeito para fazer sexo contra uma porta, no chuveiro ou numa bancada. Minha mente é preenchida por imagens vívidas de Noah em posições comprometedoras. Meu corpo zumbe de excitação ao ver Noah abrir um sorriso convencido para mim, minha metade inferior claramente não entendendo a diferença entre perigo e desejo. Bem, parece que as coletivas de imprensa oferecem mais para se admirar do que eu imaginava.

Passo a língua nos lábios ao ver seus braços. Nada derrete mais uma garota do que um cara dedicado à academia, mas esse aí tem mais chances de se comprometer com a academia do que com uma garota. Ele percebe minha reação e dá uma piscadela. Fico corada com sua atenção, uma reação constrangedora que torna minha atração evidente. *Dá para ser mais descarada?*

A frustração me envolve, afastando os pensamentos de seus lábios nos meus e de suas mãos no meu cabelo. Como vou sobreviver a uma temporada perto de alguém com a aparência dele?

Deus brinca cruelmente comigo. Justo quando prometi ser boa, ele quer que eu caia nos braços do diabo. Homens como Noah nasceram para o mau caminho.

Forço meus olhos a se desviarem e tento encontrar algo interessante na sala. *Ah, olha só, um homem de meia-idade arrumando seu microfone. Que empolgante.* O mesmo homem me olha feio antes de resmungar algo sobre ser proibida a entrada de mulheres gostosas na sala de imprensa.

A risada grave de Noah me deixa arrepiada. *Desde quando risadas são sensuais?* Meu corpo acha difícil ignorá-lo, meus olhos querendo voltar para ele como um imã. Eu me contenho porque não quero iludi-lo, mas ele deixa meu corpo alerta, e minha postura jamais esteve melhor.

Meu interesse no repórter não dura muito quando as perguntas começam a vir de todas as direções. Cada jornalista exala desespero em conseguir material, levantando as mãos com entusiasmo toda vez que uma rodada de perguntas termina.

Uma delas me faz parar de olhar o Instagram.

— O que vocês dois têm feito para evitar outra situação como a de Abu Dhabi?

Argh, de novo isso? Não há histórias mais interessantes para comentar? Parece que Noah sente o mesmo que eu, seu grunhido baixo atravessando a multidão e chamando minha atenção.

— É sério que estamos mencionando uma corrida de dois anos atrás? Isso é baixo demais para você, Harold. Encontre dramas mais recentes para comentar, porque suas perguntas estão me deixando entediado.

Aparentemente, Harold é o mesmo repórter que eu estava observando antes. Fico boquiaberta, chocada por Noah Slade conhecer os repórteres pelo nome, além de não ter vergonha de dar uma bronca neles.

Mas Harold se recusa a deixar Noah escapar assim tão fácil, ainda mais após levar um esporro.

— É de esperar que a competição esteja de volta com força total. Como se sente trabalhando próximo a alguém que você nomeou publicamente como rival na pista? — Harold passa a língua nos lábios depois da própria pergunta. Deve estar orgulhoso.

O maxilar de Noah se contrai, destacando as maçãs do rosto definidas. Seu olhar faz meu sangue gelar.

— Já que somos colegas de equipe agora, o desempenho de Santi depende do meu e vice-versa. Desejo boa sorte a ele, este ano será competitivo para todos.

Meu irmão resolve abrir a boca grande, comentando após as palavras de Noah:

— Discutimos estratégias de equipe e quais situações podem ser evitadas. Duvido muito que Slade vá cometer o mesmo erro de novo.

Santi, tão esperto nas corridas, tão sem noção na vida real.

Noah vira lentamente a cabeça na direção do meu irmão. Esfrego a palma pelo rosto, como se pudesse apagar o olhar mortífero de Noah e seu maxilar cerrado da memória. *Abortar, Santi.* Sem fazer ideia de quem dirá o quê a seguir, a sala de imprensa permanece em silêncio enquanto os repórteres aguardam ansiosamente uma resposta.

Noah volta o rosto para as câmeras de novo.

— Todos nós aqui aprendemos com nossos erros. O esporte é sobre crescimento e desenvolvimento pessoal na pista. Acidentes acontecem. O que conta é o que você faz depois.

Ponto para Noah Slade. Ele lida com a situação como um profissional bem treinado por um assessor de imprensa. O restante da coletiva é monótono depois do pequeno drama, sem a emoção que meu irmão prometeu. O que é uma bênção disfarçada para ele, já que meteu os pés pelas mãos.

Um alívio percorre meu corpo quando um membro da F1 anuncia o fim da coletiva de imprensa. Ele fala sobre o baile de gala que será realizado hoje em homenagem aos pilotos da Bandini, além de dar informações sobre algumas outras coletivas que acontecerão após os treinos e qualificações. Já começo a pensar em desculpas para escapar delas. Para a sorte de Santi, ele pode fazer a maioria delas sozinho, sem Noah e eu.

Noah se aproxima de nós do lado de fora do prédio da imprensa. Minha pele se arrepia com a proximidade, seu corpo se assomando sobre minha estrutura de um metro e cinquenta e sete centímetros, me fazendo sentir mais baixa do que o normal.

— Não sei como era com a sua última equipe, mas deixe as perguntas sérias para os adultos. Você deveria rever as gravações de Abu Dhabi se acha que foi um erro meu, porque com certeza não foi. Deveria ser a sua prioridade aqui. Bem, isso e ficar fora da porra do meu caminho. — Seus punhos se fecham e o maxilar treme sob pressão.

— Não foi o que eu quis dizer. Desculpe. Falei sem pensar — diz meu irmão com sinceridade.

— Isso é óbvio. Você é novo na equipe e temos um sistema aqui. Um sistema que não inclui respostas idiotas. Você deveria perguntar para alguém se não tem certeza de como as coisas funcionam.

— Não precisa ser tão grosso, ele pediu desculpas — retruco, encontrando o olhar frio de Noah.

Tem um limite do quanto de seu comportamento consigo tolerar depois de Santi já ter se desculpado. Meu irmão finge ser durão, mas os problemas o afetam mais do que a maioria das pessoas, as emoções girando dentro dele como um tornado lento.

Noah percorre meu corpo com seus olhos azuis. Ele passa a língua pelo lábio inferior, atraindo minha atenção para sua boca, e percebo que o lábio inferior é mais cheio do que o superior. São macios e carnudos. Perfeitamente beijáveis.

Minha pele esquenta nos pontos que ele observa. Me sinto traída pela reação de meu corpo, como se não conseguisse controlar a atração que sinto por Noah.

Ele abre a boca.

— Amantes não vêm para este tipo de evento, então ela pode ficar de fora da próxima vez. Talvez você se comporte de um jeito menos idiota.

É como se um interruptor tivesse sido desligado, e as ondas de atração substituídas pela raiva. Não consigo acreditar na insinuação dele.

Antes que Santi ou eu tenhamos tempo de dizer uma palavra, Noah continua. Seus olhos azuis fitam os meus, dançando com alegria.

— Se algum dia ficar entediada com ele, estou sempre livre. Com a idade, vem mais experiência. — Ele me lança um sorriso ridiculamente convencido, e mal posso esperar para tirá-lo de seu rosto.

Eu me aproximo, querendo ficar desconfortavelmente perto porque olhares mortais são mais eficazes a centímetros de distância. Santi segura minha mão, interrompendo minha tentativa de invadir o espaço de Noah, mas não pode controlar minha boca. *Ah, não.* Minha boca tem vontade própria, porque as palavras jorram antes que eu possa pensar duas vezes.

— Ele é meu irmão mais velho, seu babaca. Não consegue ver a semelhança? Ou essa nuvem de superioridade ao seu redor é tão densa que você não percebeu?

Imagino as engrenagens girando na cabeça de Noah enquanto a ficha cai. Seus olhos se movem entre Santi e eu, observando nosso cabelo escuro, o mesmo tom de pele e os mesmos olhos castanhos cor de mel. Inclino a cabeça para o lado e dou um sorriso sarcástico.

Seu queixo cai e suas bochechas coram de leve. Fico satisfeita com o seu constrangimento, dançando mentalmente. Todo mundo sabe o que dizem sobre pessoas que tiram conclusões precipitadas.

— Desculpe, eu não deveria ter falado com nenhum de vocês desse jeito. — Sua voz tem um quê de arrependimento.

Dou de ombros, ignorando o aperto no coração ao ouvir seu tom, porque fico mesquinha quando estou com raiva. Não me sinto atraída por idiotas, por mais bonitos que sejam.

Meu irmão oferece um aperto de mão, porque *ele* se comporta como um homem de verdade.

Eu tento ignorar como a bunda de Noah é bonita enquanto ele se afasta, mas ainda dou uma olhada, porque qualquer autocontrole tem limite. Ele me lança um último olhar sobre o ombro antes de desaparecer em um corredor do prédio.

Eu suspiro de leve, meu coração desacelerando pela primeira vez em uma hora. Santi me lança um olhar interrogativo antes de partirmos na direção oposta. Parece que o baile de gala desta noite acabou de ficar muito mais interessante.

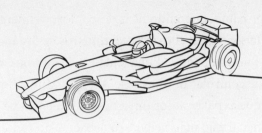

CAPÍTULO QUATRO

Noah

Eu repasso mentalmente a conversa com Santiago e sua irmã enquanto almoço na área da Bandini. Santi tem uma irmã que eu nem sabia que existia. *Onde ela estava quando ele estreou?* Sinto que a teria reconhecido. Em vez disso, passei por idiota no primeiro dia. A imagem dos olhos castanhos dela encarando os meus como se quisesse arrancar o meu couro se gravou na minha mente. Ela é uma mulher deslumbrante mesmo quando está brava, com as narinas dilatadas, bochechas coradas e mãos agitadas.

Preciso elaborar um plano para o baile de gala da Bandini. Nunca foi minha intenção começar com o pé esquerdo com Santiago, muito menos com a irmã dele. Parecer um babaca antes de a temporada começar não me deixa feliz. Santiago e eu passaremos incontáveis horas juntos em turnês de imprensa e reuniões com patrocinadores, o que significa que a irmã estará por perto tanto quanto ele.

Eu perdi a calma quando ele me responsabilizou por algo que não tinha sido culpa minha. Que ele aprenda a não abrir a boca sem pensar, um exemplo clássico do que pode dar errado na frente do público, inclusive as consequências negativas. Mas não foi certo descontar minha raiva na irmã dele.

Durante nossa visita ao circuito mais cedo, eu me desculpei de novo com ele, porque ainda sentia vergonha do que tinha dito. Ele aceitou minhas desculpas a contragosto, o maxilar cerrado enquanto apertava minha mão estendida.

Passei o resto do dia enfrentando mais coletivas de imprensa, o lado menos agradável da F1.

Volto para meu quarto de hotel com tempo suficiente para me arrumar para o evento. Santiago e sua irmã planejam comparecer ao baile, minhas suspeitas confirmadas quando perguntei discretamente por aí. Não queria chamar atenção.

O bar mal iluminado do saguão me recebe e peço um uísque escocês ao bartender. Pelo canto do olho, vejo uma mulher sentada em uma das mesas com sofá, mexendo um canudo em sua bebida. Ela lembra a irmã de Santiago. Vou até ela, confirmando que é, de fato, a Alatorre com quem preciso falar. Timing perfeito. Pedir desculpas agora parece a melhor ideia, pois não me esquivo dos problemas para evitar confrontos.

Algumas pessoas fogem de problemas. Mas eu? Dirijo meu carro direto para os problemas a trezentos quilômetros por hora. Que se fodam as consequências.

— Você se importa se eu sentar aqui?

Vejo o corpo dela ficar tenso ao ouvir minha voz. Não é um bom começo, a julgar por sua careta, postura rígida e mão imóvel segurando o canudo. Mas posso cuidar disso. Lanço o sorriso deslumbrante que faz as mulheres caírem de joelhos. *Testado e aprovado.*

Congelo enquanto seus olhos amendoados se voltam para mim. Meu coração acelera enquanto a observo, apreciando os olhos esfumados que se turvam sob o meu olhar, os lábios carnudos que se contraem e as maçãs do rosto altas pelas quais quero passar os nós dos dedos. O cabelo escuro está preso bem alto, implorando para ser solto. Alguns cachos macios escapam e caem por seu pescoço fino. Seu vestido é decotado, acentuando a pele bronzeada e as costas completamente expostas. Meus dedos coçam para acariciá-la e descobrir quão macia é.

Ela me tira dos meus pensamentos.

— E se eu me importar?

Merda. Esqueci que fiz uma pergunta.

— Eu provavelmente sentaria aqui mesmo assim. — Abro um sorriso largo, apreciando a língua afiada.

Ela solta um suspiro leve e aponta para o sofá vazio à minha frente.

— Está bem, pode sentar.

Não precisa falar duas vezes. Acomodo-me no sofá, ajustando a calça porque um princípio de ereção está pressionando o zíper. O ardor na garganta após um gole de uísque escocês é bem-vindo. Um pouco de coragem líquida para passar por essa conversa sem flertar com ela.

— Eu queria pedir desculpas pelo que aconteceu. Não deveria ter insinuado algo do tipo e não me orgulho do que disse.

Seus olhos castanhos se demoram em meu rosto enquanto ela avalia minha sinceridade. Eu a examino mais uma vez, porque ainda estou chocado com o quanto ela me desarma. Sua estrutura óssea a torna ainda mais atraente, assim como os lábios vermelhos de batom, os cílios longos e os dentes retos e brancos. Ela tem uma beleza única — a herança espanhola evidenciada pelo cabelo escuro, a pele bronzeada e um leve sotaque.

Minha mente começa a divagar. Imagino seus lábios vermelhos envolvendo meu pau, seu batom me marcando enquanto minhas mãos puxam seu cabelo. É difícil controlar meu apetite sexual quando transo da mesma maneira que corro: selvagem, correndo riscos e com frequência. Culpe a adrenalina ou a sensação de ser um deus atrás do volante.

— Tudo bem. — Sua voz monótona me diz o contrário. O *tudo bem* é a versão das mulheres de uma mina terrestre, porque você não faz ideia de quando ou onde aquilo vai explodir.

— Não está tudo bem, e eu não quero mais incomodá-la. Sinceramente. Quero deixar o que aconteceu para trás e dizer que sinto muito por insinuar que você dormiu com seu irmão. — Resisto à vontade de me encolher pela minha própria estupidez.

Ela brinca com o canudo de sua bebida.

— Considere tudo resolvido. Desculpas aceitas.

— O que você está fazendo aqui com seu irmão? — Tomo outro gole do uísque escocês, o líquido gelado deslizando pela língua.

Ela me olha, inclinando a cabeça para o lado.

— Na verdade, vou viajar com ele o ano inteiro.

Ótimo. Ela vai passar dez meses conosco e eu já fiz merda.

— Vai assistir a muitas corridas, então. Você é fã?

Um pequeno sorriso repuxa seus lábios.

— Na infância, meus finais de semana eram seguir meu irmão por toda parte. Corridas de kart, corridas de verdade, todas as fases da Fórmula. Ele tem talento. — Ela olha para as mãos. — Claro, estou animada em me juntar a ele, porque estou orgulhosa de como Santi chegou longe. Carro novo, equipe nova, tudo novo. — Ela me olha de relance, os olhos brilhando na luz fraca do bar enquanto os lábios lutam contra um sorriso.

Abro um sorrisinho para ela.

— Ele estará em boas mãos com o equipamento e os engenheiros. Os carros da Bandini são os melhores. Há um motivo para ser a equipe mais cobiçada, então isso dará uma vantagem ao seu irmão. Mas ele ainda vai ter que lidar comigo.

O som de sua risada delicada desperta algo dentro de mim.

— Como você mantém seu ego sob controle?

Meu sorriso se amplia.

— Não mantenho.

Ela revira os olhos e, puta merda, é excitante. Sou atraído por seus traços delicados, que me tentam a me aproximar para admirar seu corpo e decote. Mas me contenho porque tenho um limite de uma atitude cafajeste por dia. *Não acredito que insinuei que ela dormiu com o irmão. Estou perdendo o jeito.*

— Você precisa de alguém para te colocar limites. — Suas bochechas adquirem um tom bonito de rosa antes de ela balançar a cabeça. — Quer dizer, não eu, mas é sempre bom ser mais pé no chão. — Ela prende uma mecha solta atrás da orelha.

— Ser pé no chão é chato. Eu não dirijo carros a trezentos quilômetros por hora para ser chato.

Seus lábios se contraem e suas sobrancelhas se juntam.

— Ser pé no chão não é chato. É perceber que, quando tudo isso — ela gesticula para nosso entorno — acabar, você ainda vai ter pessoas ao seu lado. Boas pessoas que são humildes porque ninguém quer ficar perto de um babaca.

Deixe-me adivinhar: eu sou o babaca nesse cenário. Reflito sobre suas palavras e minha situação. Mas conheço boas pessoas — quem ela pensa que é para me julgar quando é jovem e ingênua?

O celular dela toca.

— Eu preciso ir. Meu carro chegou.

— Eu a acompanho até lá fora.

Seu rosto expressa surpresa antes de se recompor. Eu, provavelmente, estou com uma expressão idêntica, porque não me lembro da última vez que acompanhei uma garota até o lado de fora de algum lugar que não fosse uma boate.

Eu me levanto do sofá e ofereço a mão, interpretando o papel de um cavalheiro. Ela a observa por um momento antes de colocar a palma na minha. Minha pele formiga com o contato físico. Ela estremece quando meu polegar passa por sua palma, a pele macia sob meu dedo calejado.

Hum. O corpo dela reage ao meu da mesma maneira.

Afasto minha mão da dela e a descanso em suas costas nuas enquanto a conduzo em direção à saída do hotel. Nossa conexão física é uma novidade excitante, que vale a pena ser explorada mais a fundo em outro momento. Ela inspira bruscamente quando deslizo a mão por suas costas. Não posso evitar ser um babaca atrevido. Sinto a pele quente e macia sob a palma, sua respiração superficial acompanhando o ritmo de nossos passos.

Talvez eu goste de ter Santiago por perto, afinal, porque pelo visto tê-la conosco vai me estimular. Quero ver de que outras maneiras ela reage a mim. Debaixo de mim. Ou por cima.

Preciso me controlar.

Saímos do hotel e encontramos seu irmão encostado em um carro de luxo perto da entrada.

— Maya, vamos lá! O motorista está esperando. — A voz de Santiago ecoa nas paredes.

Maya. Eu gosto do nome.

Ela se sobressalta e pula para longe de mim, quebrando o contato físico, e me olha feio antes de se despedir às pressas e se afastar. Eu balanço a cabeça, tentando me livrar dos pensamentos indecentes, um gesto que vale uma risada. Sua bunda firme chama a atenção, o tecido justo do vestido preto abraçando suas curvas. *Nossa. Com certeza vou gostar de vê-la por aí.*

Seu irmão a ajuda a entrar no carro antes de se virar para mim. Sua encarada transmite um aviso silencioso que escolho ignorar. Abro um sorriso convencido em vez disso e ergo o queixo em um aceno de cabeça. Ele me ignora e entra no carro.

CAPÍTULO CINCO

MAYA

A atmosfera do carro está carregada de tensão, e não do tipo bom. As luzes brilhantes refletem na janela do carro enquanto atravessamos a cidade. Santiago contratou um motorista para nos levar até o baile de gala, o que evidencia como sou um peixe fora d'água. Uma intrusa cercada de ricos e famosos.

— Por que você estava saindo do hotel com *ele*? — sibila Santi.

— É que ele veio pedir desculpas pelo que disse na coletiva de imprensa. Conversamos e depois eu saí. Não foi nada de mais, não precisa ficar irritado.

Acalmar Santi tem sido minha função há anos. Ele tende a ser explosivo em certas situações, muito parecido com outros pilotos de F1. Situações estressantes em geral exigem isso.

— Você deveria manter distância dele. Aliás, fique longe da maioria dos pilotos da F1. Eles não estão aqui atrás de um "felizes para sempre", com cerca branca, um cachorro e dois filhos. Eles dormem com muitas mulheres. *Muitas.* — Ele cerra os punhos.

— Você está ciente de que perdi a virgindade há uns quatro anos, certo? Não precisa mais me proteger quando minha virtude já não está intacta.

Se olhares matassem, Santi já teria me assassinado duas vezes só dentro deste carro. Piada errada na hora errada. *Entendi.*

— Eu não quero estar ciente, muito obrigado. Guarde isso para você. Esses caras são diferentes dos rapazes com quem você saiu na faculdade. São os maiores cafajestes do mundo. Bebida, mulheres, talvez até drogas. Só Deus sabe. Eu não saio muito com eles, sempre mantive distância junto com o Kulikov.

— Vou tomar cuidado. Mas o Noah agora é parte da sua equipe. Todos estamos presos uns com os outros e eu não quero que fique um clima estranho entre nós. Pelo menos não mais do que já está.

Não há como negar minha atração física por Noah, mas posso fazer o meu melhor por Santi. Eu lhe devo isso.

Dirijo-lhe um sorriso doce enquanto acaricio sua mão na esperança de acalmá-lo. Seus lábios se curvam para baixo. Ele deve estar preocupado, pois nenhuma das minhas táticas habituais está funcionando.

— Você é minha irmãzinha, então é meu trabalho te proteger. Tome cuidado, está bem? Não posso ficar de olho o tempo todo. Ainda mais com alguém como o Noah. O quarto dele tem uma porta giratória e uma lista de espera.

Meu corpo fica tenso. *Obrigada pelo lembrete.* Nada como um clássico mulherengo, tão acostumado a ser assim que mal consegue enxergar outras possibilidades. A sorte é que esse tipo de relacionamento não está no meu radar.

— Não precisa se preocupar comigo. Eu vou fazer tudo de bom, lembra? — Abro um sorriso bobo.

Ele sorri diante da minha piadinha fofa e me puxa para um abraço, me sufocando.

— Eu te amo. Você sabe disso, certo? — Seu peito vibra enquanto ele fala.

Retribuo o abraço, apertando-o.

— Claro. Eu também te amo. Agora vamos aproveitar a festa!

O evento chique, na verdade, supera minhas expectativas para uma festa de patrocinadores. Imaginei homens mais velhos confraternizando e conversando sobre suas ações. Mas é muito mais do que isso. Entramos em um salão lindamente decorado até os mínimos detalhes, com cristais e flores penduradas no teto, garçons circulando com bandejas de comida e torres de champanhe em várias mesas. Pego alguns aperitivos elaborados enquanto ando pelo aposento.

Muitos figurões gostam de vir apertar a mão da elite das corridas, mas a festa inclui álcool ilimitado, um DJ decente e acrobatas de tecido girando no teto. Mais parece um casamento exagerado do que um baile de gala para pilotos de corrida. A F1 é bem descolada, não vou mentir.

Com relutância, Santiago me deixa à minha própria sorte depois de ser chamado por seu agente. Ele me lança um olhar de advertência antes de se afastar, mas eu gesticulo dispensando suas preocupações. Sigo a regra dele de não falar com os outros pilotos, mas ele não pode me culpar quando as pessoas vêm falar comigo — não posso controlar todo mundo. As brechas tornam a vida interessante.

Estou sentada em um banco do bar quando Aquele Que Definitivamente Não Presta aparece e se senta ao meu lado. Meu cérebro sofre um curto-circuito por causa de seu perfume inebriante. De alguma forma, o cabelo dele já está todo bagunçado e a gravata-borboleta está torta por cima da camisa bem passada. Seu visual desarrumado me faz sorrir. As mãos firmes que acariciaram minhas costas uma hora atrás seguram outro copo de uísque escocês. Eu me arrependo quando o encaro, pega de surpresa por um olhar penetrante, os olhos azuis-escuros emoldurados por cílios grossos e longos.

Um simples sorriso dele mexe com metade do meu corpo. Não consigo controlar minha reação física a ele, ainda mais quando me olha como se quisesse me beijar.

— O que uma garota bonita como você está fazendo sozinha em um evento assim? — A voz de Noah tem um quê áspero, como se tivesse passado a noite na farra, bebendo. É ao mesmo tempo sensual e rouca.

— Ah, você acha que sou bonita. Que encantador. Santi me deixou sozinha porque está ocupado bajulando um pessoal. — Aponto um dedo com unha cor-de-rosa para o meu irmão, que está conversando com um grupo de patrocinadores.

— Mais do que bonita. — O sorriso de mil megawatts de Noah faz meu coração se apertar. *Bem, você leva jeito com as palavras.* — Ah, mais um dia na vida de uma celebridade. Uma cruz difícil de carregar.

Eu rio.

— Duvido que eu vá me acostumar a ouvir isso. Não consigo imaginar meu irmão como uma celebridade. É tão estranho.

— Leva um tempo. Espere até ele ser perseguido pelos paparazzi a ponto de não conseguir nem comer ou ir ao banheiro em paz. Este lugar corrompe os melhores de nós, cercados por dinheiro infinito, bebida, mulheres... tudo o que imaginar. Um parquinho para os privilegiados.

Eu me viro para ele e examino a sua roupa. Ele está de smoking, perigosamente bonito com o tecido macio se ajustando ao seu corpo. Meus dedos coçam com a vontade de acariciar o cabelo bagunçado, uma pista de sua rebeldia.

Mas não o faço, porque estragaria meus esforços de ser boa.

— Este lugar mudou você? — Tento manter a voz neutra, sem revelar nenhum sentimento. Ele é a última pessoa com quem Santi gostaria que eu conversasse.

Seus olhos endurecem.

— Eu nasci nesse meio. Filho de uma lenda e tudo mais. — Ele revira os olhos. — Então tecnicamente não, já que é o ambiente que sempre conheci. Não dá para ser corrompido por algo fundamental em sua criação.

Eu franzo o nariz.

— Nós não somos assim. Fomos criados em uma casa simples por pais modestos. Santi nem fez faculdade, para poder correr e ganhar dinheiro. Abriu mão de muita coisa para perseguir um sonho. Ele retribuiu todos os investimentos dos nossos pais, porque fica muito feliz em poder cuidar deles.

— Origens humildes dão as melhores histórias de sucesso. Mas seu irmão assinou um contrato de vinte milhões de dólares, o que é muito dinheiro, e com ele vêm responsabilidades. — Ele me encara intensamente.

Suspiro, ciente dos últimos ganhos de Santi. Ele pode estar cercado de pessoas pomposas, mas meu irmão não é como a maioria desses sujeitos gananciosos e egocêntricos.

Noah toma um longo gole de sua bebida. Eu faço o mesmo, virando meu champanhe — uma dose de confiança líquida para acalmar os nervos.

— Como foi ser criança por aqui? — Olho ao redor do aposento, imaginando um jovem Noah convivendo com essas pessoas.

— Quando eu era pequeno, achava a coisa mais legal do mundo. E ainda acho. Mas meu pai não é exatamente o pai do ano. As babás cuidavam de mim enquanto minha mãe passeava de iate pelo mundo. Mas pobrezinho de mim, a vida difícil de alguém que tem tudo. — A tristeza em sua voz trai sua tentativa de soar despreocupado.

— Seus pais vêm ver suas corridas?

— De vez em quando. Meu pai vai na de Barcelona. Minha mãe é outra história, aparece ocasionalmente quando é mais conveniente para ela e suas amigas. — Ele ergue o copo e bate contra o meu antes de ambos brindarmos a esse pensamento.

Esse daí tem problemas com os pais.

Ele me olha com olhos brilhantes.

— E você? O que a trouxe para a vida louca das corridas de F1?

— Preciso de um motivo além do meu irmão? — Sorrio para ele.

— Bem, presumi que estava aqui por minha causa, mas, agora que você mencionou, parece plausível. — Ele me atinge com um sorriso brincalhão que desperta algo dentro de mim.

Balanço a cabeça para ele.

— Acabei de me formar e queria viajar o mundo. — Escolho não mencionar meu vlog porque não quero ser julgada por um homem tão bem-sucedido como ele.

— Você escolheu o ano certo para isso. Vai ter a oportunidade de visitar lugares exóticos, com o bônus de me ver deixando o seu irmão na poeira. Isso você não encontra no Pinterest.

Eu jogo a cabeça para trás e gargalho. Sua arrogância não tem limites, mas gosto da maneira como ele brinca, sem se importar, um brilho travesso nos olhos.

— Como você consegue colocar a cabeça dentro do capacete? Não deve sobrar espaço com o seu ego lá dentro — digo com falsa preocupação.

— Tenho um feito sob medida para evitar esse problema.

Continuamos a troca de provocações bem-humoradas até que alguém o chama. Ele parece pouco entusiasmado com a interrupção, seus pés permanecendo firmes no chão.

Inclino o copo vazio para ele.

— O dever chama.

Ele dá um sorriso irônico e bate uma continência de despedida.

Saio para explorar Melbourne na sexta-feira, já que Santi tem um dia cheio com treinos e eventos de imprensa. Por mais interessantes que sejam os planos dele, recuso o convite para acompanhá-lo.

Passo o dia tirando fotos e conhecendo a cidade. Um tour da arte de rua local chama minha atenção, e aproveito a chance de me misturar ao grupo, cercada por outros turistas. Quando estou com Santi, me sinto exposta. A atenção que ele recebe me sufoca. As pessoas sempre tiram fotos, fazem perguntas ou pedem autógrafos. E eu odeio me sentir observada. Ele diz que todo mundo acaba se acostumando e que vou parar de notar a atenção depois de um tempo.

Esse tipo de complacência me assusta.

O resto do dia passa rapidamente. A privacidade recém-encontrada me conforta tanto que almoço sozinha, em uma mesa para dois, ainda por cima. Mas meu dia solitário parece fadado ao fim quando um senhor idoso se senta na cadeira em frente à minha. Depois de quinze minutos, ele ganha coragem para começar uma conversa. Participo educadamente da discussão sobre sua artrite, concordando como se entendesse os desafios da dor crônica. Ele até me mostra umas cem fotos de seus netos.

O que posso dizer? Tenho dificuldade em dizer não, porque como posso olhar para aquele pobre velhinho nos olhos e me recusar a ver as fotos de seus pimpolhos? Palavras dele, não minhas. Não posso. Então, acabo passando uma hora dando atenção para Steve, até lhe oferecendo um boné da Bandini autografado como presente de despedida, além da promessa de enviar a ele uma foto da pista no dia da corrida. Claro que há certos riscos em dar meu número de celular para um vovô. Mas ele parece simpático, então cedo.

Minha mãe me liga quando estou caminhando por uma rua lateral.

— *¿Cómo estás?* — Ela segue meu vlog religiosamente, deixando mensagens encorajadoras e citações em todas as minhas publicações. É uma fofa. Eu até recebo mensagens de texto com gifs expressando seus sentimentos.

— Tenho me divertido até agora. Santi anda bastante ocupado com o lado comercial das coisas. Não sei como ele encontra energia.

Ficamos fora até tarde ontem e ele se levantou ao amanhecer para treinar na pista. Enquanto isso, eu apertei o botão de soneca umas cinco vezes antes de finalmente me levantar.

— Ele vive para o esporte, então suporta o lado social. Fique de olho nele. Seu irmão trabalha demais. — Lá vai minha mãe, sempre preocupada.

— Vou tentar. Não consigo fazer o que ele faz, bajulando e socializando. As pessoas aqui são muito esnobes e metidas.

— Tenho lido fofocas sobre os pilotos. Homens como Liam Zander e Noah Slade vivem sendo mencionados, você devia ver o que as mulheres dizem sobre eles. Sem falar em Jax… aquele homem tem problemas o seguindo como um mau cheiro. — Sua voz não consegue esconder seu desprezo. Não peço mais informações porque os detalhes sujos não me interessam.

— Cuidado com o que lê. Eles podem começar a inventar histórias sobre o Santi um dia. Os repórteres são agressivos. Adoram uma história interessante, verdadeira ou não.

— Você conheceu o colega dele? — Ela não consegue esconder a curiosidade sobre Noah, e não posso culpá-la.

— Sim, ele não é tão ruim quanto as histórias dizem. Mas ainda é um babaca que achou que eu era namorada do Santi.

— *¡Que bruto!* Alguém deveria ter dado uma educação melhor para ele, com mais amor e atenção. Deve ter sido constrangedor para ele.

— Acho que esse é o problema dele. Deve ser uma vida tão solitária, com um monte de casinhos casuais e ninguém para comemorar as vitórias. Sua própria família mal vem às corridas. O pai vai algumas vezes por ano, a mãe menos ainda. Isso me faz pensar se há mais por trás da sua fachada. Duvido que ele sequer perceba, ainda mais porque pessoas como ele sempre acham que são felizes até não serem mais. Mas vai saber. Estou especulando, e não é justo julgar. — As palavras jorram de minha boca, sem filtro.

— *Cuídate.* Por trás do brilho e do glamour, as pessoas vivem com mentiras e infelicidade.

Mudo de assunto, sem querer falar mais sobre Noah. Parece errado expor a pequena verdade sobre os pais que ele dividiu comigo na noite passada. Minha mãe e eu falamos sobre nossos planos para o fim de semana e, pouco depois, desligo a chamada e volto para o hotel.

CAPÍTULO SEIS
Noah

A classificação em um sábado é a segunda melhor parte das corridas, porque um sábado bem-sucedido é essencial para uma vitória no domingo. A posição para a corrida de domingo depende da classificação. Começar mal no sábado significa que você está fodido no domingo, a menos que se esforce ainda mais para ficar no topo.

As primeiras três posições são as favoritas de todos. Consigo me recuperar de uma largada na segunda ou terceira posição, sem me sentir na obrigação de passar dos limites na minha performance. Não sou colocado lá desde o início da minha carreira, sempre preferindo as posições entre P1 e P3.

Os chiados dos pneus na pista ecoam nas paredes dos boxes enquanto caminho em direção à área da Bandini. Cada equipe tem sua própria garagem nos boxes para se preparar antes da corrida, incluindo salinhas acima dos postos de trabalho, onde Santi e eu nos preparamos. Eu me apronto em minha suíte para minhas duas sessões de treino.

Completo dois treinos bem-sucedidos, como queria. Minha classificação foi ainda melhor, me garantindo a pole position para o Grande

Prêmio da Austrália. É a melhor posição de largada. Santiago não fica muito atrás, classificando-se para a terceira, logo atrás de Liam Zander. Nada mal para o novato.

Pelo bem da equipe, quero que ele tenha sucesso, já que também competimos juntos nas corridas individuais. Não sou totalmente egoísta. Ele precisa ter um bom desempenho para podermos vencer outro campeonato, o de Construtores, que acontece ao mesmo tempo que o Campeonato Mundial. Um total de vinte e uma corridas e dois campeonatos simultâneos.

Santi pode se contentar em ganhar o de Construtores comigo, porque quero ser o campeão mundial este ano. Meu companheiro de equipe pode ficar com seu prêmio de consolação reluzente.

Santiago, Liam e eu comparecemos a uma coletiva de imprensa para os três primeiros classificados. Eu me sento entre os dois enquanto os repórteres nos bombardeiam com perguntas.

— Liam, pode nos falar sobre sua estratégia com a McCoy este ano?

— Além de foder todos os membros da família McCoy? — sussurro baixinho, para que o microfone preso à minha bochecha não capture minha voz.

Liam ri e balança a cabeça. Nós gostamos de sacanear um ao outro, assim as coletivas são mais interessantes e quebramos a monotonia.

— Estratégias de equipe são segredos guardados a sete chaves. Não podemos deixar os Bandinis aqui saberem os meus truques, ainda mais o cabeça-quente ali. — Liam aponta para Santiago por cima do meu ombro. — Mas temos grandes planos para as próximas corridas, incluindo mudanças em nossos carros. Vamos dar trabalho para a Bandini.

— O que ele quis dizer é que a vista de trás da P1 é muito bonita. — Minha voz rouca faz os repórteres rirem.

— A P2 me permite pegar o carro de Noah por trás, pelo ângulo certo. Ah, espera. Quem faz isso é Santiago, foi mal.

Bato no boné de Liam, tirando-o de sua cabeça.

Felizmente, desta vez Santiago se abstém de quaisquer comentários idiotas. Ele nos olha de forma estranha. Deixo passar os comentários de

Liam porque ele na verdade é um bom amigo e meu maior adversário, pelo menos até Santiago aparecer. Nossas discussões sempre vão parar no YouTube.

Liam é um alemão que pilota para a McCoy, outra das melhores equipes. Um homem loiro de olhos azuis com complexo de superioridade. Somos amigos desde nossos dias de karting. Corremos juntos nas fases da Fórmula e até competimos pela mesma equipe no início de sua carreira, ascendendo juntos.

Ele também é um completo babaca com as mulheres, e isso diz muito vindo de alguém como eu. Posso ser escroto, mas Liam consegue ser ainda pior. Sua aparência de bom moço engana a maioria. Ele está sob muita pressão este ano porque seu contrato com a McCoy vai expirar e ele dormiu com a sobrinha do dono.

Diferentemente da minha preferência por uma transa e tchau, Liam fica com as mesmas garotas mais de uma vez. Não posso culpá-lo quando as mulheres concordam de livre e espontânea vontade, mas suas temporadas na F1 incluem uma ou duas garotas que acabam com o coração partido e contando suas histórias para os tabloides. Um ciclo anual. Agora, porém, ele precisa andar na linha depois de deixar Peter McCoy puto da vida.

De vez em quando, assisto aos vídeos de fofocas sobre nós no YouTube, e é com vergonha que admito que eles me divertem. McCoy não pode estar feliz com Liam. Vídeos recentes têm abordado a sua falta de visão, acusando-o de se meter em problemas em um ano importante. Dormir com a sobrinha do chefe tende a despertar muitas emoções.

Maya está no canto da sala de imprensa, tentando sumir contra a parede. Até parece. Ela está linda com sua calça jeans rasgada e uma camiseta justa no busto. Seu cabelo ondulado está preso em um rabo de cavalo que balança enquanto ela mexe no celular, despreocupada.

Fico incomodado por ela só prestar atenção nas respostas de Santi, desviando os olhos do telefone de vez em quando para observá-lo. É como se Liam e eu não existíssemos. Se ela não está interessada, então não deveria ter vindo; muitos repórteres matariam para estar aqui. *Por que ela acha seu irmão fascinante?* É surreal como ela o olha como se não houvesse ninguém tão incrível no mundo, observando-o com orgulho quando ele fala.

Isso é comum entre irmãos? Olho para Santi respondendo a uma pergunta, curioso para ver o que despertou o interesse dela.

— Santiago, como você se sente com o seu novo contrato na equipe do seu rival? Algum estresse por competir contra um dos grandes?

Controlo minha expressão como uma marionete de relações públicas bem treinada. Por dentro, minha irritação cresce, e mal contenho um revirar de olhos. Quando esses caras vão se esquecer do contrato? Eles não têm perguntas originais, são as mesmas em todas as coletivas, ignorando o hype da primeira corrida da temporada.

— Hã… o foco não são os contratos, mas sim a corrida. Não penso em dinheiro ou em Noah quando estou lá na pista. Penso na próxima curva e na linha de chegada, com um possível pódio.

É, nada mal. O assessor de imprensa da equipe deve ter ajudado Santiago depois do desastre de ontem.

— Noah, quem você considera sua maior ameaça nesta temporada?

Abro um sorriso convencido. *Hora do show.*

— Gosto de me considerar minha maior ameaça. Quando corro, sou eu contra meus instintos. Tudo ao meu redor desaparece. Eu me testo, vendo quanto tempo aguento esperar antes de frear ou como ultrapassar outra pessoa. Não penso nos outros pilotos mais do que o necessário. É aí que muitos erram.

Os flashes das câmeras disparam na minha frente e capturam meu sorriso confiante. Maya balança a cabeça, aparentemente não muito fã da minha resposta. A ideia me desagrada. Minhas sobrancelhas se franzem e meus lábios se curvam para baixo. A aparência é tudo neste ramo, porque os fãs acreditam no teatrinho e adoram. Até fazem vídeos sobre nossas coletivas de imprensa bizarras a cada corrida, como vídeos de *bromance* e compilações com momentos de rivalidade. O que você imaginar, haverá um vídeo sobre o assunto.

Um repórter se concentra em Liam, fazendo outra pergunta direta.

— Liam, qual é o seu plano para limpar seu nome na mídia?

Liam dá de ombros.

— Por que não me pergunta isso daqui a alguns meses? Quero manter meu plano em segredo, caso dê errado.

Eu o cutuco com o cotovelo.

— Isso tende a acontecer com ele.

Liam se vira para mim e coça a sobrancelha com o dedo médio. Minha cabeça cai para trás enquanto gargalho. Quando a ergo, pego Liam lançando um sorriso para Maya, que ela retribui, não mais desatenta. Meus punhos se cerram sob a mesa enquanto olho diretamente para a frente.

Liam pode ser considerado um sujeito bonito. Um alemão de um metro e oitenta e três de altura, com físico de jogador de futebol americano, que precisa de uma barba curta para esconder sua carinha de bebê. Basicamente, um babacão exaltado. As mulheres curtem suas vibrações positivas e atitude despreocupada, assim como sua preferência por repetir encontros. Tudo nele passa a ideia de bons pais que o criaram com amor e carinho. Ao contrário de mim, que passo um clima pesado de mau humor e más lembranças, tentando deixar meus demônios para trás semana após semana.

Terminamos de responder às perguntas e saio do palco. Não quero passar mais um minuto sequer aqui. Hoje já deu.

Nada supera a agitação de um dia de corrida. Cada um lida com a pressão à sua maneira, as tensões aumentando à medida que nos aproximamos do Grande Prêmio. A antecipação mantém todos ativos e alertas. Domingo é o meu dia favorito da semana, porque quem precisa de uma igreja quando se tem um assento na primeira fila do paraíso?

Todo piloto faz aparições rápidas para agradar aos fãs e patrocinadores, incluindo *meet & greets*, desfiles e entrevistas — as coisas típicas para entreter a multidão e fazer uma média. Depois disso, me ocupo com as verificações habituais do motor e participo de um evento pré-corrida com o objetivo final de passar um tempo sozinho em minha suíte da Bandini.

Este esporte exaure os melhores de nós. Eu amo, mas ao longo dos anos a pessoa fica desgastada.

As pequenas suítes da Bandini não se comparam aos motorhomes que a equipe monta durante a etapa europeia da turnê. O quarto simples dá para o gasto, com o suficiente para satisfazer os pilotos, incluindo um sofá e um frigobar abastecido com água.

A música é o meu método preferido para acalmar os nervos antes das corridas. Tenho até uma playlist para cada dia de corrida, já que sou apegado a hábitos e prefiro a solidão. Ao contrário de outros pilotos, deixo as celebrações para depois das corridas, quando de fato venço. Ninguém gosta de caras que comemoram antes da hora e nem chegam ao pódio. Esse tipo de coisa é para as equipes fracas.

A risada de Maya atravessa as paredes finas. Santiago é diferente dos outros pilotos da Bandini, sem se importar em ter Maya por perto enquanto se prepara para a corrida. As suítes pequenas não permitem muita privacidade por aqui. Faço o meu melhor para não ouvir a conversa, mas é difícil considerando que dividimos uma parede, e digo a mim mesmo que não é culpa minha.

A voz de Maya chega ao meu quarto.

— Lembra da sua primeira corrida de kart? Você quase vomitou dentro do capacete, todo nervoso depois que aquele garoto quase bateu em você.

Gosto do som da risada suave dela.

— Foi bem emocionante. Nunca subestime uma descarga de adrenalina, porque são sérias. Acho que demorou uma hora para o meu coração desacelerar e a náusea passar. Como você se lembra disso? Tinha no máximo uns 6 anos.

— Mamãe me mostrou um vídeo da corrida. Eles estavam supernostálgicos naquele dia em que você assinou o contrato com a Bandini, e me mostraram um monte de vídeos de você no kart. Eles têm muito orgulho de você. — A voz de Maya soa sentimental.

Meus pais nunca filmaram minhas corridas, que dirá assisti-las com nostalgia.

— Você sabe que eles também têm orgulho de você, certo? Por ter começado o seu próprio vlog e pelo apoio que me dá.

Maya suspira.

— Sim, mas você é o caso de sucesso, e eles sacrificaram tudo por você. O vlog ainda está no início, e essas coisas levam tempo. Vamos ver o que acontece, porque não quero decepcionar a mim mesma nem ninguém. É difícil conseguir um número decente de seguidores.

— Vou compartilhar uma publicação sua para te ajudar a ganhar seguidores. Além disso, você está cercada por gente famosa. A notícia vai acabar se espalhando. É só esperar.

A curiosidade me leva a ver sobre o que ela vloga. Pego meu celular e pesquiso seu nome. Encontro de cara e favorito seu canal para mais tarde, quando tiver tempo para dar uma olhada.

Também peço para segui-la no Instagram, já que ela colocou a conta como privada. *Foda-se, por que não? Estou curioso, só isso.*

Suas vozes ficam baixas demais para que eu possa ouvir o resto da conversa. Acho difícil imaginar uma infância como a de Maya, já que sou filho único, sem competição pela limitada atenção dos meus pais. Ganhei na loteria parental. Eles nunca se casaram, evitando um desastre financeiro, um divórcio complicado e um acordo de custódia que nenhum dos dois queria.

Coloco os fones de ouvido e ignoro o resto da conversa deles. Entreouvir já me distraiu o suficiente, me tirando da minha rotina de limpeza mental pré-corrida.

Não muito depois, Santiago e eu nos preparamos para nossos carros. Vestimos nossos macacões de corrida combinando e pegamos os capacetes. Toco a pintura vermelho escarlate, deslizando a mão pelo revestimento brilhoso característico dos carros da Bandini, o motor ligado e quente sob meus dedos. Pronto para começar. Mesmo depois de tantos anos com a equipe, ainda faço o mesmo ritual. Minha canção de ninar favorita é o ronco do carro.

Me deito em meu assento e me amarro no cockpit, o clique do cinto me prendendo ainda mais. Um dos técnicos me entrega as luvas e o volante enquanto respiro fundo algumas vezes para acalmar os nervos.

A equipe e eu nos posicionamos à frente do grupo, na posição P1, enquanto testam minha conexão de rádio. Sorrio para mim mesmo por baixo do capacete. A pole position será sempre o lugar ideal no Prêmio, e me orgulho de tê-la conquistado. Tenho que começar o ano bem.

Meu coração bate forte no peito, o ritmo semelhante ao do motor tremendo. A equipe tira os aquecedores dos pneus antes de se afastarem correndo da pista.

Um. Dois. Três. Quatro. Cinco.

Cinco luzes vermelhas se apagam. Piso no acelerador e meu carro dispara pela pista, em uma velocidade de quebrar o pescoço enquanto os pneus roçam no asfalto. Uma algazarra chega pelo meu fone. Membros da equipe falam comigo, me informando que Liam está atrás de mim, com Jax tendo ultrapassado Santiago.

Porra, eu amo essa sensação. Os nervos disparam pelo meu corpo enquanto a adrenalina flui para meu sangue, o som dos pneus guinchando pelo asfalto, competindo com o zumbido nos ouvidos. As sensações físicas me renovam. O motor ronrona enquanto levo o carro à sua capacidade máxima, testando os limites do novo modelo. Meus pulmões se contraem no peito conforme me aproximo da primeira curva. Entro em sintonia com meus reflexos, tornando-me um com o carro.

A curva executada com primor passa em um piscar de olhos. Ignoro a maior parte do falatório no rádio em meu capacete, concentrando-me na respiração, inspirando e expirando para relaxar minha frequência cardíaca.

Continuo na posição de liderança enquanto torcemos e viramos na pista. Se a equipe não me mantivesse atualizado, eu perderia a conta das voltas. Meu carro rasga o asfalto como se não fosse nada. Liam tenta me ultrapassar em uma das curvas, mas falha, ficando para trás em meio à turbulência do ar sujo. O chefe da equipe informa quem mais pode ameaçar minha liderança.

A disputa fica entre Liam e eu por um tempo. Um início de temporada similar — ambos atrás da primeira posição. Temos uma relação competitiva na pista, conhecendo as táticas um do outro desde que éramos crianças nos carrinhos de kart. Nossas equipes planejam estratégias conosco para vencermos um ao outro.

Santiago nem sequer aparece no meu radar, visto que a equipe não disse uma única palavra sobre ele.

Faço um breve pit stop na metade da corrida para trocar os pneus. Meu carro para na pista dos boxes, permitindo que os mecânicos cheguem com suas ferramentas e máquinas. O processo leva 1,8 segundos. Uso o rádio para agradecer à equipe pela rapidez. Os integrantes de uma equipe de boxes rápida são os heróis não reconhecidos da Fórmula 1, que fazem a mágica acontecer quando paro na garagem.

Converso com um engenheiro de corrida, falando sobre as posições e os detalhes técnicos dos concorrentes. Ele quer verificar o que estou achando do carro nessa primeira corrida. A equipe compartilha estratégias e eu sigo a maioria delas, mas algumas decisões eu tomo sozinho, pois não me pagam milhões para seguir cada ordem à risca. Eles confiam em mim atrás do volante.

Continuo na primeira posição pela maior parte das cinquenta e sete voltas. Liam me ultrapassa algumas vezes, mas o mando de volta para o segundo lugar com algumas curvas audaciosas. Ele me mostra o dedo depois que ameaço atingi-lo em uma das curvas. Faltando apenas uma volta, Liam chegará em segundo lugar e Santiago terminará em quarto.

O doce som dos motores rugindo preenche meus ouvidos. Seguro o volante com firmeza enquanto faço a última curva em direção à linha de chegada. Pressiono o acelerador alguns segundos mais cedo, o que me permite ultrapassar a bandeira quadriculada agitada antes de Liam. Os fãs gritam enquanto anunciam que ganhei o Prêmio.

— Porra, pessoal, que vitória! Obrigado a todos. Corrida incrível. Botamos pra foder! — Afasto o pé do acelerador.

O rádio transmite os aplausos.

Ergo meu punho no ar, orgulhoso de uma corrida bem feita. *Toma essa, Santiago.*

CAPÍTULO SETE

MAYA

Meu coração acelera quando Noah cruza a linha de chegada. Santi chega pouco depois, seu carro um borrão vermelho conforme completa uma volta de resfriamento. Seu desempenho vai deixá-lo frustrado, apesar de ter dirigido bem. Ele ainda ganha pontos para o Campeonato de Construtores, mas, no fim das contas, contra esses outros pilotos, não é suficiente. Essa é a vida dos pilotos de alto nível e salários altos. Além disso, meu irmão está sendo afetado pela pressão de estar numa equipe de corrida importante com um contrato caro.

Encontro Santi perto da área dos boxes. Ele sorri para a equipe quando sai do carro, apertando mãos e agradecendo à equipe dos boxes — uma cena de bom espírito esportivo. Sua mandíbula treme enquanto assina acessórios de fãs parados na barreira. Sem querer atrapalhar, decido encontrá-lo em sua suíte em vez de esperar do lado de fora. É melhor ele relaxar primeiro.

Quando volta para o quarto, ele parece mais calmo. Levanto-me do pequeno sofá e dou um abraço nele. Seu corpo suado gruda no meu enquanto meus pulmões aspiram profundamente o cheiro de óleo, suor e borracha. Meio nojento. Finjo ter ânsia de vômito enquanto o abraço, minha cabeça mal chegando aos ombros dele.

— Você se esforçou. Quarto lugar é uma boa posição, e você vai estar no pódio da próxima vez.

Ele retribui o abraço.

— Estou decepcionado por não ter tentado mais ultrapassagens. Não me arrisquei muito porque estava com medo de estragar o carro.

— Você não pode correr com medo. Nunca teve medo antes e não deveria começar agora, não quando está competindo contra os melhores. Pense nele como só mais um carro com muitas peças sobressalentes para consertar qualquer coisa.

Apesar da performance cautelosa de hoje, Santi tem a fama de ser implacável na pista.

— Você tem razão, vou dar o meu melhor da próxima vez. Dane-se. — Ele se afasta.

Santi se coloca para baixo sempre que não termina no pódio. Acredito que ele pode ter sucesso na próxima corrida, ainda mais com tantas oportunidades para melhorar sua posição para o Campeonato Mundial.

— Vou ter que aparecer na festa pós-corrida para parabenizar Noah. É o que os patrocinadores querem, e não quero passar por mau perdedor. — Ele me mostra a língua. — Estar entre os primeiros cinco colocados não é tão ruim para a primeira corrida. Vou me recuperar. — Um sorriso revelador surge em seu rosto. Santi se incomoda em perder, mas não vai deixar isso atrapalhar seu profissionalismo. Que adulto.

Viva o espírito de equipe.

Abro um sorriso travesso.

— Então é melhor a gente ir. Vamos parabenizar Noah por ter feito um bom trabalho.

Noah tem toda aquela pose arrogante, mas se garante nas corridas. Seu desempenho deixa claro por que os fãs o adoram.

Sinto a empolgação do público barulhento quando Santi e eu nos aproximamos do pódio. Ainda há grupos reunidos, pulando ao som da música vindo das caixas de som no palco, agitando recortes de cartazes do rosto de

Liam e Noah. Não consigo imaginar ser tão famoso a ponto de as pessoas pagarem por fotos gigantes do seu rosto. Ser encarada pelo meu próprio rosto gigantesco me faria morrer de vergonha bem no meio do palco.

Santi e eu ficamos em uma área VIP na lateral, assistindo aos acontecimentos a uma distância menos suada e caótica. Como prefiro. Temos uma visão completa do pódio dos vencedores, inclusive de Noah espirrando champanhe em Liam. Suspiro diante do espetáculo. Santi olha para mim e levanta a sobrancelha. Disfarço a risada com uma tosse, a vergonha fazendo minhas bochechas corarem.

O champanhe na F1 é a versão mais melequenta dos lançadores de confetes em outros eventos esportivos. Os pilotos sacodem as garrafas e espirram o conteúdo para todo lado. A multidão aplaude quando o champanhe espirra neles, abrindo a boca para capturar as gotículas. Quem precisa de *Girls Gone Wild* quando se tem pódios da F1?

Santi deixa a decepção de lado, substituindo sua carranca por um sorriso enquanto todos celebram no palco. Ele até comemora quando anunciam os vencedores.

Encontramos Noah, Liam e o terceiro lugar fora do prédio da imprensa após uma coletiva pós-corrida e vamos parabenizá-los. Opto por fazer um sinal de joinha enquanto digo oi, mal conseguindo conter um gemido de frustração com a minha falta de jeito. *Isso aí, Maya. Arrasou.*

Noah solta uma risadinha desdenhosa ao ver minha tentativa, enquanto Liam quase gargalha, aumentando meu constrangimento. Não posso me culpar quando não faço ideia de como cumprimentá-los.

Fico parada feito um peixe fora d'água. Santi se aproxima de Noah e Liam para trocar apertos de mão típicos de homens, com direito a tapinhas nas costas. Os olhos de Noah se iluminam ao me ver, ganhando tons de azul mais profundos do que o habitual ao percorrerem meu corpo. Ele me deixa lisonjeada. Ou é péssimo em ser sutil, ou não se importa que eu perceba.

Perco o fôlego quando o observo com mais atenção em seu macacão vermelho. O tecido justo pressiona os músculos firmes, uma prova de sua rotina rigorosa de exercícios. O cabelo está suado e bagunçado, com alguns fios se arrepiando em direções diferentes, e há um brilho malicioso em seu sorriso. Ele consegue fazer a vibe selvagem parecer sexy. Desvio o olhar antes que ele me pegue encarando-o feito uma esquisitona.

Estar perto de tantos homens atraentes me deixa desconcertada. Preciso parar de ter pensamentos intrusivos sobre Noah, ainda mais porque ele é colega de equipe do meu irmão. Como as outras mulheres lidam com esses homens? Meu cérebro se bombardeia com imagens de cachorrinhos e vovozinhas para evitar encará-lo de novo.

Os olhos de Liam percorrem meu corpo de cima a baixo. Esses pilotos não param de aumentar minha autoestima, pois nem tentam esconder sua atração. Ele abre um sorriso preguiçoso quando nota minha sobrancelha erguida e os braços cruzados. Mas me sinto decepcionada quando meu corpo não tem a mesma reação que tem com Noah. O olhar de Liam não me aquece por dentro, não há qualquer centelha de atração. Nada de batimentos cardíacos acelerados ou um calor crescendo dentro de mim sob seu olhar, apenas um reconhecimento racional de sua boa aparência.

— Sou o Liam. Ainda não tivemos a chance de nos conhecer, mas vi você na coletiva de imprensa e não fazia ideia de que era irmã do Santi. Você foi um colírio para os olhos em meio a tantos repórteres mais velhos. — Ele pega minha mão e a beija como um príncipe dos tempos antigos.

Ah, esse aí é cheio das cantadas. Ficar perto dele vai ser divertido.

Dou uma risadinha, voltando à conversa.

— Estou fazendo de tudo para ir ao menor número possível desses eventos. É surpreendente como eles deixam vocês se atacarem, e os repórteres também.

Toda semana acontece quase uma troca de insultos entre comediantes com Liam e Noah se provocando, sua franqueza agradando a repórteres e fãs.

Liam sorri para mim.

— Você ainda não viu nada. Espere só quando começarem os golpes baixos nas corridas, os acidentes e as sequências de derrotas. Aí, sim, tudo fica emocionante. — Liam leva a mão em concha ao rosto, como se fosse dividir um segredo, mas mantém a voz no mesmo volume. — O Noah aqui fica todo engraçadinho quando está com raiva.

Noah lança para Liam um olhar fulminante que me deixa arrepiada, uma sensação que vai da nuca até a lombar. Eu odiaria ser o alvo daqueles olhos semicerrados. *Não, obrigada*. Ele sabe ser muito intimidador, mas Liam parece não se importar, rindo e cutucando o braço de Noah.

— Eu falei. — Liam me dá uma piscadela. Seus olhos azuis cintilam enquanto abre um sorriso largo para mim. Ele tem uma leveza que me faz sorrir automaticamente.

Santi muda o peso do corpo de um pé para o outro. Um sinal de que quer ir embora, pois precisamos fazer as malas e nos preparar para a viagem até a próxima etapa do campeonato. Culpa da agenda lotada e dos voos longos.

— A gente se vê no Barém. Maya e eu vamos viajar amanhã cedo. É melhor a gente ir porque ainda precisamos fazer as malas e tudo mais. — Santi passa a mão inquieta pelo cabelo. Ele adora fazer as malas três dias antes do voo, então deve estar agoniado por ter adiado tanto.

— Ah, da próxima vez você tem que vir no meu jato particular. Talvez a gente possa mudar alguns voos para vocês dois poderem vir. — Os olhos de Liam brilham enquanto faz o convite. Ele tem um ar de Demônio Disfarçado de Anjo, com seu cabelo loiro, olhos azuis e dentes brancos. Embora sua aparência transmita inocência, seus olhos contam uma história muito diferente.

Eu lhe dou um sorrisinho em retorno, duvidando muito que o convite para viajarmos em seu jatinho tenha algo a ver com meu irmão. Provavelmente é por minha causa. Santi não percebe que Liam está me paquerando, o que é chocante, visto que me perturbou o fim de semana todo dizendo que esses caras estão atrás de apenas duas coisas: troféus e mulheres. De preferência nessa ordem.

— Seria legal. Com certeza vamos aceitar o convite — diz meu irmão.

Noah olha de esguelha para Liam e cruza os braços. Ele acabou de revirar os olhos?

Não tenho oportunidade de analisar a situação mais a fundo porque Santi me puxa para longe.

Meu vlog ganha mais seguidores depois de Santi divulgá-lo por uma semana enquanto estávamos em Sakhir para o Grande Prêmio do Barém, passando de algumas centenas para a casa dos mil. Tenho a ideia de postar vídeos no YouTube com vlogs de cada parada em nossa lista. Na semana passada, filmei nossa estadia no Barém, inclusive um vídeo das sessões de treino e entrevistas com os fãs no entorno da pista.

Editei e compartilhei um vídeo de Santi terminando em quarto lugar de novo no Grande Prêmio do Barém. Outra derrota para ele, o que deixa meu irmão infeliz, mas ele disse que já se acostumou com seu novo carro agora. Seguimos em frente, prontos para a próxima corrida, o tempo passando rápido com todas as viagens de uma cidade para a outra.

Os seguidores comentam que adoram ver os bastidores das corridas de F1. Pelo visto, muitos dos inscritos gostam dessa parte do meu vlog, pedindo mais episódios. Após todo esse retorno positivo, dedico uma parte dos vídeos à F1 e atividades relacionadas. Não era bem meu plano original, mas, ei, dê aos fãs o que eles querem. E a mudança ajuda a aumentar meus números em pouco tempo. Milhares assistem aos novos vídeos toda semana.

Novos pedidos de seguidores inundam meu Instagram, incluindo Noah, Liam e alguns outros pilotos. Eu aceito e decido manter o perfil privado para os fãs porque quero separar meu vlog da minha vida pessoal.

Liam e Noah divulgam o meu canal em suas próprias redes sociais quando os marco em vídeos sobre F1. Meus números disparam, o que me deixa pasma. Incrível o que dois caras bonitos podem fazer. Quando partimos para a terceira corrida da temporada, já tenho mais de dez mil seguidores. *Dez pontos para a Maya crescida! Olha, mãe, eu consegui!*

Pousamos em Xangai para o Grande Prêmio da China. Santi sai logo depois de nos instalarmos em nosso quarto de hotel, já que tem um monte de reuniões marcadas. Eu fico na suíte relaxando após o longo voo, pois meu corpo dói depois de tantas horas sentada. Outra corrida, outra suíte de hotel básica. Lençóis brancos e paletas de cores discretas se tornaram parte da minha vida.

Depois de um tempo, vou até o motorhome da Bandini, localizado ao lado da pista de Xangai. O acesso fácil permite à equipe tirar alguns intervalos durante os dias corridos. Funciona como um mini quartel-general, com suítes para os pilotos relaxarem, além de salas de reunião para conferências pré e pós-corrida.

Enquanto estou pegando um lanche, esbarro em alguém. Meus olhos encontram um par de olhos verdes que pertencem a uma mulher com a mesma altura que eu. Ela parece ter mais ou menos a minha idade, com o cabelo loiro preso em um coque alto, algumas mechas douradas escapando do penteado. Usa roupas casuais, uma camiseta branca com um slogan, calça jeans com mais buracos do que tecido e tênis Adidas brancos. Ela tem um ar de californiana praiana que conheço dos programas de televisão americanos.

— Ah, me desculpe. Sou tão estabanada. — Seu pescoço e peito ficam levemente corados, contrastando com a pele bronzeada.

— Não tem problema. Eu vivo esbarrando nas coisas também. Acho que nunca vi você por aqui.

Isso soou mais estranho em voz alta.

— Sou a Sophie. Você não me viu porque acabei de chegar.

Ela estende a mão e eu a aperto.

— Maya. Não vi ninguém da minha idade além do meu irmão. Que bom que esbarrei em você... literalmente.

Ela ri.

— É a primeira corrida que venho ver. Terminei minhas aulas mais cedo para passar um tempo com meu pai enquanto ele viaja. Jamais diria não a férias grátis.

— Eu me formei em dezembro! E quem é seu pai? Ele está com a Bandini, então? — Eu gesticulo para o restante do motorhome movimentado.

Ela mexe em seu colar com uma estrela dourada.

— Meu pai é o chefe da equipe. Ele é quem cuida de tudo por aqui.

— Nossa, que legal. E você vai ficar aqui até o fim da temporada? — Tento não parecer animada demais porque não quero assustá-la, mas a ideia de uma nova amiga parece boa.

— Vou tentar convencer meu pai a me deixar cursar meu próximo semestre on-line para poder ficar a temporada inteira. É a primeira vez que venho desde que era mais nova, então tenho que aproveitar. — Seu sorriso destaca suas covinhas.

— Legal, podemos fazer alguma coisa juntas, já que vou ficar por aqui a temporada toda. Vai ser ótimo ter alguém da minha idade para me ajudar a continuar jovem. — Sorrio para ela.

— Como são as pessoas aqui? Me conta os detalhes.

Sua tensão anterior desaparece. Será que ela fica nervosa quando as pessoas mencionam seu pai e o trabalho dele? Ele mantém a Bandini funcionando, porque chefes de equipe dão ordens para todo mundo sem serem donos da empresa.

Pegamos cadeiras em uma das mesas próximas, prontas para conversar durante o lanche.

— Se ainda não sabe, meu irmão é Santiago Alatorre.

Seus olhos ficam arregalados.

— Mentira. Mas faz todo o sentido, agora que você mencionou. Ele faz bem o tipo espanhol bonitão e jovem.

Contenho um grunhido. Não posso dizer que vejo meu irmão desse jeito, e jamais verei.

— Sim, nós dois temos a fisionomia típica, cabelo escuro e olhos castanhos, embora eu seja mais bonita. Mas não diga isso a ele. Esses pilotos têm ego frágil. — Dou a ela um sorriso travesso.

— Ele é o novato por aqui. Deve ser muita pressão para acompanhar os melhores. Como ele está se dando com o Noah?

— Hã, até agora tem ido tudo bem. Eles não tiveram nenhuma colisão nas duas últimas corridas. Uhu, viva a equipe. — Faço um gesto de líder de torcida.

Sophie solta uma risada.

— Meu pai ficou estressado com a contratação do seu irmão. Ele estava preocupado com a reação de Noah, já que ele está na Bandini há anos. Um verdadeiro garoto Bandini. A equipe não costuma contratar pilotos jovens, não é o padrão deles, mas seu irmão agora é um campeão mundial, ou seja, muito cobiçado nessa indústria. — Ela ergue uma sobrancelha.

Dou de ombros.

— Sim, ele está grato por fazer parte da melhor equipe. Ainda acho loucura ele ser um dos membros mais jovens a entrar para a Bandini. Mas Noah tem lidado bem com a transição, já que não deu nenhuma bronca no meu irmão. Quer dizer, tirando aquela vez depois da primeira coletiva de imprensa.

Ela faz um gesto displicente.

— Essas reuniões são metade sérias, metade drama. Os fãs adoram, ficam grudados na TV. — Ela me lança um olhar significativo antes de continuar. — Mas cuidado com o Noah. Ouço um monte de histórias do meu pai e de outras pessoas.

— Tipo o quê? — Me inclino, não querendo perder uma palavra sequer das informações privilegiadas de Sophie.

— Ele é arrogante, confiante e meio babaca. Além disso, dorme com muitas fãs. Nojento, nojento e nojento. É o tipo de cara que seu pai ameaça com uma espingarda. Bem, pelo menos é o que meu pai disse que faria antes de eu vir para cá. — Ela torce o nariz. Parece que seu pai pode ser um pouco superprotetor. — Mas Noah tem o direito de ser confiante, visto que venceu o Campeonato Mundial três vezes, e isso quando era bem jovem. Ele pode correr por muitos anos ainda, se quiser.

— Maravilha. Nada como uma boa história de playboy para começar o ano com tudo. — Minhas palavras estão carregadas de sarcasmo.

— Meu pai recebeu muitas ligações de patrocinadores preocupados com o comportamento dele. Mas o que ele pode fazer? Noah é profissional na pista e provou ser um dos melhores pilotos da atualidade. Ele só podia baixar um pouco a bola às vezes.

— Sabe, Sophie, acho que você e eu vamos nos dar bem.

Ela retribui meu sorriso. Brindamos à nossa nova amizade com as garrafas de água.

CAPÍTULO OITO

MAYA

Sophie e eu combinamos muito. Nós duas adoramos ouvir Jonas Brothers, tomar o mesmo sabor de sorvete da Ben and Jerry's e fazer compras na Zara em vez da Fendi. Os pilares fundamentais da amizade.

Gosto de ter uma nova parceira para os eventos de patrocinadores, as reuniões de imprensa e quaisquer outras atividades que me deixam com sono. Ainda mais alguém tão esperta e espirituosa quanto Sophie. Ela é um pouco mais atrevida do que estou acostumada, mas gosto de como não leva desaforo para casa.

Digo a Santi que vou encontrá-lo no evento dos patrocinadores, já que Sophie e eu iremos juntas. Ele não consegue esconder a curiosidade quando pede para conhecer minha nova amiga, alegando querer garantir que eu não estou levando nenhuma pobre alma para o mau caminho. Sua superproteção atingiu níveis estratosféricos desde que nos juntamos à turnê da F1.

— Certo, me conta sobre os pilotos. Não convivo com esse pessoal há uns três anos. — Sophie não perde tempo, querendo uma análise completa antes mesmo de ver qualquer um deles dentro do salão. Não a culpo. Eu gostaria de ter chegado com metade do seu preparo, porque aqueles homens exalam confiança e sensualidade.

— Você conhece meu irmão e Noah, óbvio. Conheci o Liam no outro Prêmio, e ele adora flertar. Não estou dizendo que ele *vai* despir você com os olhos, é só um aviso.

Os olhos de Sophie se estreitam.

— Não o vejo desde antes do meu primeiro ano na faculdade. Mas li histórias sobre ele nos tabloides. Depois de dormir com a sobrinha do chefe, ele tem aparecido muito. — Seus lábios se curvam em uma expressão de desagrado.

Eu me encolho com a informação sobre Liam, pois é um grande risco à sua posição na McCoy. O momento é péssimo, com o período para a renovação do contrato dele chegando.

— É, não sei o quanto essas colunas de fofoca acabam errando sobre esses caras, então mal presto atenção no que dizem. Mas isso é tudo que posso compartilhar, porque não conheci nenhum dos outros pilotos ainda.

— Este evento de patrocinadores é para todos os participantes do Prêmio, então tenho certeza de que você vai vê-los em toda a sua gostosura, pelo menos de longe. Às vezes eu me pergunto se é um pré-requisito que os pilotos de F1 sejam absurdamente atraentes. Sexo com certeza vende. — Ela ergue uma sobrancelha.

Eu balanço a cabeça diante do comentário. A suposição não pode estar muito longe da verdade, pelo menos a julgar pelos vídeos de imprensa e das entrevistas que vi no YouTube ao longo dos anos.

Entramos no salão. Há enormes lustres pendurados no teto, lançando uma luz ambiente fraca enquanto música clássica preenche o ar e garçons oferecem aperitivos e pequenas porções de comida. Adoro comparecer a esses eventos e ver o que os organizadores de festas inventam. O local parece lindo e extravagante, e meu vestido de lantejoulas brilha.

Sophie e eu nos dirigimos ao bar, atravessando a multidão de braços dados e passando por uma série de ternos. Álcool é imprescindível nesse tipo de evento. Aprendi essa lição rapidamente depois de inúmeras conversas chatas sobre carros de corrida e contas bancárias.

Sophie nos leva a um espaço vazio no bar. Liam convenientemente ocupa o espaço livre ao lado dela, sem tentar disfarçar quando a analisa dos pés à cabeça.

— Sophie, não te vejo há anos.

Seus olhos azuis brilham de maneira sensual. Tento não me sentir ofendida por ele demonstrar interesse nela depois de flertar comigo. Acho que já devia ter esperado, visto que esses pilotos têm o apetite sexual de um adolescente.

— Liam. — Ela inclina a cabeça com educação. É uma maneira estranha de cumprimentar alguém que você não vê há tempos.

— O que posso pedir para essas duas moças lindas? — Ele mexe as sobrancelhas.

— Não é um open bar? — A sagacidade de Sophie aparece na resposta imediata, o que eu adoro. Ela pode acabar se tornando minha pessoa favorita durante essa saga do Campeonato.

— Mas ainda posso fazer o pedido para vocês. Deixem um homem se sentir útil. — Ele coloca a mão no peito e faz beicinho.

— Porque você, de todos os homens, precisa ter seu ego alimentado mais do que o normal. Claro… Mas vou querer um Moscow Mule. — Sophie dá um sorrisinho, o que faz sua covinha aparecer.

Ele sorri para ela antes de olhar para mim, esperando uma resposta.

— Vou querer o mesmo.

Educado, Liam cuida da gorjeta para o barman — sendo útil, afinal.

— Por que vocês duas querem passar a noite com esses homens chatos? Eles são um tédio. — Ele brinda com a garrafa de cerveja, dizendo um *saúde* rápido antes de dar um gole. Os olhos de Sophie permanecem fixos em Liam enquanto seus lábios envolvem o gargalo da garrafa.

— Estou à caça do meu futuro marido. Estava pensando em alguém entre 40 e 50 anos. Velho o suficiente para comprar tudo que eu quero, jovem o suficiente para não ter um pau enrugado.

Engasgo com a minha bebida. Sophie dá de ombros para mim enquanto os olhos de Liam se demoram nos seios dela por um segundo a mais.

Se controle, homem.

— Se ele tiver 60 anos ou mais, você só vai precisar lavar a boca com água sanitária por dez anos, em vez de vinte. — Liam pesa as duas opções invisíveis nas mãos, a garrafa de cerveja subindo e descendo.

— Ao contrário de Sophie, que quer ser uma noiva por encomenda, eu vim porque meu irmão me arrasta para todos os lugares.

— Como ele está se dando com o nosso príncipe carrancudo? — Liam se vira para mim antes de voltar os olhos para seu novo objeto de interesse. Eles se estreitam ao encarar os lábios dela envolvendo um canudo e sugando a bebida.

Lanço um olhar que diz a Liam para não se envolver com minha nova amiga, já que quero muito que ela me acompanhe nos eventos. Espero que meus olhos digam: "fique longe". Noites como esta tendem a ser solitárias e monótonas com Santi sempre ocupado.

Ele percebe e assente sutilmente, compreendendo. Ótimo.

— O pai da Sophie cuida deles, dando-lhes amor e atenção suficientes para que ninguém fique com ciúmes.

— Ele é um chefe rigoroso, mantendo a equipe em forma e esperando o melhor de todos. Fico imaginando como deve ter sido crescer com ele. Quer contar pra gente? — Liam olha ansioso para Sophie, abrindo um sorriso luminoso.

— Ah, aposto que você gostaria de saber tudo. Mas não podemos revelar nossos segredos para o inimigo. — Sophie finge fechar os lábios com um zíper.

— Eu sou piloto de outra equipe. Não somos inimigos, não seja dramática.

— Ah, só me faltava essa... O drama te segue aonde quer que você vá — diz Sophie com um sorriso no rosto.

O sorriso de Liam se alarga.

— Andou me vigiando?

As bochechas de Sophie coram diante da sobrancelha erguida de Liam antes de ela tomar um longo gole de sua bebida.

Eu interrompo a discussão.

— *Certo*. Ah, olha só, é o Noah. — Eu seguro o braço de Noah e o arrasto para a conversa, cansada de segurar vela.

Noah olha para o meu braço como se o contato o ofendesse. *Estamos indo muito bem.*

— Noah, esta é a Sophie. Sophie, Noah — falo sem pensar.

— Já nos conhecemos. Estou na equipe do pai dela há cinco anos.

Ele me lança um olhar confuso que é imediatamente substituído por outro de desejo quando seus olhos percorrem meu corpo, descendo o vestido vermelho. *Obrigada, Sophie, pela ideia de roupa.*

Sinto meu estômago revirar enquanto observo o terno dele, uma nova fraqueza minha. *Resista à gravata-borboleta, Maya.* Esta situação semanal é uma tortura. *O que fiz para merecer esse castigo?*

Por mais que eu diga ao meu cérebro que Noah não vale a pena, meu corpo não concorda. Do nada, o dedo indicador dele acaricia os nós dos meus dedos, o contato disparando uma descarga elétrica entre nós. Minha bebida balança quando afasto a mão em um movimento brusco. O líquido frio escorre pela minha pele.

Noah seca as gotas com o polegar antes de levá-las à boca, seus olhos ainda nos meus. *Meu Deus.*

Respiro fundo, enchendo os pulmões de ar. Ele me lança uma piscadela significativa.

Solto um suspiro aliviado quando ele começa a falar, colocando a mão no bolso e sorrindo para Sophie de modo afetuoso.

— É bom vê-la, Sophie. Seu pai parece muito feliz por ter você nos visitando. Não parava de falar sobre isso no almoço outro dia, dizendo que você está quase terminando a faculdade. Ele disse que você deveria gerenciar meus fundos.

Sophie balança a cabeça.

— E ele me contou tudo sobre o time dos sonhos dele e como está encantado com todas as novidades. Está se dando bem com o irmão dela? — Ela aponta para mim e sorri.

Obrigada por falar sobre o rival dele, Sophie. Será que é tarde demais para cancelar nossa amizade?

Noah ri.

— Não me insulte, pensei que *eu* fosse o piloto dos sonhos dele. Mas sim. Divido todos os meus brinquedos com Santiago, e brincamos juntos no recreio sem problemas.

Reviro os olhos para o sorriso convencido dele, me perguntando por que achei que puxá-lo para a rodinha seria uma boa ideia. Justo quando penso que ele pode ser normal, ele se transforma em um arrogante idiota.

Nossa conversa é salva mais uma vez por um sujeito aleatório. Só pela aparência, imagino que seja piloto de F1.

Seu sotaque britânico interrompe a conversa atual.

— E aí, pessoal? Que evento, não é mesmo?

Sophie e eu babamos um pouco ao ver o inglês à nossa frente, com um sotaque e tanto. O britânico tem olhos escuros, pele negra e cachos que nenhum pente pode domar. Sua camisa preta desabotoada deixa à mostra tatuagens no pescoço que descem até o pouco que podemos ver de seu peitoral. Ele tem o típico visual de *bad boy*. A mão segura um copo, exibindo dedos tatuados.

Liam e Noah cumprimentam o recém-chegado e o apresentam como Jax, colega de equipe do Liam. Não é à toa que quase nenhuma mulher trabalha na indústria de F1. Duvido que eu seria produtiva cercada por tanto homem gato dia após dia.

— Quem são essas moças elegantes? Vocês dois estão tentando escondê-las de mim, né? — Ele abre um largo sorriso para Liam e Noah, inclinando o copo na direção deles.

Sophie cora, não sendo imune ao charme dele. Sinceramente, duvido que eu esteja melhor do que ela no momento, minhas bochechas combinando com a cor do meu vestido.

— Sou Maya Alatorre, e esta é Sophie Mitchell. — *Parabéns para mim por conseguir pronunciar as palavras.*

— Uma dupla bem interessante vocês dois têm aqui. — Ele balança a cabeça para Liam e Noah.

Liam ergue a cerveja na direção de Jax antes de tomar um gole.

— Queríamos mantê-las longe da sua cara feia. Não queremos assustar as garotas antes que elas tenham a chance de passar mais tempo conosco.

Noah tentar disfarçar um grunhido, quase inaudível por causa da minha risada.

— Quem sabe a gente pode fazê-las torcer pela McCoy em vez da Bandini um dia. As mulheres costumam adorar nosso sotaque. — Jax exagera no sotaque britânico desta vez.

— Prefiro *morrer* a torcer pelo seu time. — Sophie finge uma cara de nojo, franzindo o nariz e arregalando os olhos.

— Sei que você só está falando da boca pra fora. Se passar um dia no meu box, não vai mais querer ir embora. — Liam abre um sorriso sugestivo para Sophie.

Ela dá um tapa no braço dele antes de mexer na bebida de novo.

— Até mais, pessoal. — Jax ergue o copo na nossa direção antes de se afastar. Sophie quase baba no próprio vestido, despreparada para tantos pilotos bonitos. Eu tentei avisar.

— Foi ótimo conversar com vocês dois. Nós vamos indo. Obrigada pelas bebidas, Liam. — Abro um sorrisinho para ele enquanto pego a mão de Sophie e a puxo para longe.

— As bebidas são de graça. Sério, Liam, está sem dinheiro? A McCoy não está te pagando o suficiente? — A voz de Noah é mais alta que a música.

Liam solta uma gargalhada enquanto eu fujo de Noah porque gravatas-borboleta são a minha fraqueza.

E não Noah. Não mesmo.

CAPÍTULO NOVE

MAYA

A multidão se agita entusiasmada enquanto os mecânicos cuidam dos preparativos para o Grande Prêmio da China. Membros da equipe se reúnem ao redor dos carros, fazendo verificações no motor e garantindo que tudo esteja pronto para a largada. É caótico, mas ao mesmo tempo organizado. Centenas de pessoas ajudam na operação, da alimentação dos pilotos até os testes elétricos nos carros da Bandini.

Noah segue seu ritual pré-corrida solitário. Não o culpo pela preferência, considerando a enorme pressão de cada corrida. Além disso, os fãs e as multidões devem sugar suas energias. Santi e eu passamos um tempo juntos enquanto ele autografa bonés e outros equipamentos para os fãs. Ele gosta da minha companhia, diz que alivia seu nervosismo pré--corrida. O que funcionar para ele está bom para mim.

Entro na área das suítes e o silêncio me acolhe, já que a maior parte da equipe está trabalhando na garagem, conferindo se os carros estão em perfeitas condições para a corrida.

A caminho do banheiro, topo contra um corpo firme, provando que esbarrar nas pessoas está se tornando minha especialidade. Uma mão agarra meu braço e me ajuda a recuperar o equilíbrio. Ergo a cabeça e encontro Noah, seus olhos azul-escuros perfurando os meus. Sua mão permanece no meu braço enquanto arrepios percorrem a minha pele.

Suspiro com o contato, sem gostar dessas respostas fisiológicas incontroláveis.

— Me desculpe, eu devia prestar mais atenção por onde ando.

Primeiro Sophie, agora ele.

Ele tira os fones de ouvido.

— Sem problema. Esses corredores são bem apertados. — Sua voz é grave. Por que ele não podia ter uma voz anasalada e estranha, algo que diminuísse parte do seu sex appeal? Não é pedir muito.

Meus olhos têm vontade própria, percorrendo seu corpo rapidamente, porque eu não tenho autocontrole. Seu macacão de corrida tem um caimento perfeito, enfatizando sua forma muscular, e a cor vermelha vibrante fica bem contra sua pele bronzeada. Fecho os olhos em um esforço inútil para me livrar da imagem. Queria que Santi tivesse um colega de equipe menos atraente, porque estou vivendo um martírio.

— Tenho que me acostumar com o movimento por aqui nos dias de corrida. O que você fica fazendo lá dentro? Nunca faz nenhum barulho. — Aponto na direção da porta dele com um movimento de cabeça.

Ele dá uma batidinha nos fones de ouvido.

— Fico ouvindo música e me preparando mentalmente para a corrida. Faço tipo uma palestra motivacional para mim mesmo e treino um pouco.

— *Você* precisa de uma palestra motivacional? Não acredito. Pensei que o incrível Noah Slade jamais errasse, que nenhum desafio fosse assustador demais. — Olho para o teto com adoração, colocando a mão no peito.

Seu sorriso convencido se desfaz, mas ele se recupera rapidamente.

— Até os melhores precisam de motivação. Dirigimos carros em altíssima velocidade, então ainda pode ser intimidante pra caralho.

Ele segura o meu braço de novo e me puxa para a parede. Um assistente passa correndo, as mãos cheias de peças de carro e sacolas.

— É preciso tomar cuidado por aqui. Você é pequena o suficiente para ser atropelada por um carrinho ou algo do tipo.

Olho Noah nos olhos e me arrependo na hora. O tom de azul deles se tornou a minha cor favorita, lembrando-me das águas costeiras de Barcelona.

— Bom saber. Vou deixar você voltar para o seu ritual.

Dou uma batidinha nos fones de ouvido dele antes de me virar em direção à suíte de Santi. Preciso de distância dele, qualquer coisa para quebrar o contato do seu braço com o meu.

— Espera.

A mão calejada acaricia meu braço de novo, aquecendo minha pele onde toca. A falta de respeito de Noah ao espaço pessoal me frustra. Seus toques sobrecarregam meus sentidos e vencem meu cérebro, me fazendo desejá-lo. Meu corpo se recusa a escutar o aviso do meu cérebro sobre Noah ser uma péssima ideia.

— Hã... — Não consigo formar frases lógicas enquanto a mão dele continua em meu braço.

Sem saber que rumo a conversa vai tomar, fico inquieta.

Noah fala:

— Por que você fica com seu irmão antes das corridas? É uma distração.

Eu pisco uma, duas vezes, surpresa. E mais uma terceira só para garantir. *E quem disse que é você quem decide?*

Seus dedos traçam linhas na minha pele como se não tivesse acabado de dizer algo grosseiro. Duvido que ele perceba a impressão que passa para os outros. Por que perceberia, se sempre consegue o que quer e nunca lhe dizem *não* ou *por favor*? Mimado prepotente.

Fico irritada com a reação que meu corpo tem a ele, o jeito como meu coração bate mais rápido ao seu toque, despertando algo em mim. Encaro suas mãos e tento mandá-las se afastarem com a força da mente. Ele tem mãos fortes que parecem grandes o suficiente para me dominar. Mãos fortes que eu quero sentir em mim, tocando e apertando.

Meu autocontrole perto dele é digno de medalha. Mereço meu próprio troféu e chuva de champanhe, ainda mais considerando como seu cheiro limpo e inebriante me deixa confusa. É um desafio pensar em qualquer coisa além dele.

— Não é uma distração para o meu irmão, e ele é quem importa para mim. Sem ofensa. — Minha voz ofegante não tem o impacto que eu pretendia. Culpo as malditas mãos de Noah por perturbar meus neurônios, me deixando incapaz de formular frases coerentes.

— Às vezes posso ouvir vocês através das paredes, inclusive suas risadas. Devem estar se divertindo lá dentro.

Fico tensa com a confissão. Ele soa sincero. Talvez até melancólico? Não dá para saber se estou imaginando coisas, supondo emoções que podem estar erradas.

— Vou tentar manter a voz baixa e rir menos. Não quero perturbar o campeão, afinal. — O sarcasmo dá o golpe desta vez. *Parabéns para mim.*

Confiante, olho Noah nos olhos de novo quando ele solta um suspiro profundo.

— Me desculpe. Não quis ofender.

Um pouco tarde para isso.

Mantenho meu olhar em seu rosto, encorajando-o silenciosamente a continuar. Posso esperar pelas desculpas.

— Não estou acostumado a ter você ou Santi aqui. Em geral é tudo bem silencioso nos dias de corrida. Meu antigo colega de equipe era como eu, costumava ouvir música e treinar. Também tirava cochilos. Não quis fazer você se sentir mal com isso, então, por favor, não leve a mal. — Ele muda o peso do corpo de um pé para o outro.

Ele parece sincero, afinal. Passa a mão pelo cabelo, despenteando os fios escuros. Seu visual típico. Sorrio com sua aparência desalinhada, sabendo que descobri o tique nervoso de Noah. Quem poderia imaginar que o figurão tinha um?

Ofereço um sorriso sincero.

— Tudo bem. Não quero ser uma distração para ninguém. Vou tentar ser mais silenciosa.

— Certo, obrigado. — Ele se vira para sua porta.

— Noah. — Seu nome escapa dos meus lábios, fazendo com que ele olhe por cima do ombro. — Boa sorte hoje.

— Obrigado.

Parte do meu coração se derrete quando ele dá uma piscadela para mim antes de fechar a porta.

Eu me encosto na parede e espero meu coração desacelerar. Quando finalmente relaxo, volto para a suíte de Santi.

Hoje, Liam lidera o grupo com a pole position. Finalmente uma mudança no lugar de Noah, que normalmente está na P1, com meu irmão na P2 e Noah na P3. Um terceiro lugar para o sr. Slade. Que tragédia. A Bandini e a McCoy superam os outros pilotos todas as vezes, o que parece injusto, já que dinheiro faz toda a diferença em um esporte como esse. As principais equipes contratam os melhores engenheiros e equipe técnica. Algumas outras seguem de perto, trabalhando para obter posições mais altas e carros melhores.

Os pilotos disparam pela pista assim que as luzes acima do grid se apagam. O cheiro de combustível enche o ar, me acalmando, estranhamente. Bato palmas enquanto os carros passam. Adoro ficar perto da grade de segurança, sentindo as vibrações dos motores enquanto os carros saem rasgando pela pista, a cerca de metal tremendo sob meus dedos enquanto seguro a barreira.

Na TV, os carros da F1 podem parecer atingir velocidades normais. Pessoalmente, no entanto, eles passam em um borrão de cores e uma explosão de ar, o rugido dos motores rivalizando com os aplausos da multidão. Meu cabelo ondula ao vento quando os carros vermelhos da Bandini passam voando. A velocidade torna difícil distinguir quem é Noah e quem é Santi, então presto atenção nos alto-falantes para saber as posições de cada um. Faíscas voam quando os carros raspam no asfalto. Outros passam mais tranquilamente, uma mistura de cores que vai do cinza ao rosa. Os modelos variam de elegantes a desajeitados. Hoje estou filmando o evento da lateral da pista, numa curva popular com vista para a linha de chegada.

Não há problemas significativos nos primeiros vinte minutos. Durante a décima segunda volta, um piloto colide com uma barreira, seu carro batendo nos bloqueios de proteção. Água espirra na pista quando os galões de plástico explodem. O piloto solta o cinto de segurança e pragueja antes de arrancar o capacete. Ele acaba ajoelhado ao lado de seu carro destruído, o corpo tenso e trêmulo. Os fãs subestimam como os pilotos ficam emocionados quando sofrem acidentes. Não podem mais completar essa etapa Prêmio. Depois de todo o trabalho árduo e os sacrifícios da equipe, terminam sem pontos para o Campeonato.

Volto minha câmera para a pista, capturando fotos incríveis dos carros da McCoy e da Bandini passando velozes, quase se tocando enquanto tentam ultrapassar um ao outro. O uivo dos motores traz um sorriso aos meus lábios.

Liam e Noah disputam as duas primeiras posições ao longo das quarenta voltas. A empolgação não desapareceu após a primeira hora vendo eles competirem, a multidão ainda gritando e torcendo. Depois de uma hora e meia, minhas pernas ficam dormentes. Eu deveria ter trazido uma cadeira e lanches.

Na quinquagésima volta, meu irmão se aproxima de Noah. A postura defensiva de Santi me deixa tensa. Seguro a grade enquanto eles voam pela pista, Noah mantendo a liderança. O carro de Santi chega desconfortavelmente perto do de Noah. *Perto demais.* Durante uma reta, meu irmão acelera antes de tentar ultrapassar Noah bruscamente.

Perco o fôlego quando a asa dianteira do carro do meu irmão atinge a traseira do de Noah. Santi gira atrás dele, ambos os carros tremendo enquanto derrapam pelo asfalto. Meu irmão colidiu com Noah a cerca de duzentos e noventa quilômetros por hora. Os carros da Bandini giram como dois ioiôs vermelhos pela pista, os pilotos incapazes de remediar a perda de controle. Meu estômago se revira. A multidão se cala e ouve o som estridente do metal, um rastro de faíscas e fumaça seguindo os carros. Finalmente, eles param perto de uma barreira lateral. Fumaça sai dos dois motores e sobe em direção ao céu azul.

Merda. Noah e Santi saem de seus carros. A equipe de segurança confere que os pilotos não estão feridos enquanto os carros destruídos da Bandini são guinchados. Noah agita os braços na direção do meu irmão. Ele joga o capacete no chão, agarrando o macacão de corrida de Santi e o empurrando. Meu irmão recupera o equilíbrio antes de cair.

Respiro fundo, aliviada por ambos estarem bem. O risco de acidentes está sempre presente neste esporte. Alguns pilotos já morreram em acidentes como o de hoje, mas a maioria ilesa sai dos carros graças a todas as precauções de segurança, como macacões resistentes ao fogo, capacetes e a barra acima do carro que protege o piloto em capotagens. Esse acidente demonstra por que a F1 tem protocolos de segurança para começo de conversa.

O locutor anuncia que Noah e Santi vão ficar de fora do Grande Prêmio, uma péssima notícia para a equipe da Bandini. É uma grande perda, já que nenhum dos dois receberá pontos para o Campeonato de Construtores. Além disso, é um golpe na confiança do meu irmão.

Eu os espero nas suítes dos boxes, no mesmo corredor onde esbarrei em Noah mais cedo. Escuto Noah e Santi assim que eles entram.

— Onde você estava com a cabeça, porra? Seu amador imprudente, está tentando fazer merda? Essa sua cagada nos custou tudo hoje.

Meu corpo se enrijece ao ouvir a maneira como Noah fala com meu irmão. Espio pelo canto do corredor, querendo ver a cena. Noah está de costas para mim enquanto meu irmão parece furioso, algo raro para ele. Suas bochechas estão vermelhas, os olhos estreitos e as sobrancelhas franzidas.

Os olhos do meu irmão quase soltam faíscas.

— Eu já pedi desculpas duas vezes, Slade. Quer dar um beijinho e fazer as pazes?

O uso do sobrenome e o sarcasmo na voz de Santi nunca são um bom sinal.

— Se quer se provar, tente fazer isso sem bater um carro de milhões de dólares. Vai ser melhor a longo prazo. Mas, se queria o meu pau, era só pedir com educação. — A voz dura de Noah ecoa pelos corredores.

— Vá se foder. Você age como se fosse um presente de Deus para os outros mortais. Um dia eu vou vencer você e todo mundo também. Para de se achar.

Meus olhos se arregalam e pressiono a mão contra a boca. Noah não responde. Ele se vira na direção do meu esconderijo no corredor e quase me atropela a caminho de seu quarto. Suas mãos me seguram, estabilizando meu corpo antes que eu caia.

Vejo olhos sem brilho e bochechas coradas.

— Desculpe — murmura ele antes de fechar a porta de seu quarto.

Meu coração se aperta ao vê-lo tão infeliz. Não quero sentir pena dele, porque é um babaca com o meu irmão, mas não consigo deixar de sentir compaixão. É uma droga meu irmão ter feito uma besteira que vai causar repercussões severas para toda a equipe. Mesmo deixando a pontuação pra lá, o clima entre os dois não poderia estar pior.

Entro na suíte de Santi e me sento no sofá quando o celular de Noah toca no quarto ao lado. Ele quase nunca recebe ligações, mas tento ao máximo não ouvir a conversa. E com "tento ao máximo" quero dizer que no momento estou com um copo encostado na parede para tentar escutar melhor. Tudo o que consigo entender são palavras abafadas. Uma missão de espionagem bastante fracassada, para ser sincera, e meus ouvidos só captam algumas palavras como *pai* e *acidente*.

Santi entra na suíte enquanto estou pesquisando na internet como usar copos para bisbilhotar. Ele olha o copo vazio em minha mão com curiosidade, mas não diz nada, optando por ignorar meu sorriso brincalhão.

Meu irmão se joga no sofá ao meu lado e solta um suspiro, e sua expressão derrotada faz meu coração doer. Seus dedos se atrapalham na hora de desabotoar o macacão de corrida enquanto os pés se livram dos tênis. Ele põe a cabeça entre as mãos. A sala é tomada pelo som de sua respiração profunda, inspirando e expirando.

Dou-lhe alguns momentos antes de começar a sondar.

— Como foi a conversa com o engenheiro-chefe e Noah?

Eu aprendo com meus erros, então mantenho a voz baixa o suficiente para Noah não nos ouvir.

— Noah está puto da vida, para dizer o mínimo. E eu entendo, porque fiz merda mesmo. Mas pedi desculpas assim que saímos dos carros e quando chegamos aqui. Nem tinha visto as imagens ainda, mas sabia que a culpa tinha sido minha.

— Ele não deveria ter gritado com você daquele jeito na frente de todo mundo, fazendo um escândalo. É errado e uma vergonha para vocês dois. E bem imaturo, quando você já pediu desculpas.

Certo, o volume da minha voz aumentou um pouco. Noah pode ou não estar ouvindo nossa conversa no momento, e por minha causa.

— Eu o fiz perder uma boa quantidade de pontos. Ele vai levar tempo para se recuperar. Eu também estaria com raiva, se fosse comigo. — Suas mãos puxam o cabelo enquanto ele olha para o chão.

— Vocês dois são companheiros de equipe tentando aprender como o outro funciona. Têm estilos diferentes e precisam entrar em sintonia e trabalhar juntos. — Estou torcendo por ambos. Pelo bem da Bandini e do Construtores, eles precisam deixar de lado essa rivalidade.

— A organização vai nos fazer participar de uma coletiva pós-corrida para representar a Bandini.

Ele finalmente olha para mim. Seus olhos vermelhos não têm o brilho habitual, e sua tristeza me dá um aperto no coração.

Respiro fundo, sabendo o que tenho que fazer.

— Eu vou com você. O que pode dar errado? Não é como se você pudesse provocar outra colisão.

Famosas últimas palavras.

A coletiva de imprensa não é a mesma coisa que assistir a Santi e Noah se chocarem na corrida. Na pista, você não pode ver ou sentir a tensão entre os pilotos. Só no rádio da equipe, mas poucas pessoas podem ouvir essa parte, a menos que as gravações acabem no YouTube.

Veja bem, em uma coletiva de imprensa, todas as emoções estão presentes como fãs inconvenientes. Repórteres salivam ao pensar nos dois caras sentados juntos. A tensão preenche a sala como uma nuvem carregada, meu irmão se remexendo na cadeira enquanto o olhar de Noah está fixo nas luzes brilhantes à sua frente. Fico desconfortável com o constrangimento palpável entre os dois. Há muitas câmeras na cara deles, o que torna difícil esconder qualquer coisa.

Retiro meus comentários anteriores sobre coletivas de imprensa serem entediantes. Eu preferiria tédio a desastres.

A mandíbula de Noah se move quando o repórter faz uma pergunta para Santi.

— Aquilo não deveria ter acontecido hoje. Nossa equipe perdeu muitos pontos por causa do acidente.

O repórter não deixa Santi escapar tão fácil, porque boas respostas não vendem revistas.

— É verdade que o engenheiro da equipe disse para você frear o carro e se afastar de Noah, mas você não ouviu?

Meu irmão se remexe na cadeira.

— Eu não quero falar sobre isso. A equipe já perdeu hoje. É ruim para nós. Precisamos ficar falando sobre cada detalhe do meu erro?

Noah balança sutilmente a cabeça antes de focar o olhar à frente. Ele trocou seu macacão de corrida apertado por uma camisa polo do patrocinador e o cabelo está arrumado, sem um único fio fora do lugar. Prefiro mil vezes sua malícia encantadora a esse estado triste. Os braços estão cruzados, atraindo minha atenção para os músculos esculpidos, a pele bronzeada e luminosa sob as luzes brilhantes.

Observo os repórteres ao redor da sala, procurando por distrações, mas meus olhos voltam para a mesa da imprensa e analisam Noah de novo. *Droga. Por que ele tem que ser o rival do meu irmão?*

Eu me remexo, arrastando os tênis no piso liso. Minha atenção se volta para o meu irmão, e escolho ignorar a atração por Noah, porque não quero aceitar esses sentimentos. Em vez disso, enumero mentalmente todas as razões pelas quais Noah é uma péssima ideia.

É rápido demais.

Eu mal o conheço.

Ele é colega de equipe do meu irmão. Seu rival, até.

Ele é um mulherengo, com mais casos do que todas as temporadas de The Bachelor *juntas.*

Ele parece que vai foder com a minha cabeça tão bem quanto vai me foder na cama.

Pensar em todas as razões pelas quais um envolvimento com Noah Slade é uma má ideia é uma distração útil, me mantendo alheia ao drama que está acontecendo na minha frente.

Volto a prestar atenção quando os repórteres decidem direcionar suas perguntas para Noah.

— Noah, nos conte o que pensa sobre a situação.

Os repórteres decidiram que hoje é o dia para perguntas abertas.

— É uma merda, algo que nunca deveria ter acontecido. Santi pediu desculpas e nós sentimos muito. Nossa equipe agora precisa corrigir nosso erro e estamos gratos pelos esforços deles para consertar nossos carros até a próxima corrida. Amamos este esporte, apesar dos acidentes. Ninguém vem aqui para sair mais cedo da corrida e ir para casa de mãos abanando. Foi o pior exemplo possível de trabalho em equipe, mas vamos melhorar.

Ele responde perguntas como um profissional. *Nada mal.*

Meu irmão relaxa visivelmente na cadeira, o alívio evidente em seus olhos.

Minhas expectativas para hoje não incluíam Noah agindo de modo tão profissional. Na frente das câmeras, ele deixa de lado o mau humor de antes, aparentando ser o companheiro de equipe perfeito. Consigo entender por que a Bandini continua com ele, para além de seu talento atrás do volante. Sua aparência torna óbvio por que as mulheres gostam dele, pois tem jeito com as palavras e está disposto a apresentar o seu melhor.

O resto da conferência é um tédio. Lanço olhares furtivos para Noah, porque o que mais uma garota pode fazer durante uma reunião entediante? Ele me flagra no ato, fazendo minhas bochechas corarem.

E o sorriso malicioso que ele me dá quando as câmeras param de gravar? Aquele que promete mais? Sim. Eu o vejo.

Ah, não, estou ferrada.

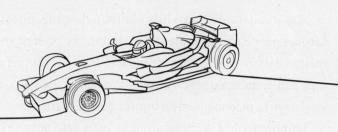

CAPÍTULO DEZ
Noah

Maya tenta disfarçar a maneira como me olha. Não acho mais que seja mera curiosidade, embora no começo eu tivesse pensado que sua atenção era uma maneira de avaliar o novo colega de equipe de seu irmão. Mas já faz um mês que evitamos a tensão entre nós — desde o início da temporada, lançando olhares um para o outro e fugindo do contato físico. Ela provoca uma excitação diferente em mim, por si mesma e pelas reações que pensa passarem despercebidas.

Meu relacionamento com Santi já começou mal. Não há por que piorá-lo ainda mais por causa de uma transa casual, por mais atraente que seja sua irmã. E ela é uma mulher de tirar o fôlego. Sou atacado por pensamentos pervertidos, me imaginando com o rabo de cavalo dela enrolado na mão enquanto seus lábios carnudos envolvem meu pau, movendo-me dentro dela até eu terminar em sua boca. Sou mente suja e um filho da puta, mas não posso fazer isso com meu colega de equipe, por mais que eu queira.

Então, guardo minhas fantasias para outro momento, com outra garota.

Não se caga no próprio quintal. E ponto-final.

Mas a cabeça de baixo luta contra a de cima, porque dou olhadas furtivas para ela pela garagem da Bandini. Eu poderia mentir para mim mesmo e dizer que é pura curiosidade. Mas, a julgar pela maneira como meu pau endurece quando estou perto dela, é mais do que isso, e a frustração corre pelo meu corpo por ter que resistir.

Tenho vergonha de admitir que às vezes bato uma no banheiro depois de ver Maya. Não adianta negar meu péssimo hábito. Isso acontece em geral depois das corridas, com toda a adrenalina acumulada implorando por um alívio. Mas ela está sempre por perto, então ultimamente tenho tomado muitos banhos frios, tentando me livrar das imagens em minha cabeça. Ela usa shorts apertados que mostram suas pernas bronzeadas, e fica linda mesmo com as camisetas da Bandini. O visual desperta meu lado possessivo, feliz em vê-la nas cores da minha equipe, circulando pela garagem com sua câmera.

Será que posso pedir ao chefe para proibir esse tipo de roupa no motorhome da Bandini? Pode resolver metade dos meus problemas.

Ela se debruça dentro do cockpit do carro de Santi, olhando o interior com um dos mecânicos.

O mecânico olha para todos os lugares, menos para a bunda de Maya quase na sua cara. Graças a Deus que ela não está usando um de seus shorts esfarrapados que parecem que vão se desmanchar na próxima lavagem. Tenho meus limites. Ela nem percebe como a garagem fica quase em silêncio enquanto filma o interior do carro de Santi para seu vlog.

Eu me ajeito dentro da calça jeans quando meu pau lateja desconfortavelmente contra o zíper. Meus olhos vagam pelo resto do ambiente, percebendo que a equipe dá olhadas furtivas para a bunda empinada dela. E não gosto nada disso. Onde diabo está Santiago quando você precisa dele?

Santiago, por favor, venha buscar sua irmã. Ela atrapalha o trabalho de todos.

Felizmente, Maya enfim se endireita, tirando a cabeça de dentro do carro. Seu cabelo não está preso no rabo de cavalo de sempre, os fios castanhos ondulados caindo pelas costas e emoldurando seu rosto. Eu diria que ela tem uma aparência angelical, exceto pelo corpo, que foi feito para o pecado — para foder com força e por um bom tempo. Meu tipo favorito de perdição. Seguro a risada diante do espetáculo cômico de muitas cabeças se voltando para seus afazeres. Um zumbido de furadeiras e o barulho de computadores recomeçam, os trabalhadores não mais concentrados em Maya.

Ela abre um sorriso radiante para mim assim que me nota, enchendo meu peito com um calor que raramente sinto. Devolvo o sorriso, porque não sou um babaca completo. Meus olhos se voltam para a pequena câmera preta e o tripé que ela segura na mão minúscula, a lente me provocando quando ela se aproxima de mim.

Ah, isso explica o sorriso caloroso. Eu balanço a cabeça para sua astúcia, um sorriso sarcástico substituindo o anterior.

— E aqui temos o melhor da Bandini, mas não para mim, porque ainda acho que ninguém se compara ao meu irmão. É Noah Slade. Diga oi para todo mundo.

Ela aponta o dispositivo diretamente para mim, sem perguntar primeiro. Gosto de como ela é do tipo que pede perdão em vez de permissão. É parecida comigo.

Não gosto de entrevistas que não são obrigatórias. Mas foda-se, se vai ajudá-la a conseguir novos seguidores, por que não?

Abro um sorriso radiante. Minto para mim mesmo dizendo que estou fazendo isso pelos fãs, mas meu pau e eu sabemos a verdade.

— Uma verdadeira vlogger deveria ser imparcial — resmungo.

Sua risada suave e ofegante faz o tripé balançar, e é o melhor som que vou ouvir hoje. Que outros sons poderia tirar dela se estivéssemos a sós?

Tire a cabeça do box, Noah.

— Falaremos sobre isso depois, pessoal. Então, Noah.

Meu pau endurece quando a ouço pronunciar meu nome, sedutora e cativante, com as vogais alongadas. Mexo sutilmente os pés para aliviar o desconforto.

Eu adoraria ouvi-la repetir meu nome em circunstâncias diferentes. Por trás de portas fechadas, onde ninguém poderia nos ouvir, de preferência sem roupas.

Que piada cruel é ansiar pela atenção da garota que desejo, mas não posso ter. Pior ainda, ela está alheia a tudo. Eu quero passar mais tempo perto dela e sugar sua felicidade como o maldito buraco negro que sou.

Maya continua falando, sem perceber meus sentimentos conflitantes.

— Gostaria de mostrar seu carro para os fãs?

Ela bate as pestanas, caprichando na simpatia. Seus olhos castanhos brilham para mim. Porra, quem poderia resistir a um olhar assim?

— Claro, que se foda. Por que não?

Parabéns, Noah. Xingando diante das câmeras.

Ela assente com empolgação diante da minha concordância. Se conheço Maya, ela só está resistindo à vontade de aplaudir por causa da câmera.

Nós caminhamos até o meu carro. Os engenheiros tiram a cobertura para facilitar o acesso ao cockpit. Deslizo a mão pela frente do carro, dando atenção extra ao capô. Os olhos de Maya se turvam quando ela se concentra nas minhas mãos. Mais uma prova de que ela também é afetada por mim, de que a atração não é unilateral. Meu cérebro guarda essa informação para outro momento.

Se ela não fosse irmã do Santi, eu a convidaria para o meu quarto de hotel para a gente se divertir, convencendo-a de ceder à tentação. Mas, já que ela é, tenho que ser respeitoso. Não é muito o meu estilo.

Faço isso pelo bem da equipe, é claro.

— Quer mostrar para os espectadores como é estar atrás do volante? — Seus lábios se curvam para cima.

Cutuco um membro da equipe do box.

— Ei, poderia pegar meu volante? Por favor. — Ele se apressa em atender ao meu pedido. — Enquanto esperamos, vou mostrar tudo para os fãs. Os novos espectadores não sabem como nós, pilotos de F1, ficamos praticamente deitados dentro do carro. Às vezes, é até difícil enxergar por cima do volante. Isso dificulta as curvas, como você pode imaginar. — Eu me apoio casualmente no carro. O sorriso radiante de Maya me encoraja a continuar. — Dependendo do tipo de dano sofrido durante a corrida, a equipe do pit stop pode ter a peça sobressalente necessária para fazer o conserto. Ah, o volante chegou.

Maya se aproxima de mim, posicionando a câmera para conseguir um bom ângulo. Sinto o perfume floral e fresco dela, um cheiro viciante e distinto.

Explico o mecanismo e os botões do volante. A Bandini gosta de manter sigilo sobre nossa tecnologia, então não revelo nenhum segredo comercial. Maya assente com a cabeça, prestando atenção em tudo o que digo. Os movimentos sutis de cabeça e os pequenos sorrisos provocam um aperto em meu coração — uma sensação nova que se espalha pelo meu peito, diferente do que sinto ao vencer uma corrida.

Vou terminando as explicações. Ela muda o sentido da câmera e vira o tripé em nossa direção. Seu corpo se encosta na lateral do meu enquanto ela tenta nos enquadrar, me distraindo com o contato físico.

Balanço a cabeça diante da tentativa dela de nos filmar juntos com seus bracinhos curtos. A câmera corta parte da minha cabeça, então pego o tripé e ajusto o ângulo para nos enquadrar melhor. O perfume inebriante dela me envolve de novo. Seu cheiro me excita, como malditos feromônios me atraindo, mostrando o quanto estou ferrado.

— E é assim que são as coisas por trás do volante de um piloto. Na semana que vem, vou conversar com a equipe do pit stop quando estiverem se preparando para o Grande Prêmio da Rússia.

Eu sorrio para ela. Seu entusiasmo com o vlog me contagia, o que me fez concordar em participar, apesar de normalmente não gostar desse tipo de coisa. Sem falar que olho o Instagram dela todos os dias desde que aceitou meu pedido. É meu segredinho sujo.

Minto para mim mesmo que não quero perder as postagens dela em que apareço. Mas fica mais difícil me convencer quando também assisto aos vídeos de viagem, curioso sobre o que ela faz em seu tempo livre longe da pista de corrida.

— Quer mandar uma última mensagem para os fãs da Bandini? — Ela me cutuca com o cotovelo.

— Não deixem de assistir na semana que vem, já que vou deixar o Santiago comendo poeira. — Sorrio para a câmera.

Ela ri e me cutuca mais forte dessa vez, ainda que eu mal sinta o osso pequeno.

— Ah, esse é o piloto convencido que todos nós conhecemos. Até a próxima.

Ela acena para a câmera e a desliga. Respiro fundo seu cheiro viciante uma última vez antes que ela se afaste, levando junto o calor de seu corpo.

Sim. Eu sou um doente.

— Obrigada por fazer isso. Eu não sabia se você aceitaria, para ser sincera. — Ela ajeita uma mecha solta atrás da orelha.

Seu nervosismo volta com força total, a culpa suavizando o pouco de coração que ainda me resta. Não consigo deixar de ser um escroto.

— Sem problemas. Não posso deixar você mostrar apenas o lado do Santiago. É uma boa publicidade para a empresa, de qualquer maneira.

Aham. Acho difícil acreditar na minha própria mentira, apesar da facilidade com que sai da minha boca.

— É, verdade… — Sua voz me diz que ela também não cai nessa. — Talvez você possa participar de novo outro dia. Melhor eu ir, tenho que editar tudo isso antes da corrida de amanhã. Parabéns pela pole position. — Ela me dá um último sorriso por cima do ombro.

— Obrigado.

Ela se afasta antes que eu termine de pronunciar a palavra.

CAPÍTULO ONZE

MAYA

Publico o vídeo que filmei na garagem onde Noah fez sua breve aparição. A seção de comentários é inundada por mensagens positivas e empolgadas. As pessoas compartilham que estão felizes em ver Noah em um ambiente mais descontraído, longe do circuito da imprensa e da pista de corrida. É difícil não notar o dilúvio de mulheres taradas pedindo para serem mães dos filhos dele.

A cada dia que passo perto de Noah, aprendo mais sobre quem ele é quando as câmeras param de gravar. Antes das classificatórias, ele gosta de tomar dois cafés espressos, o que pode deixá-lo elétrico por uma hora. E descobri que ele adora conversar enquanto o espresso corre pelas suas veias. Ele também curte fazer ioga logo de manhã, antes dos dias de corrida, uma tradição para a qual me convidou durante o último Grande Prêmio. Posso dizer com segurança que ioga não é o meu tipo de exercício. *Namaste pra você, Netflix pra mim.*

Agora, Noah até puxa de leve a minha trança quando passa por mim no corredor. Em algum momento, as coisas foram mudando à medida que ficamos mais à vontade um com o outro.

Aprendo detalhes que minam minha determinação, tornando difícil resistir a ele. Noah deixou de ser apenas um cara convencido que me faz revirar os olhos. Não me entenda mal, ele ainda tem um jeito arrogante — isso não mudou. Mas eu gosto dele. Quanto mais tempo passamos juntos, mais ele me atrai.

Imagine só minha surpresa quando meus mantras de sempre não funcionam mais.

Nem mesmo o juro solenemente fazer tudo de bom.

Porque quero muito me comportar mal.

Dormir com Noah é como comprar dois potes de Ben & Jerry's numa promoção de leve dois e pague um. Parece ser uma ideia deliciosa, mas você superestima seu autocontrole e, quando vê, comeu tudo e está com dor de barriga.

Em outras palavras, Noah é uma decepção amorosa com um rostinho bonito. Ele desperta o mesmo fascínio que uma embalagem de sorvete de Chocolate Fudge Brownie.

E sexo nenhum no mundo vale o tipo de problema que ele vai causar.

Olha só, mãe, eu disse que tentaria ser mais responsável! Veja como estou me saindo.

A classificação atual do Campeonato Mundial de F1 tem Noah em primeiro lugar, Liam em segundo e Santi em terceiro. Meu irmão subiu de novo no ranking depois de seu segundo lugar em Sochi.

Noah é osso duro de roer. A confiança dele é justificada, pois é um às atrás do volante, com instintos aguçados e reflexos rápidos. Meu irmão poderia aprender muito com ele se deixassem de lado a antipatia que têm um pelo outro. A tensão paira no ar desde a batida em Xangai, e a dinâmica entre os dois ainda não voltou totalmente ao normal, apesar de duas semanas terem se passado.

A melhor parte do próximo Grande Prêmio é que vamos voltar para casa, para a Espanha. Quase consigo sentir o gosto de sangria e paella, e as praias de Barcelona chamam por mim. Nossos pais vão nos visitar para assistir à corrida de Santi. Mal podemos esperar o retorno ao nosso país depois de dois meses fora.

Por isso minha determinação em relação a Noah está desmoronando. Estamos há meses nessa dança, e tenho feito um esforço extra para resistir ao seu apelo. O que é difícil quando ele usa seu macacão de corrida.

Nosso motorista nos deixa na área dos boxes da F1. Arregalo os olhos de surpresa ao ver todos os diferentes estilos de edifícios feitos de motorhomes. É uma configuração distinta às corridas anteriores.

Nenhuma palavra sai dos meus lábios enquanto caminhamos pela fileira de edifícios coloridos. Cada equipe tem seu próprio motorhome com salas de jantar, salas de reunião e suítes maiores. É um lugar para relaxar durante a agitada semana de corrida. Ainda temos nossos quartos de hotel para dormir, mas é aqui que Santi e Noah passarão grande parte do seu tempo livre.

Paramos ao lado do motorhome da Bandini. A tinta vermelha brilha sob o sol, passando uma impressão moderna e elegante, mas sem deixar de lado o visual clássico da marca.

O motorhome é luxuoso comparado às suítes dos boxes das corridas *flyaway*. Há gente no bar e no restaurante térreo. Santi me apresenta os andares superiores, inclusive as suítes privativas e um pátio ao ar livre, onde consigo me imaginar editando vídeos no meu laptop.

O motorhome da Bandini mostra quanto dinheiro a marca recebe dos patrocinadores, inclusive o pai de Noah, que investe pesado na equipe. Supostamente, é bom ter um piloto lendário da geração anterior apoiando a marca.

Sou puxada para o lado antes que possa entrar na suíte.

— Preciso da sua ajuda — sussurra Sophie, apesar de estarmos em um corredor vazio. Seus olhos verdes arregalados e a respiração pesada me deixam hesitante.

— Com o quê? E por que está sussurrando?

— Tenho um encontro. — Ela morde o lábio.

— Isso é ótimo! Precisa de ajuda para escolher uma roupa? — O olhar feio dela me faz parar de bater palmas. — Ou não?

— Não. É uma péssima notícia. Liam fez uma aposta comigo que, se subisse no pódio lá na Rússia, teríamos que sair juntos. Eu fui burra e concordei porque estava bêbada em um evento de patrocinadores. Além disso, o desempenho dele em Sochi foi terrível, então não achei que ele fosse mesmo conseguir.

Meus olhos se arregalam.

— Ah, não acredito. — Apostas nunca terminam bem.

— É uma tragédia, eu sei. Eu ainda vou porque não gosto de voltar atrás quando prometo alguma coisa. Mas... ele não especificou o tipo de encontro. — O sorriso presunçoso dela me deixa em alerta.

— Por acaso tem algum outro tipo de encontro que não conheço? — A ficha não está caindo.

— Vamos sair em um encontro duplo. E você vai comigo. — As mãos pequenas dela seguram meus braços.

— O quê! D-de jeito nenhum — gaguejo.

Ela está louca. A última coisa que eu quero é ir em um encontro duplo com eles. Constrangedor é pouco. Sophie e Liam têm tensão sexual suficiente para me fazer suar. E duvido muito que Liam queira um encontro duplo, considerando que fica babando quando ela está por perto.

— Vamos ser nós duas, Liam e Jax. Você se lembra dele, né? Britânico, bonito, com cara de quem quer ser chamado de "papai" na cama. Todo mundo sai ganhando. — Ela me dá um sorriso doce demais.

Começo a rir.

— De onde você tira essas ideias?

— Eu sou cheia delas. Não pode fazer isso por mim? Sua única amiga aqui?

Sophie junta as mãos e se balança para a frente e para trás na ponta dos pés. Ela sabe parecer inocente. Faço uma careta ao perceber como isso funciona comigo. Quero sempre ajudar os outros, não importa quão ruim a ideia pareça.

— Estou dentro. Mas só estou fazendo isso por você. Quando vai ser?

— Hoje à noite! Antes que eles fiquem ocupados com os eventos pré-corrida.

Sophie esfrega o colar. Ela me joga essa bomba sem me dar nenhum tempo para me preparar, quanta consideração.

Maravilha. Estou explodindo de animação aqui.

— Meu irmão vai me matar — murmuro.

— Ah, que besteira. Ele dorme com umas garotas aleatórias de vez em quando. Vai entender.

Quem fala essas coisas? Ela devia se considerar sortuda por eu gostar dela e ela ser uma das minhas poucas amigas aqui.

— Argh, para com isso. Você precisa pensar antes de falar. Que nojo.

Mostro a língua para ela. É a última coisa que quero ouvir. Tão ruim quanto saber que meus pais ainda transam.

— Melhor a gente escolher nossas roupas. Precisamos ficar bem gatas. — Ela aperta minha mão, demonstrando uma força chocante para uma pessoa tão pequena.

Pode até ser um plano terrível, mas pelo menos posso ficar bonita durante a sua execução.

Acabamos indo às compras juntas pelas ruas de Barcelona. Não me incomodo porque adoro estar cercada pela minha gente pela primeira vez em meses. Ouvir outras pessoas falarem espanhol e sentir o cheiro de comida fresca de diferentes lugares faz eu me sentir em casa.

Sophie e eu almoçamos juntas em um dos restaurantes locais. Conversamos enquanto comemos tapas e bebemos taças de sangria. *Lar, doce lar.*

As bochechas de Sophie ficam coradas, o álcool lhe subindo à cabeça quando ela me conta um detalhe fascinante:

— Tem um outro motivo pelo qual preciso ir a esse encontro, além da aposta. — Ela solta um suspiro profundo.

Minhas sobrancelhas se erguem. Fico em silêncio, sem querer interromper e fazê-la perder a coragem. Pode me chamar de curiosa, mas quero mais informações sobre ela e Liam.

Sophie continua:

— Criei uma lista de "Foda-se" para esse meu tempo viajando com a Bandini. Basicamente, é uma mistura de listas diferentes que pesquisei, desde itens normais de coisas para fazer uma vez na vida até outras mais picantes.

Engasgo com a bebida.

— A doce Sophie criou uma lista de safadezas a serem feitas? Que audácia. — Mexo as sobrancelhas para ela.

Ela não consegue conter uma risada.

— Eu estava cansada de viver a vida perfeita que meu pai queria. Então decidi montar essa lista antes de vir para cá.

Ela tira um quadrado de papel laminado da bolsa, desdobrando-o até ele ficar do tamanho de uma folha comum. Não faço ideia de como ela fez isso.

Passo os olhos pelos diferentes itens, minhas sobrancelhas se erguendo ao ler alguns deles.

— E qual é a relação com Liam?

— Bem... lembra daquela vez que a gente cantou no karaokê em Xangai?

Faço que sim com a cabeça.

Ela toma um gole da sangria antes de continuar.

— A lista caiu da minha bolsa e Liam pegou. Ele sabe que ela existe, e adicionou: "Sair com um *bad boy*". Está vendo?

Uma caligrafia preta destoa ao fim da página, bagunçando a lista dela, que tinha sido perfeitamente organizada por cores. As peças se encaixam na minha cabeça.

— Meu Deus, ele se ofereceu para ajudar com a lista?

O rubor sobe do pescoço até as bochechas dela.

— Eu só concordei em ir ao encontro. Só um, porque não quero a ajuda dele, por mais que ele tente. Mas eu queria contar para você porque somos amigas e tudo mais, o que significa que dividimos tudo.

Sua honestidade me deixa muito feliz, porque nossa amizade alcançou um novo nível de confiança.

Meu irmão de fato discordou da ideia do encontro. Zero surpresa nisso.

Ele anda de um lado para o outro no meu quarto enquanto termino de me arrumar, arrastando os pés no carpete enquanto murmura consigo mesmo. Eu rio baixinho enquanto ele passa a mão no rosto pela quarta vez hoje.

— Você vai acabar tendo rugas antes dos 30 se continuar assim. — Aponto para o rosto dele com o meu aplicador de rímel. Ele cruza os braços e faz cara feia para mim.

— Por que Jax e Liam? Sério, não podia ser qualquer outra pessoa?

Eu olho fixamente para meu irmão. *Claro. Imagine se eu dissesse que Noah me convidou para sair.*

— E o cara legal com quem você conversou na coletiva de imprensa na semana passada? Meio nerd, com aquele penteado para esconder a calvície, mas que sabe fazer perguntas decentes?

Se o penteado não fosse suficiente para me afastar, os suspensórios com certeza seriam.

Balanço a cabeça para ele e suspiro.

— É um favor para Sophie. Ela me implorou para acompanhá-la porque não queria ir sozinha com Liam. Então eu vou também. Não precisa surtar por causa disso.

Ele deveria me dar parabéns por me sacrificar pelo bem maior e pela minha amizade.

— E você precisa usar *isso*?

Olho para o meu vestido vermelho curto e dou de ombros.

— Ah, é bonitinho. Não quero aparecer malvestida, nós vamos a um restaurante sofisticado.

Meu irmão deixa escapar um rosnado de frustração. Sua superproteção pode até ser fofa, mas perde rapidinho a graça quando tenho que lidar com ela semanalmente.

— Não se preocupe, Santi. Não estou nem interessada em Jax. Preferiria ficar no quarto do hotel de pijama a sair agora.

Tenho pouco interesse em jantares chiques, ao contrário do meu irmão, que vive para essa vida e tem multidões alimentando sua energia. Ele adora o glamour da comunidade da F1. Já eu prefiro uma vida aconchegante, acomodada no sofá com um bom livro ou uma nova série de TV.

Sinto um arrepio só de pensar em meu irmão dormindo com garotas aleatórias. *Caramba, Sophie, por que você teve que me contar isso?*

— Está bem, mas tente voltar antes da meia-noite. Não vou conseguir dormir pensando em você por aí com esses caras.

Ele não precisa pedir duas vezes, porque gosto de ir dormir antes da meia-noite.

A última coisa que meu irmão ouve é a minha risada quando saio do quarto do hotel, a porta batendo atrás de mim. Meus olhos encontram os de Noah enquanto ele sai do quarto dele.

É sério que ele está no mesmo andar que a gente?

Esses encontros por acaso estão se tornando frequentes demais. Isso me preocupa, porque sinto que ele está me vencendo pelo cansaço.

Seu olhar explora meu corpo antes de ele fechar os olhos, os lábios se movendo como se estivesse fazendo uma oração silenciosa. Sua reação me diz que acertei na escolha do vestido vermelho.

Dou uma risadinha ao vê-lo abalado, o que é totalmente fora do normal para ele, sempre calmo e controlado.

— Está saindo?

Seus olhos azuis refletem águas escuras. Minha respiração se torna mais superficial quando seus olhos percorrem meu corpo de novo. Ele me segue até o elevador do hotel, acompanhando meus passos.

Respiro fundo antes de responder — e percebo um pouco tarde demais que foi uma péssima ideia, já que o cheiro dele me envolve e confunde meu cérebro.

É limpo, fresco, e me dá vontade de pular nele.

Outra respiração profunda antes de eu falar.

— Sim, estou indo jantar, já que temos uma noite livre e tudo mais.

Quartas-feiras são dias livres para a equipe e pessoas como eu, que não precisam fazer muito.

Ele aperta o botão do elevador e se vira para mim.

— É, com uma agenda de corridas tão movimentada, noites como essa são poucas. Com quem você vai?

Certo, voltando a perguntar sobre o encontro.

— Sophie e, hã, Liam... e Jax. — Minha resposta está longe de ser tranquila.

Ele permanece em silêncio enquanto examina de novo minha roupa, demorando-se nas minhas pernas antes de seus olhos encontrarem os meus. Faço uma prece silenciosa para alguém me tirar dali o mais rápido possível. O elevador demora uma eternidade, o botão iluminado rindo de mim enquanto desejo com todas as minhas forças que chegue mais rápido.

— Hum, não fui convidado.

Ele tira o celular do bolso e começa a mexer na tela, procurando por um convite que nunca recebeu. Aproveito a oportunidade para observá-lo. Seus antebraços poderosos me provocam, expostos por causa da camisa social dobrada, e a calça jeans realça o traseiro firme e as pernas musculosas. Seu cabelo escuro está penteado para trás, ainda não desarrumado pelos dedos. Mordo o lábio inferior para conter um gemido.

Seus lábios se curvam para baixo enquanto ele bloqueia o celular, me fazendo sentir um misto de satisfação e pena. É possível sentir esses dois sentimentos ao mesmo tempo? Noah confunde tudo dentro de mim, inclusive o meu bom senso.

Dou de ombros diante da resposta dele, aparentando indiferença, embora meu coração acelere.

— Talvez tenham achado que você estava ocupado. Da próxima vez não vamos esquecer de te convidar.

Porque não pode haver uma próxima vez.

As portas se abrem. *Graças a Deus.* Ambos entramos ao mesmo tempo, roçando um no outro. Meu corpo reage ao contato físico, desesperadamente querendo mais, mas meu cérebro toma a sábia decisão de me levar para o canto oposto do elevador.

— Sim, talvez. Aonde vocês vão, então? — Ele passa a mão pelo cabelo, bagunçando-o como eu sabia que faria. Sorrio ao ver seu visual característico.

— Acho que se chama Bouquet. Um lugar caro, imagino, a julgar pelas roupas que Sophie escolheu. — Eu chamo sua atenção de volta para mim. *Droga.*

Ele pigarreia.

— Hum. — A palavra carrega um peso, nos sufocando nesta caixa abafada.

Ele permanece em silêncio pelo resto da descida. O ar se torna pesado, cenas de filmes com casais se beijando em elevadores passando pela minha cabeça. Eu me espremo contra a parede do elevador, minhas mãos agarradas à barra fria enquanto tento afastar os pensamentos poluídos. Nossa proximidade e o delicioso aroma do seu perfume têm efeitos devastadores em meu corpo.

Ele olha para mim mais uma vez antes de as portas se abrirem para o saguão e eu sair apressada. Olho por cima do ombro e aceno rapidamente para ele, minhas costas formigando ao ver o seu sorriso diabólico, sentindo seus olhos fixos em mim enquanto caminho a passos rápidos até o grupo. O brilho no olhar e o sorriso no rosto prometem mais.

Meu eu futuro que lide com esse problema.

Droga, acabei de criar meu novo mantra.

Já tomamos duas bebidas. E ouso dizer que o encontro está ficando divertido.

Liam sussurra algumas palavras doces no ouvido de Sophie. Toda vez que diz algo para ela, minha amiga toma um gole de vinho, como se os dois estivessem em um jogo de bebedeira doentio.

Jax parece um cara legal. Um pouco reservado, mas engraçado e ousado. O comentário de Sophie sobre ele querer ser chamado de "papai" me vem à mente porque, vamos lá, o cara é sexy. Mas, sério, será que ela realmente acha isso? Não diria algo tão ridículo se não houvesse um quê de verdade.

Jax tem cabelo cacheado que herdou de uma combinação dos genes da mãe e do pai, que é um dos melhores boxeadores do Reino Unido. Ele tem olhos castanho-esverdeados, maçãs do rosto definidas e lábios carnudos. Um bonitão com músculos e inteligência para fechar com chave de ouro. Pergunto sobre sua família, mas ele se fecha um pouco, conduzindo o assunto de volta para mim.

Jax atende à maioria dos requisitos de um cara bonito, então não consigo descobrir por que não me sinto atraída por ele. Talvez eu não goste de tatuagens? Ele me diz que seu corpo é coberto delas, a tinta preta visível acima da gola da camisa social. Desenhos intricados cobrem os nós de seus dedos e a mão direita. Pergunto sobre alguns deles, mas são numerosos demais para entrar em detalhes.

Quando ele segura minha mão por cima da mesa, meu corpo não reage; é como segurar a mão de um estranho. Franzo a testa pela ausência de frio na barriga ou batimentos cardíacos acelerados. Quando fazemos nossos pedidos, chego à conclusão de que não sinto atração sexual por ele, o que não é um problema, pois me sinto menos pressionada. Amizade parece uma boa ideia.

— Ah, oi, pessoal. Fiquei sabendo que vocês iam estar por aqui hoje à noite. Acho que meu convite se perdeu no correio.

Meu estômago se revira ao ouvir a voz de Noah. Resisto à tentação de esfregar os olhos como se isso fosse fazê-lo desaparecer.

Um calor sobe pelo meu peito e pescoço. Liam e Jax parecem confusos, e uma onda de culpa me atravessa. Sophie me chuta por baixo da mesa e eu a chuto de volta. Não tenho palavras para explicar o que está acontecendo agora, apesar do olhar interrogativo que ela me lança.

Liam e Jax o cumprimentam com relutância. Sophie e eu nos levantamos da mesa para abraçá-lo rapidamente, porém Noah me segura por um segundo a mais do que o necessário, um claro foda-se para Jax. Decido ignorá-lo enquanto tento com alguma dificuldade processar tudo.

Que porra é essa? O que ele está fazendo aqui?

— Então, o que houve? Não é comum vocês dois deixarem de me convidar para alguma coisa.

Fico boquiaberta com a ousadia de Noah. Resisto à vontade de sair correndo da mesa e fugir, decidida a enfrentar as consequências da minha língua solta. Que responsável da minha parte.

A mão de Noah descansa no encosto da minha cadeira, me distraindo com o calor que irradia do seu corpo. Ele finge que não mencionei o encontro duplo. Sinto como se estivesse em um episódio de *Além da imaginação*, como se os acontecimentos estranhos fossem apenas parte do programa.

— Estamos em um encontro duplo. — Liam cora enquanto esfrega a nuca.

— Ah, um encontro duplo? Importam-se se eu ficar um pouquinho?

A intenção de Noah não é pedir permissão, já que ele domina a situação. Ele puxa uma cadeira vazia para perto de Jax e de mim. Tenho a impressão de que pretende ficar por mais do que um pouquinho quando ele tira o cardápio das minhas mãos. Meu coração bate mais forte quando seus dedos roçam nos meus.

Me afasto do toque e massageio a têmpora, tentando prevenir uma dor de cabeça tensional. Pode ser uma boa desculpa para sair desta situação.

— Já que você já está sentado, nossa resposta importa? — Liam não consegue esconder a irritação.

Ergo a cabeça e encontro os olhos azuis tempestuosos dele. Sophie esconde sua risada com a mão, mas o som abafado ainda passa por entre seus dedos. Pelo menos uma de nós está achando graça da situação.

— Por acaso a equipe McCoy está tentando arrancar informações das nossas senhoritas da Bandini? — Noah apoia os cotovelos na mesa e coloca o queixo sobre os dedos. Ele não consegue parecer inocente com seu olhar malicioso e sorriso debochado.

Eu intervenho.

— É, porque tudo tem a ver com corrida para você. Eles não podem estar interessados em passar tempo com a gente fora da pista, certo? Deus nos livre de uma coisa dessas. — Minha afirmação silencia a mesa e todos me encaram.

Noah fica boquiaberto antes de pigarrear.

— Não foi isso que eu quis dizer. Estava só brincando… — E ele passa outra vez a mão pelo cabelo. Eu me deleito com seu constrangimento, porque é merecido depois de aparecer no nosso encontro com suposições idiotas.

Liam volta ao seu pacifismo habitual.

— Pensei que você estaria ocupado, como costuma estar às quartas-feiras. Jax estava livre e concordou em se juntar a nós. Não é nada pessoal.

Todo o pessoal das corridas está ciente do ritual de quarta-feira de Noah. Geralmente inclui modelos, jantares requintados e um tour exclusivo pelo quarto dele. Qualquer tabloide sabe disso; porra, até eu sei, por mais que queira ignorar.

— Eu teria cancelado qualquer plano para vir hoje. Não ia fazer nada importante, mesmo.

Nossa. Agora as garotas com quem você dorme vão se sentir muito especiais. Seu ritual devasso das quartas-feiras me deixa enjoada.

Noah inclina a cabeça para o lado quando percebe que estou torcendo o nariz.

Jax e Liam lhe oferecem olhares inexpressivos. Não escondem o quanto querem que ele vá embora, mas Noah insiste, sua presença autoritária.

— Maya, você é da Espanha, certo? Mora perto de Barcelona? — Ele age como se fôssemos os únicos na mesa, chegando a virar as costas para Jax.

— Não, moro em Astúrias. Fica no norte — respondo para todo o grupo, lançando um olhar suplicante para Sophie, em busca de uma saída. Eu balançaria meu guardanapo branco em rendição se isso significasse escapar desse momento.

— Como é que o seu inglês é tão bom, então? — interrompe Sophie por fim.

Essa é minha garota.

Solto uma risada.

— Mal tenho sotaque porque estudei em uma escola americana.

— Você tem um leve sotaque. Mas é fofo — diz Noah.

Sinto minhas bochechas corarem com o comentário. *Fofo?* Desde quando essa palavra é usada por Noah Slade? Os olhos arregalados de Sophie encontram os meus.

Jax e Liam encaram Noah. O próprio Noah parece surpreso com o que saiu de sua boca enquanto passa outra mão pelo cabelo. Alguém deveria lhe informar do seu óbvio tique nervoso, porque o entrega.

Continuamos a conversa como se Noah não tivesse agido de forma muito pouco característica. Escolho não comentar nada sobre o que ele disse, preferindo minhas técnicas habituais de ignorar qualquer coisa relacionada a ele. Se faz meu coração acelerar e minhas coxas se contraírem, finjo que nunca aconteceu. Funciona maravilhosamente bem. Pelo menos funcionou até agora, no período que passamos juntos nas diferentes paradas do Grande Prêmio — porém nunca nos encontramos tão próximos um do outro.

Uma coxa musculosa roça na minha debaixo da mesa, sua presença se fazendo sentir enquanto uma energia percorre minha perna. Sua proximidade embola meus pensamentos. Fecho as pernas, em parte para evitá-lo, em parte para aliviar o latejar que ocorre sempre que ele chega perto de mim.

Todos os dias eu me convenço de que não preciso de alguém como ele na minha vida — um cara que parte corações como sua segunda carreira. Prefiro manter as coisas simples e evitar problemas. Pode chamar de sexto sentido ou de uma pesquisa detalhada no Google. Pesquisa da qual ainda me arrependo, porque nada de bom vem de investigar pessoas famosas na internet.

Continuamos o jantar. Noah pede algo para comer quando nossos aperitivos chegam. Jax e Liam desistem do encontro duplo a essa altura, o que me deixa aliviada.

Liam paga a conta no fim da noite. Só posso imaginar como este lugar é caro, embora tenha pedido um prato mais barato. Passar tempo com homens que ganham mais dinheiro em um ano do que eu espero ganhar em uma vida inteira me deixa desconfortável.

Inesperadamente, Noah passa o braço ao redor da minha cintura enquanto esperamos o motorista nos buscar na área do manobrista. Eu me sobressalto com o contato dos nossos corpos pressionados um contra o outro. O que deu nele hoje? No momento em que penso que o entendi, ele faz algo assim, mudando o jogo.

— Maya e eu podemos voltar juntos, já que estamos no mesmo hotel.

Sua mão possessiva descansa sobre minha barriga, me mantendo presa. Eu gosto e odeio ao mesmo tempo. Tento me afastar dele, mas paro quando minha bunda encosta na frente dele.

Escolho ignorar o volume que sinto contra mim.

Não. Hoje não, Satanás. Pare de me tentar.

— Que ótima ideia. Posso ir junto? Também estou hospedada lá. — Sophie se aproxima de nós, seus olhos verdes me encarando com diversão.

Os braços de Noah me apertam uma última vez antes de me soltar. Sophie dá uma piscadela para mim, e eu daria um abraço nela se isso não fosse chamar atenção para nós.

Liam dá uma risadinha.

— Está tentando fugir de mim? Hoje não contou como um encontro, graças ao Noah e seu amor por estragar tudo. Uma aposta é uma aposta. A menos que... você queira desistir? Qual foi o preço que combinamos para quem desistisse? Não consigo me lembrar. Talvez a gente possa ver na sua lista.

Iiih. Liam não parece disposto a deixar Sophie escapar tão facilmente. Jax e Noah parecem confusos com a menção de uma lista, mas as narinas de Sophie se alargam enquanto ela muda de assunto.

— Ah, não preciso de dinheiro para manter minha palavra. Eu não sou de desistir. — Ela se despede rapidamente antes de caminhar em direção à rua.

— Obrigada pelo jantar. A gente devia fazer isso de novo outro dia. — Dou abraços rápidos em Liam e Jax.

— De jeito nenhum — diz Noah baixo o suficiente para que apenas eu ouça.

Balanço a cabeça e me afasto para me juntar a Sophie no carro.

A noite não foi como eu imaginei que seria.

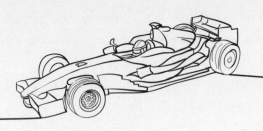

CAPÍTULO DOZE
Noah

Passo um tempo relaxando no deque da Bandini após uma classificação bem-sucedida. O sol da tarde de Barcelona aquece minha pele enquanto me estico em um sofá com vista para o mar, as ondas azuis batendo na costa arenosa enquanto pássaros voam no céu.

É pura coincidência quando a família Alatorre aparece no deque. Aproveito a oportunidade para observar Maya e Santiago interagindo com os pais, curioso para ver qual é a dinâmica deles com as pessoas que os criaram. Sinto um peso pressionando meus pulmões ao pensar em como não tenho uma família me apoiando durante as corridas. Deve ser bom passar o fim de semana com pessoas que você ama.

Eu nunca tive isso. Meu pai costuma chegar para a corrida de domingo e ir embora depois que subo ao pódio. Ele não se dá ao trabalho de me acompanhar em diferentes eventos, e só aparece para um jantar pós-corrida quando quer alguma coisa. Manipulador do caralho. Minha mãe é igualmente decepcionante, entrou em contato há pouco tempo só para eu arrumar ingressos para ela e as amigas verem um Prêmio. As mesmas merdas de sempre dos dois.

A mãe de Maya parece uma versão mais velha da filha, então é fácil ver de onde Maya herdou sua beleza. Seu pai está com as roupas da Bandini e um sorriso permanente no rosto, o cabelo grisalho aparecendo por baixo de um boné escarlate. Os dois parecem estar adorando a experiência da F1.

Acho difícil ignorar o aperto de ciúme que se espalha em meu peito, misturando-se com a tristeza e a melancolia — um sentimento indesejado que quero afastar. A família de Maya parece simples, mas extremamente feliz, e é impossível ignorar o fato de que cresci com um pai péssimo e uma mãe ausente. E isso me incomoda porque nunca me faltou nada além de atenção, algo fundamental, mas que me foi roubado. A normalidade dos Alatorres e meus pensamentos sombrios fazem com que eu mergulhe em um estado mental negativo.

Mas minha carranca se transforma em um sorriso ao ver Maya se aproximando. Seu cabelo castanho balança naquele rabo de cavalo que eu adoro puxar, preso com um elástico, e ela usa uma blusa branca e um macacão rasgado. Não deixo de reparar no decote discreto. A roupa ficaria ridícula em qualquer pessoa, mas Maya é sensual o suficiente para usá-la. Uma garota safada dos anos 1990 com um largo sorriso para mim.

— Ei, quer conhecer meus pais? Eles perguntaram sobre você algumas vezes, querendo saber contra quem Santi tem que competir toda semana. — Ela olha para os pés, empurrando distraidamente uma sujeira invisível com o tênis.

Se isso vai te fazer sorrir... claro, por que não?

Levanto e me apresento. A mãe dela me pega de surpresa ao me dar um abraço, prova de como o povo espanhol gosta de contato físico.

— Maya fala tão bem de você. Foi gentil da sua parte ajudá-la com os vídeos.

Não era o que eu esperava ouvir. *Maya fala bem de mim?* Olho para a garota que não sai da minha cabeça nos últimos tempos. Ela fica vermelha e olha para os tênis de novo, fazendo meu pequeno sorriso crescer.

— Não foi problema algum. Eu me diverti ajudando.

— Ela tem sorte de ter você por perto. Ainda mais porque fica muito sozinha quando Santi está ocupado. Sempre dizemos ao meu filho que ele trabalha demais.

Duvido que ela teria a mesma opinião sobre mim se soubesse metade dos pensamentos que tenho sobre sua filha.

O pai dela me encara, como se quisesse me avaliar por dentro. Ele age como se conseguisse ler minha expressão, e seu escrutínio e olhos castanhos profundos fazem eu me mexer desconfortavelmente.

— Cuide da minha garotinha.

Há um significado oculto por trás dessa declaração. Eu nunca tentei tirar a roupa da filha dele, só penso muito em fazer isso. Mas tenho sido respeitoso comparado à maneira como trato as garotas com quem quero dormir. Ele deveria ser grato.

Pode me chamar de babaca arrogante. Estou cagando.

— Não é Santi quem precisa de ajuda, porque sempre foi nosso filho certinho. Maya, por outro lado… — A mãe dela afasta uma mecha solta do rosto da filha. — … teve mais problemas. Mas bons problemas, com o seu coração tão grande. Ela é um pouco rebelde, como o pai. — A mulher sorri para o marido com amor e afeto.

Eu rio.

— O que seria um bom problema? Quero saber como vender esse tipo de narrativa para minha equipe de relações públicas quando eu pisar na bola de novo.

— Ela sempre tem boas intenções, mas às vezes não são bem executadas. No geral, é a melhor filha que alguém poderia querer. — Ela me olha com a ternura que só uma mãe pode ter.

— Mãe — resmunga Maya. — Pare de falar de mim como se eu não estivesse aqui. — Ela me olha com seus olhos cor de mel pela primeira vez em algum tempo. — Não dê atenção a ela. Minha mãe adora contar histórias ridículas.

— Você sabia que ela costumava roubar o kart de Santi e dar uma volta pelo bairro? Ela só tinha 5 anos. Santi ficou uma fera quando ela colocou alguns adesivos de unicórnio no volante.

Mal consigo conter o riso enquanto Maya esfrega o rosto, se escondendo atrás das mãos pequenas.

— Ah, não foi um bom momento. Santi ficou bravo comigo por semanas. — Os lábios de Maya se curvam para baixo.

— Você gostava de kart? — Puxo seu rabo de cavalo para chamar sua atenção.

Os olhos de Santi se estreitam para a minha mão enquanto seu pai me olha feio. *Captei a mensagem.*

— Fui algumas vezes, mas era mais a praia do Santi. Eu gostava de fazer tudo o que ele fazia, inclusive bater em meninos da idade dele. — Ela sorri para mim.

Droga... Sinto um aperto no coração ao ver o seu sorriso, prova de como estou vulnerável a ele nos últimos tempos.

— E aquela vez que ela tentou forjar um boletim do ensino fundamental? — Santi não consegue controlar seu divertimento.

As bochechas de Maya viram duas manchas vermelhas.

Eu bufo.

— Maya Alatorre, você levou uma vida na criminalidade?

Seu pai se junta à diversão:

— Ah, eu me lembro dessa, porque a mãe dela me fez botar Maya de castigo. A disciplina sempre sobrava para mim. Maya pegou seu boletim na caixa de correio e tentou apagar a má nota de comportamento com corretivo. Lacrou o envelope com um ferro antes de colocar de volta. Se não estivéssemos com tanta raiva, teríamos ficado impressionados. Ela chorou quando tirei o celular dela por uma semana.

Maya olha para todas as direções, menos para mim.

— Vocês são péssimos. Santi, se continuar assim, vou contar para os dois sobre a vez que você pegou o carro deles escondido com 14 anos porque queria dar zerinhos.

Iiih. As expressões dos pais dela mostram que eles não conheciam a história. O relato de Maya cala Santiago mais rápido do que eu poderia.

Ele levanta as mãos em um rendimento falso.

— Trégua. Não precisa jogar tão sujo.

A ideia de Maya jogando sujo me atrai.

Merda.

Afasto os pensamentos, optando por me concentrar em ter uma conversa normal com os pais do meu colega de equipe. Todos acabamos nos divertindo, pelo menos até meu pai aparecer no deque, sorrateiro como uma cobra e tão venenoso quanto. Fico surpreso por ele ter aparecido antes do dia da corrida, uma raridade que me faz lamentar ter evitado habilmente suas ligações nos últimos dois dias.

O tempo que passamos separados nunca parece ser longo o suficiente. Olhos frios pousam em mim, dois orbes azuis tão convidativos quanto um mergulho no Ártico. Ele mantém o cabelo escuro penteado para trás e o terno impecável, sem um único amarrotado à vista. Para os outros, parece um homem acolhedor, mas sua falsidade esconde a escuridão à espreita sob a pele.

Maya o observa com curiosidade. Meu pai ignora a família dela, passando por eles sem nem olhar. Ele vem me cumprimentar, me dando um tapinha nas costas e fingindo estar feliz em me ver. Nicholas Slade não poderia se importar menos nem se tentasse, mas, como se preocupa com sua imagem, minha vida é um projeto paralelo para mantê-lo ocupado e impedir que fique caquético durante a aposentadoria.

Ele observa a família de Maya desconfiado, prestando atenção neles pela primeira vez, avaliando cada um. Competidores se dando bem é o pior pesadelo dele. E por um momento eu me esqueci de que Santiago e eu somos exatamente isso, e conversei com a família dele como se não houvesse rivalidade entre nós.

Foi agradável — nós três nos divertindo com os pais deles, o Prêmio em segundo plano enquanto eles me conheciam melhor. Pais que pareciam sinceramente curiosos, fazendo perguntas e tentando aprender mais sobre o homem que sou fora de um carro da Bandini.

— Filho, podemos conversar um segundo? — O tique na mandíbula do meu pai já me diz tudo que vem por aí.

— Vejo vocês mais tarde no evento — digo por cima do ombro enquanto sigo meu pai em direção às suítes.

— Você ignorou minhas ligações. Eu pego um avião até aqui por sua causa e é assim que me trata? Eu esperava mais do meu filho.

Aham, até parece. Nós dois sabemos por que ele vem para estes eventos. Eu contenho um comentário sarcástico.

— Estive ocupado com a classificação e os preparativos para amanhã. Foi sorte você me encontrar entre os eventos.

Mentira. Mas aprendi com o maior fingidor de todos.

— É. Precisamos elaborar um plano para amanhã.

Entramos no meu quarto particular. Meu pai se acomoda em um dos sofás, uma nuvem escura contra as paredes brancas, sugando minha energia. Ele pega uma das almofadas vermelhas e se apoia nela.

— Como pretende vencer a corrida? — Ele vai direto ao ponto.

Não o vejo há quase um ano e ele nem pergunta como estou — o que não me surpreende, mas ainda me irrita.

— Correndo o melhor que posso?

Tenho reuniões de horas com estrategistas e engenheiros todas as semanas para me preparar para um Grande Prêmio. Não preciso dos comentários idiotas dele.

— Santiago está correndo em casa. Isso significa que é muito importante para ele. Você deveria ter visto o desfile dele hoje. Milhares apareceram.

— Que bom para ele. Um Grande Prêmio em casa geralmente é o melhor. Mal posso esperar pelo de Austin, para voltar aos Estados Unidos e comer a comida sulista. — Minha boca saliva só de pensar em um bom churrasco.

— Bem, obviamente você precisa ganhar de lavada dele amanhã. Não há nada pior do que perder na sua cidade natal — diz meu pai com desprezo.

Tento esconder minha irritação. A corrida alimenta minha paixão e acalma a tensão dentro de mim. Sim, é um trabalho, mas representa muito mais do que isso, porque eu gosto e tenho a chance de competir contra os melhores. Meu pai tira a diversão e o entusiasmo do esporte, transformando tudo em rivalidade. Não é à toa que não tinha amigos na sua época.

— Claro, pai. Vou dar o meu melhor.

— É bom dar mesmo. Estou aqui e a imprensa vai adorar. Eles amam um bom momento entre pai e filho. — Ele me trata como um acessório brilhante.

— Eu preciso ir. A noite antes da corrida é sempre agitada. — Aceno para ele antes de sair.

Dia de corrida em Barcelona. A multidão se agita nas arquibancadas, cheia de entusiasmo. Máquinas roncam, brocas zumbem e computadores apitam nos boxes. O pai de Sophie testa o rádio da equipe no meu ouvido para ter certeza de que vamos nos comunicar sem problemas.

Fecho meu macacão de corrida e coloco o capuz retardante de chamas. Então olho para meu capacete de sempre, saboreando o momento de representar a marca da Bandini e agradar meus fãs. Esta vida é tudo o que conheço, e é reconfortante colocar meu capacete.

Querida, cheguei.

Os membros da equipe empurram meu carro para minha posição no grid. Liam está na pole position, eu estou em segundo e Santiago está em terceiro.

Antes de uma corrida, passo horas estudando a pista, memorizando cada curva. Há sessenta e seis voltas entre mim e o pódio do Grande Prêmio da Espanha.

A corrida começa com altas emoções. Um piloto de uma equipe americana bate contra a barreira na primeira curva, levando outros dois com ele. É um desastre, com metal voando e carros batendo uns nos outros.

Liam mantém a liderança nas primeiras voltas. Nós dois entramos em um jogo, eu tentando me aproximar dele e Liam sendo agressivo nas curvas. O suor escorre pelo meu pescoço à medida que minha pele esquenta com o calor do motor. Tomo alguns goles da minha bebida para me manter hidratado, pois nada é pior do que ficar zonzo dirigindo em alta velocidade.

Evito bater no pneu de Liam por pouco em uma das curvas mais fechadas. Ele se afasta, me mostrando o dedo do meio da mão enluvada. Vê-lo abalado me faz rir. Continuo acelerando pela pista enquanto chego a uma das retas principais. Uma oportunidade de ultrapassagem surge quando Liam baixa a guarda por um segundo, e eu passo o carro dele em uma das curvas. Afundo o pé no acelerador, permitindo que meu carro ganhe velocidade e avance nas retas, deixando Liam no meu retrovisor. *Pobrezinho.*

Os fãs balançam suas bandeiras da Espanha e grandes cartazes recortados do rosto de Santiago. Eles passam por mim em um borrão enquanto sigo a pista.

Sou tomado por pensamentos negativos sobre as merdas que meu pai me disse ontem. Não quero ser o colega de equipe que pisa nos outros, tentando ser melhor do que eles toda vez, agindo como meu pai. Ninguém gosta de um escroto. O tipo que quer tudo para si, sem se importar com como isso afeta as outras pessoas. Santi teve um começo difícil nesta temporada. Sua imprudência me prejudica, mas ele quer vencer tanto quanto qualquer um.

Perder em Austin seria uma droga. Uma decepção… todos aqueles fãs vindo assistir à corrida, esperando que você os represente bem, mas aí você fracassa.

Merda, odeio ficar pensando enquanto estou em uma corrida.

Após um pit stop, volto a subir no ranking, de quarto para primeiro de novo. Mantenho minha posição no primeiro lugar por mais vinte e seis voltas.

— Noah, Santiago está ganhando velocidade atrás de você. Ele está em segundo agora. Pelo amor de Deus, não batam um no outro em uma curva — diz o chefe da equipe pelo rádio.

— Entendido. O que aconteceu com Liam? — Rosno ao ouvir suas palavras, porque não vou bater em ninguém hoje.

— Não se preocupe com isso agora. Santiago está cerca de cinco segundos atrás de você. Tenha cuidado para não o deixar ultrapassá-lo.

— Entendido, obrigado.

Minha posição defensiva na liderança exige um esforço mínimo para ser mantida. Avisto o borrão das multidões enquanto cruzo de novo o ponto de partida, uma onda de cores vermelhas e douradas passando por mim, como as cores da bandeira espanhola que os Alatorres tinham antes. Seus aplausos ficam mais altos quando avistam Santiago aproximando--se de mim. Ele está a alguns segundos de distância agora. Se eu fosse Santiago, faria qualquer coisa para ganhar esta corrida.

Ele fica atrás de mim o tempo todo, esperando que eu escorregue.

A imagem de Maya e sua família vindo até aqui para vê-lo ter sucesso na corrida invade meu cérebro. *Merda*. Tento afastar o pensamento, mas as imagens intrusas não desaparecem, acompanhadas pelos sons das risadas e dos aplausos de Maya. Aperto as mãos no volante com força enquanto penso nos sacrifícios que seus pais fizeram pela carreira de Santiago. Os sacrifícios que Maya fez, vivendo à sombra dele. Sem nunca roubar os holofotes, preferindo dançar no escuro enquanto seu irmão recebe toda a atenção. Infelizmente para ela, pessoas como eu adoram as sombras.

Cacete. Eu nunca penso tanto durante uma corrida, nunca, porque pensar me deixa burro. Pensar me leva a elaborar um plano impulsivo e altruísta.

Uma anomalia.

Na sexagésima volta, baixo ainda mais minha guarda. Vou aos poucos, fazendo curvas mais descuidadas, deixando mais espaço para alguém me ultrapassar, mas ainda mantendo o controle do carro. Um erro rápido demais chamaria a atenção de um jeito negativo.

— Noah, está tudo bem? Santiago está ganhando velocidade. Ele quer te ultrapassar. Faça curvas mais fechadas.

— Entendido. Acho que tem algo errado com o carro, mas não sei o que é. Vocês estão vendo algo nas telas?

Tenho certeza absoluta de que não há nada errado, mas tenho que exagerar até o ponto em que eu próprio acredite nas minhas palavras. Os fãs podem ouvir o rádio da equipe ao vivo pela televisão.

— Nada aqui. Pode descrever o que está acontecendo? Podemos descobrir para você. — Meu engenheiro soa esperançoso.

— Não sei direito. Acho que tem algo errado com o volante. Parece solto. — A mentira sai facilmente dos meus lábios enquanto faço outra curva ruim.

— Entendi. Continue e resolveremos isso depois. — Todos caem na mentira, minha atuação enganando a equipe. Mesmo assim, ainda quero chegar ao pódio.

Na volta sessenta e quatro, faço curvas piores, que me deixam vulnerável a ultrapassagens. Ninguém fica surpreso quando Santiago me ultrapassa em uma delas, fazendo meu carro vibrar.

Meus lábios se levantam nos cantos.

A multidão vai à loucura, soltando rugidos ensurdecedores quando Santiago cruza a linha de chegada em primeiro lugar, fumaça vermelha subindo no ar. Garanto minha segunda colocação ao alcançar a próxima bandeira quadriculada.

Boa sorte na próxima vez.

A família de Santiago comemora atrás da barreira ao lado dos pódios enquanto nos assiste no palco. Seus pais iluminam o palco inteiro apenas com seus sorrisos. Maya se vestiu dos pés à cabeça com o uniforme da Bandini, enrolada numa bandeira espanhola enquanto dança ao som da música que sai das caixas de som. Vê-la feliz faz meu coração se apertar.

Normalmente, quando conheço uma mulher, o que me atrai primeiro são um par de seios empinados, uma bunda firme e lábios sedutores. Mas, pela primeira vez na vida, estou interessado em alguém por motivos diferentes. A coisa mais bonita em Maya é a maneira como seus olhos brilham de felicidade quando ela sorri, um sorriso contagiante que faz meus lábios se curvarem para cima toda vez. O sorriso alegre dela é, sem dúvida, uma das minhas coisas favoritas. Uma bolha de energia positiva, dançando em círculos sem se preocupar com nada no mundo.

Ela tem um corpo incrível? Claro.

Neste momento, porém, é seu sorriso que me atrai. Quero ficar com todos eles e guardá-los para os dias ruins. E eu poderia falar para sempre sobre suas risadas. Eu as sinto até lá embaixo, toda vez.

Champanhe espirra ao meu redor, mas mal presto atenção, de tão encantado que estou por ela.

E, porra, isso me assusta.

Dou a ela um último sorrisinho antes de voltar minha atenção para o resto da multidão. Eles entoam meu nome e, embora seja ótimo ouvi-los, nada supera o sorriso de Maya enquanto nos observa.

Meu pai anda de um lado para o outro no saguão do motorhome depois da cerimônia dos vencedores. Ele me segue até a minha suíte, a agitação evidente em seus passos bruscos. O som dos nossos sapatos no piso liso me distrai. Eu o afasto das outras pessoas porque não precisamos de uma plateia para sua explosão. Ele entra na suíte primeiro e, antes que eu tenha tempo de fechar a porta, me empurra para o centro do quarto. Seu ataque sujo me pega desprevenido. Tropeço no piso escorregadio, mas me endireito antes de bater em um sofá.

Então é assim que vai ser hoje.

— Mas que porra é essa, Noah? Você chama isso de corrida? — Sua voz ecoa pelas paredes. *Alguém está bravinho com minha colocação em segundo lugar.*

— Até onde eu sei, chamamos de corrida mesmo. Mas talvez tenha mudado de nome desde a última vez que você dirigiu. Já faz bastante tempo.

O peito do meu pai sobe e desce enquanto seus olhos se movem, furiosos e descontrolados. É o mesmo olhar que ele me dava toda vez que eu fracassava em subir ao pódio de merda dos karts ou batia meu carro da F2. Um olhar que ele guardava para quando ficávamos sozinhos em seu escritório antes de dar uma surra. Sorte nossa que os hematomas não são visíveis quando você usa macacões de corrida todos os dias. Não ficou uma única cicatriz na minha pele, apenas meu coração destruído, um órgão desconfiado e arruinado pelo homem diante de mim. O pior tipo de clichê.

— Eu não patrocino essa equipe para ver uma performance de merda dessas do meu próprio filho. Não estou comprando essa sua desculpa do volante. Todos os testes voltaram normais, nada parecia solto. — Sua voz fica mais alta à medida que sua agitação cresce.

Mantenho o rosto neutro para não alimentar a raiva dele. As consequências de sua fúria são uma lição que não desejo reaprender tão cedo, pelo menos não nesta vida.

Olho por cima do ombro dele e vejo a porta da suíte entreaberta, onde uma Maya chocada me encara pela fresta com a mão cobrindo a boca. Uma detetive juntando as peças do que eu fiz.

Apenas um dia ruim nas corridas. Problemas com o volante acontecem o tempo todo.

— Algo estava errado. Espero que descubram o que aconteceu antes da próxima corrida, assim posso ficar em primeiro lugar de novo.

— Porra nenhuma! Não venha com essa pra cima de mim, não caio nesse teatrinho. Você sabe que praticamente financio sua carreira aqui. As pessoas matariam para ter o seu lugar. Eu poderia substituir você assim. — Ele estala os dedos.

— Fique à vontade. Tenho certeza de que a McCoy me ofereceria um contrato em um piscar de olhos. Aquela equipe provavelmente paga mais do que a Bandini, de qualquer maneira. Não seria ótimo?

Um estalo alto preenche o pequeno quarto enquanto minha cabeça vira para o lado. O filho da puta me deu um tapa com as costas da mão. Eu me esforço ao máximo para não começar uma briga, minha respiração ofegante enquanto meu autocontrole oscila. O arfar de surpresa de Maya e o zumbido nos meus ouvidos tornam difícil distinguir outros sons.

Limpo o sangue que escorre pela boca. Eu me sinto como se tivesse 10 anos de novo, logo depois de um terceiro lugar em uma corrida de kart, meu pai furioso descontando em mim. *Parece que o passado nunca morre.*

— Ora, pai, pensei que tivéssemos superado isso. Você deveria ter dado um tapa decente, talvez seja a velhice chegando…

— E eu pensei que tivéssemos superado essa sua marra, seu merdinha, mas acho que estava errado. Vá se arrumar. Você está ridículo.

Ainda bem que Maya teve o bom senso de sumir, porque meu pai sai pela porta a passos rápidos, pondo um fim àquela conversa horrível. Respiro fundo antes de olhar para o corredor, surpreso e aliviado ao encontrá-lo vazio, a bisbilhoteira tendo ido embora.

CAPÍTULO TREZE

MAYA

P*uta merda.*
Puta merda mesmo.
Não consigo tirar da cabeça a imagem do pai de Noah o agredindo. Como alguém pode bater no filho de 30 anos?

Meu cérebro está em turbilhão, incapaz de acompanhar a enxurrada de informações. Os problemas com o volante, a corrida, o pai de Noah dando um tapa na cara dele. O jeito como os olhos de Noah me fitaram, tristes e tão perdidos. Fiquei arrasada ao vê-lo naquele estado. Reduzido a um homem com fraquezas e um passado turbulento. Muito diferente do cara arrogante que vejo todos os dias, jamais afetado ou interessado nas pessoas ao seu redor.

Minha família aparece na suíte de Santi cinco minutos depois da briga dos Slades. Ninguém repara em meu silêncio ou nota que balanço a perna para cima e para baixo enquanto fico remoendo o que vi: uma dinâmica familiar que ninguém conhece. Fiz uma matéria introdutória de psicologia e conheço as estatísticas sobre pais que batem nos filhos. Não é um incidente isolado, uma anomalia por causa de um volante danificado ou uma corrida perdida.

O pai de Noah é um homem perturbado que vive através do filho.

Passo um tempo com a minha família antes de pedir licença e sair. Santi me olha estranho antes de voltar a atenção para meus pais, seus sorrisos largos e brilhantes após a vitória de hoje.

Vou até a cozinha e pego uma bolsa de gelo, o plástico frio deixando minha mão dormente enquanto sigo até a suíte de Noah. Sinto minha barriga revirar de nervosismo; não quero ser invasiva após o dia ruim dele. Outra respiração profunda expande meus pulmões. Espero um momento, sem saber se devo bater na sua porta.

Respiro fundo e bato de leve com os nós dos dedos.

A porta se abre um pouco. Um Noah mal-humorado me olha, os olhos azuis sombreados por um boné da Bandini que ele usa bem baixo no rosto, uma tentativa fracassada de disfarçar a pele vermelha.

— Oi, eu trouxe um presente.

Balanço a bolsa de gelo. Não adianta fingir que não vi a cena mais cedo.

Noah abre mais a porta, e eu entro. Sua suíte tem a mesma disposição da de Santi, com paredes brancas simples, detalhes vermelhos e o logo da Bandini cobrindo uma das paredes. Ele se senta em um dos sofás brancos, pegando a bolsa de gelo enquanto eu ocupo um lugar do outro lado.

— Veio admitir que é péssima em bisbilhotar?

Minhas bochechas coram com a falta de tato dele.

— Bem, desculpa. — Melhor já começar assim, apesar de eles terem deixado a porta aberta.

— E desculpa por você ter visto o que viu. Eu deveria ter fechado a porta, mas ele me pegou de surpresa pela primeira vez em um bom tempo. — As palavras de Noah me comovem.

A declaração tem inúmeras implicações, e não entendo por que ele está se desculpando. Minha cabeça lateja enquanto tento entender o passado problemático de Noah com seu pai.

— Você não precisa pedir desculpas. Ele é um babaca completo. Você me avisou há um tempo, mas acho que não imaginei que fosse tão grave assim.

Noah faz uma careta enquanto pressiona a bolsa de gelo contra o rosto.

— Ninguém sabe.

Ele solta um suspiro profundo e trêmulo. Eu me reviro de inquietação ao vê-lo baixar a guarda, coisa rara para alguém tão confiante e seguro como ele.

— Vou arriscar um palpite e dizer que essa não foi a primeira vez que ele te bateu. — O olhar inexpressivo de Noah revela o suficiente. — Desde quando ele faz isso? Não é certo. Não é assim que os pais devem ser, ainda mais na sua idade. Você poderia dar uma surra das boas nele.

— Tem bastante tempo, mas prefiro que ninguém saiba, então vamos manter isso entre nós.

Fico de coração partido com a confissão. Não consigo imaginar crescer com alguém tão grosseiro, condescendente e vergonhosamente competitivo. É difícil conceber como deve ter sido a vida de Noah. Ele cria uma fachada para os outros, mas é isso o que enfrenta depois de cruzar a linha de chegada do Prêmio?

Eu e Santi não tivemos problemas assim porque nossos pais sempre nos trataram com respeito e amor. Talvez crescer sem tanto dinheiro seja melhor: eu levo uma vida feliz, e ninguém usa o dinheiro contra mim. Nem Santi, que paga por muitas coisas. Mesmo que eu ganhe alguma coisa com anúncios no YouTube e patrocínios, isso não tem o mesmo peso que um contrato na F1.

— Não vou contar a ninguém. Mas não entendo por que você encobre a verdade por ele.

Sinto uma onda de náusea quando penso em como as pessoas se comportam perto do pai dele, idolatrando-o como uma lenda das corridas. Os fãs chamam Noah de Príncipe Americano. Um príncipe que é obrigado a usar uma pesada coroa de mentiras e expectativas. Por mais que Noah não goste do pai, vive o legado dele.

— Quem acreditaria em mim? Ele é um símbolo das corridas e um grande patrocinador desta equipe. De qualquer maneira, as pessoas veem o que querem ver.

Ele olha para o teto. Gotículas da bolsa de gelo pingam no macacão de corrida, descendo pelo tecido vermelho como lágrimas. *Que simbólico.*

— Não sei. Alguém. Sempre tem alguém filmando algo. As câmeras capturam tudo hoje em dia.

Reconheço que eu também enxergava Noah do jeito que queria, acreditando na performance dele: convencido, superconfiante, rebelde. Sinto um aperto no peito por ter tirado conclusões precipitadas.

— Por favor, deixa pra lá. — Sua voz tem um tom decisivo.

Deixo essa parte da conversa de lado porque não quero pressioná-lo demais quando ele está se abrindo comigo. Escolho abordar o segundo ponto, porque não consigo me conter.

— É verdade o que ele disse? Sobre seu volante?

Ele solta outro suspiro profundo.

— Não acredite em tudo o que ouve. Meu pai fica com raivinha quando não termino em primeiro lugar. Meu volante estava frouxo, não importa o que as pessoas digam. — As palavras saem entre os dentes cerrados.

— Mas você estava na frente há quase quarenta voltas. Dirigir de maneira defensiva é a sua marca registrada.

— Maya. — Sua voz rouca chama minha atenção, me fazendo olhar para os seus intensos olhos azuis. Meu nome sai facilmente de sua boca, afetando ao mesmo tempo meu coração e abaixo da cintura. — Deixa isso pra lá. Esqueça o que ele disse. Seu irmão ganhou o Grande Prêmio da Espanha honestamente. Você deveria ficar feliz por ele em vez de inventar teorias da conspiração. — Ele desvia os olhos, evitando os meus por um segundo a mais.

Puta merda. Noah perdeu a corrida de propósito. Por que ele faria isso?

Ficamos ali sentados em silêncio. Tento processar essas novas revelações, perdida em meu próprio mundinho, sem perceber quando ele se levanta e se senta ao meu lado.

Ele segura minha mão nas suas, o pacote de gelo esquecido há tempos. Meu pulso acelera com o contato. Digo a mim mesma que deve ser porque a mão dele está gelada, o toque frio fazendo meu corpo se sobressaltar. Não tem nada a ver com nossa conexão. *Certo?*

Tento soltar minha mão, mas ele a segura firme, os dedos calejados roçando nos meus. Minha pele fica dormente no ponto em que seu polegar esfrega preguiçosamente a minha pele.

— Escute. Vamos esquecer o que meu pai disse. Não tem por que ouvir um merda que tem um chilique sempre que não termino em primeiro lugar. Ele é insignificante e mal aparece nas corridas, a não ser quando é conveniente para ele e sua conta bancária.

— Hã, é. Claro.

Mal presto atenção no que ele diz. Meus olhos permanecem fixos em sua mão grande e bronzeada envolvendo a minha, seu dedo grosso roçando o nó do meu em um movimento distraído.

O quarto esquenta à medida que a tensão cresce, sufocando-me, envolvendo minha cabeça e meu coração. Sua confissão silenciosa sobre a corrida parece pesada demais entre nós. Não quero dividir segredos com Noah, me abrir ainda mais para ele até um ponto do qual não podemos mais voltar.

Mas ele não precisa admitir nada. Sei que sabotou a própria vitória hoje, só pelo seu olhar rápido e um movimento de seu pomo de adão. Pode chamar de um sexto sentido para lorotas.

Sou inundada de alívio quando sua mão para de acariciar a minha. Enfim respiro com mais facilidade, ganhando a clareza mental para me afastar.

— É melhor eu ir. Vou jantar com minha família antes da festa pós--corrida. Talvez a gente se veja por lá.

Me inclino e dou um beijo na bochecha que não está vermelha. Sua respiração falha quando toco nele, enquanto meus lábios formigam com o contato, se demorando por um segundo a mais.

Eu me levanto de um pulo e giro a maçaneta antes que Noah possa reagir.

Ele permanece sentado no sofá, praticamente inalterado, exceto por um pequeno sorriso no canto da boca. Se não o conhecesse, teria passado despercebido. Mas temos dois meses de convivência e venho aprendendo seus tiques, os sinais que ele dá quando ninguém o observa.

— Até mais tarde. Obrigado… por ter vindo. E pelo gelo. — Ele repete o mesmo movimento que fiz antes com a bolsa de gelo. Dou risada da dancinha ridícula, seus olhos azuis se iluminando quando encontram os meus.

— Imagina. — Não me dou ao trabalho de olhar por cima do ombro quando fecho a porta suavemente.

Noah não aparece na festa principal pós-corrida. Odeio admitir, mas é estranho sem ele, e sinto falta de como ele me entretém enquanto Santi e Sophie estão ocupados.

Durante a festa, percebo o quanto estou em apuros. Cometi um pecado capital.

Acho que *gosto* de Noah Slade.

CAPÍTULO QUATORZE

MAYA

Mônaco. O maior Prêmio para assistir em pessoa. A semana da Bandini está repleta de eventos antes do famoso Grande Prêmio de Mônaco, conhecido como uma das corridas mais antigas na história da F1, alimentada por riqueza e luxo. Celebridades do mundo inteiro vêm assistir. Iates enchem o mar, reluzindo sob o sol brilhante enquanto observo da nossa suíte.

A equipe da Bandini programa uma semana cheia de passeios de barco, entrevistas e bailes de gala — o que você pensar, eles têm. O que significa que eu também posso ir. Meu papel de irmã apoiadora não tem limites e, embora em geral eu tente evitar esse tipo de evento, não reclamo desta semana.

Porque nem eu consigo resistir a ir a uma festa com uma das Kardashians.

Monte Carlo é um lugar muito legal. As fotos nem se comparam; são incapazes de capturar a costa pitoresca e o ar de mundo antigo. Não consigo acreditar que Santi quer comprar um apartamento aqui. Escolhemos um no início da semana antes de ele ficar mais ocupado, um apartamento moderno com dois quartos e vista para o Mediterrâneo.

Dá para perceber que o estresse está começando a afetar meu irmão. Ele parece mais tenso do que o normal, irritando-se com coisas pequenas, como quando deixei minha maquiagem espalhada na pia do banheiro. O Prêmio de Mônaco é importante, e ele sente a pressão da Bandini para se sair bem. Também não ajuda que esse Prêmio seja um dos melhores de Noah, um lugar onde suas habilidades de corrida podem brilhar.

O que estou fazendo em uma terça-feira em Mônaco?

Estou em um barco.

Não costumo me gabar, mas bem… é Mônaco. E com barco quero dizer uma embarcação com pelo menos trinta metros de comprimento, a fibra de vidro branca brilhando sob o sol escaldante. Mas não pergunto ao dono o tamanho porque isso é falta de educação e nada sofisticado.

E eu quero ser chique e correta esta semana.

Estou deitada em uma espreguiçadeira no deque frontal da Mansão Flutuante. Já visitei seus quatro andares, tomei um coquetel no deque traseiro e fiz uma entrevista com meu irmão para o vlog enquanto respirava a brisa fresca do oceano.

Vida boa esta semana.

Pego o protetor solar de dentro da bolsa, pois minha pele está ficando quente debaixo do sol intenso. Noah, um homem com um timing impecável, decide se acomodar em uma espreguiçadeira ao meu lado.

— Tentando evitar o sol?

Ele dá uma batidinha na embalagem rosa em minha mão. Seus óculos de sol escuros tornam difícil ver e ler o turbilhão de emoções em seus olhos azuis. Para ser sincera, sua aparência hoje me deixa inquieta. Sua roupa de banho de gente rica parece mais curta do que calções de banho comuns, destacando suas coxas e panturrilhas musculosas. Além disso, ele tirou a camisa em algum momento entre a hora do coquetel e agora. Examino seu corpo bronzeado e esculpido antes de voltar a olhar para o deque.

— Nenhum bronzeado vale a pena o envelhecimento da pele quando já sou naturalmente dourada.

Meu coração dispara quando ele chega mais perto.

Sua mão esbarra na minha, causando aquela intensa descarga de energia que nunca deixa de acontecer, por mais vezes que sua pele toque a minha. Ele tira o protetor solar da minha mão.

— Hã... Eu consigo passar sozinha. — Minha voz está trêmula e arfante. *Será que ele percebeu?*

Seu sorriso convencido me diz que sim. Pego meus óculos de sol de cima da cabeça e os abaixo para a frente dos olhos, criando uma barreira. Se ele pode fazer isso, eu também posso. Uma atitude imatura, o que não é problema para mim.

— Vire-se. Vou ajudar você.

É possível morrer de ataque cardíaco aos 23 anos? Quais são as chances? Pego meu celular, desesperada para pesquisar a informação.

— No que você está tão interessada agora? Toda vez que estou por perto, você fica ocupada com outra coisa.

Quero desaparecer nas almofadas da espreguiçadeira ou me dissolver no mar. Ele percebeu.

Então tira o telefone das minhas mãos.

— Com licença! Devolva isso. Agora. — Uso minha melhor voz de mãe, mas não tem o efeito desejado, fazendo Noah rir.

Vou ser péssima em botar meus filhos de castigo um dia.

Ele me ignora, afastando minhas mãos.

— *Quais são as probabilidades de morrer de um ataque cardíaco aos 23 anos?* Sério que você está pesquisando isso? Não sabia que eu tinha esse efeito em você. Fico lisonjeado.

Mostro a ele minha melhor careta, mas ele apenas ri. Uma gargalhada de verdade, jogando a cabeça para trás, algo que, se eu não estivesse chateada, acharia extremamente atraente. *A quem estou querendo enganar?* Já acho. Irritada ou não, esse homem é bonito. Atraente e extremamente gostoso.

Aproveito o momento de fraqueza dele e roubo meu celular de volta.

Ele gira o dedo em um gesto pedindo para irmos logo, sua tarefa anterior não mais adiada. Com alguma relutância, eu me viro e me deito de bruços na espreguiçadeira. Noah senta ao meu lado, a almofada afundando sob seu peso enquanto a coxa dele fica encostada em meu corpo.

Ele brinca com a alça do meu biquíni vermelho antes de esguichar o protetor solar.

— Você fica bem de vermelho.

É impressão minha ou sua voz está mais rouca? Não consigo ver o seu rosto, já que estou olhando para o mar Mediterrâneo.

Me sobressalto de leve quando o líquido gelado atinge minhas costas. Minto para mim mesma, culpando o frio do protetor solar pelos meus arrepios. Não é porque Noah o está espalhando nas minhas costas. *Não, imagina.*

Conto a mim mesma tantas mentiras sobre Noah que estou quase indo à confissão local. O padre teria muito trabalho, oferecendo conselhos sábios antes de me mandar embora com pelo menos cinco ave-marias. Mas não posso me culpar. Noah tem o sex appeal de uns cem homens juntos, dificultando todo esse processo.

Meus braços ficam mais pesados enquanto ele continua a passar o protetor nas minhas costas; estou gostando da sensação de ser cuidada enquanto as mãos de Noah me acariciam. Seus movimentos deixam um rastro de calor em minha pele, e solto um gemido constrangedor que tento encobrir com uma tosse.

A risada dele — rouca e grave — faz meu corpo cantar. Ele age como se fosse muito natural, só nós dois relaxando em nosso iate particular, aproveitando um dia descontraído na água. É como se fosse mesmo, porque ninguém passa para me salvar.

É uma sorte ele não conseguir ver meu rosto, porque minhas bochechas ficam coradas com seu toque incansável.

E não é a única parte do meu corpo que está esquentando.

Meu centro pulsa com a atenção dele. Quanto tempo faz desde que dormi com um cara? Talvez desde o meu terceiro ano da faculdade? Dá branco, o que não considero um bom sinal. Decido que esse deve ser meu problema. Não é porque Noah se enquadra em cada item da minha lista de características atraentes.

Claro.

Ele desliza as mãos para a curva da minha lombar e eu solto um gemido enquanto ele massageia minha pele.

Estou fodida.

Meu corpo zumbe de excitação com o toque, sem entender por que tudo isso é tão errado.

Ele me tira dos meus pensamentos.

— Eu já falei que você está linda hoje?

Não, não falou. Mas aceito o elogio agora, a testa encostada na espreguiçadeira confortável enquanto as mãos dele esfregam minhas costas. Acho que não restou uma gota de protetor solar sequer em seus dedos.

— Hum. Não sei.

Certo, muito bem. Não chegou nem perto do desespero do seu gemido de antes.

— Você está deslumbrante hoje. — Ele intensifica o charme.

De repente, ele me choca fazendo o impensável. Respiro fundo por entre os dentes quando seus lábios encostam a curva da minha nuca. *Uau.* Preciso de todo o meu autocontrole para não me levantar correndo da espreguiçadeira. Cravo as unhas na almofada para continuar parada, deixando marcas como as que Noah grava na minha mente.

Meu corpo está em chamas, e é ainda pior em meus lugares mais íntimos. Como é possível ficar excitada com alguém passando protetor solar em mim? Deveria haver um aviso no rótulo sobre isso. Que raios prejudiciais que nada, a situação com Noah me faz arder muito mais do que qualquer FPS abaixo de cinquenta.

Ele solta outra risadinha que me faz virar e encará-lo.

Ele não parece afetado, o que me irrita. Procuro por sinais. Seus olhos permanecem abaixados e seu rosto parece neutro. Meus olhos passam direto pelo seu peito e abdômen bronzeados porque não tenho nenhum tempo ou autocontrole para isso.

Abro um sorrisinho sarcástico para o volume em seu calção. Quero tirar seu sorriso malicioso do rosto com um beijo, substituindo o olhar de divertimento por um de desejo.

Nossa atração ameaça a aparência de normalidade entre nós. Não sei o que pensar. Preciso de tempo para processar tudo, bolar um plano para me esquivar, estabelecer defesas contra esse sedutor supremo. Isso vai exigir esforço. Talvez eu precise até da ajuda da Sophie, porque planos são a praia dela; ela vem evitando com sucesso sua atração por Liam.

Não transarás com o colega de equipe do seu irmão soa em meus ouvidos, um novo mantra para mim a esta altura. Sim, minha lista continua crescendo, mas você não conhece Noah Slade! Não entende como ele exala sensualidade. Nunca subestime o poder dos feromônios e dos sorrisos maliciosos.

Ele até transforma protetor solar em um tipo de preliminar.

Sou invadida pela culpa, porque não quero me sentir atraída por Noah. Apesar de fazer coisas legais por mim, ele ainda é babaca com Santi. Sou uma contradição ambulante no momento, dividida entres os prós e os contras, imaginando situações catastróficas se Noah e eu ficássemos juntos.

Ele se levanta da minha cadeira, deixando o maldito protetor solar do meu lado. Uma onda de incerteza me atravessa. Parte de mim quer que ele fique, enquanto a outra quer que ele vá embora. Meu cérebro precisa digerir essa informação. Sua ereção me distrai imensamente, atraindo minha atenção, o volume parecendo muito maior quando ele fica em pé. Preciso que isso seja removido da minha proximidade o mais rápido possível.

Ele puxa meu rabo de cavalo. Sorrio para ele porque, de alguma forma, isso se tornou um hábito nosso.

Como ele pode ser tão atraente e ao mesmo tempo tão fofo? Preocupante.

— Não pense demais. Você vai ficar remoendo os "e se" e os "e se não" para sempre em vez de viver o momento. Me ligue se precisar de ajuda de novo. Estarei por perto. — Ele me dá mais um sorriso convencido antes de desaparecer no convés.

Solto um suspiro profundo.

Estou realmente ferrada, e por ninguém menos que o Príncipe Americano da F1.

Posso mentir e fingir que sou uma mulher madura. Posso dizer que mantive a compostura na frente de Noah e do meu irmão. Mas não é o caso. Por que me dar ao trabalho de mentir quando sou péssima nisso?

Sento a bunda no banco do confessionário de um padre local. Minha mãe adorou o fato de eu ter arranjado tempo para ir à igreja enquanto estou em Mônaco. O padre me deseja muita sorte na vida e diz para eu ir à missa com mais frequência. É bom desabafar, mesmo para um homem da batina — é como se tivesse meu próprio terapeuta longe de casa. Eu descreveria a experiência como catártica. Sem vergonha, conto tudo para ele, revelando o que vem acontecendo no confessionário.

Para minha surpresa, ele me diz para rezar três ave-marias, dois pai--nossos e me dá uma garrafa de água-benta para eu me purificar sempre que tiver pensamentos impuros. *Confissões vêm com sacolinhas de brindes, quem diria?*

Começo uma nova campanha: evitar Noah. Funciona por dois dias, graças à obsessão de Sophie por listas e planos.

Dois longos dias. Se as pessoas soubessem a quantidade de esforço necessária para evitá-lo, ficariam impressionadas. Ele e meu irmão precisam fazer tudo juntos em Mônaco, já que uma equipe unida passa uma ótima imagem para o público.

Assim, fico muito tempo sozinha em nosso hotel, evitando festas e coquetéis. Para passar o tempo, marco uma massagem. Não provoca a mesma reação física da massagem nas costas que recebi de Noah, mas atribuo isso ao fato de ser uma profissional mulher. Não me sinto atraída por ela. Santi pagou pela sessão, mas, sem saber, está basicamente me recompensando pelos meus esforços de evitar Noah. Estou me sacrificando pelo bem de todos, afinal.

Eu consideraria minhas técnicas de evasão bem-sucedidas, pelo menos até meu irmão me pedir para comparecer a um desfile de moda que, aparentemente, é muito importante. Um evento de alto nível para o qual devo me sentir grata por ter sido convidada.

Santi me faz ficar olhando enquanto pratica sua caminhada na passarela para ter certeza de que está boa. Ele adora os holofotes, mas não desse tipo, com a expectativa de modelar. E não o culpo nem um pouco. Se participasse de algo assim, com certeza cairia de cara no chão e rolaria para a piscina.

— Você realmente precisa que eu vá?

Por favor, diga que não. Meu autocontrole perto de Noah tem limite. E, adicionando um terno à situação, é uma receita para o desastre.

Sinto que meu irmão está me sabotando aqui.

— Nunca pensei que teria que te convencer a ir. Todo mundo quer um convite.

Ele faz um beicinho para mim, um pouco maior do que o normal. Fico impressionada, mas também desconcertada, porque ele está usando minhas próprias estratégias contra mim para me fazer concordar.

Não dá para escapar quando ele soa tão decidido. Então, sigo o próximo passo do plano de uma mulher desesperada.

Barganho.

— A Sophie pode vir, se ela já não tiver convite? Não quero passar o evento sozinha. — *Eu não confio em mim mesma*, acrescento mentalmente, antes de juntar as mãos em um apelo silencioso.

Ele digita rapidamente no celular, tentando atender ao pedido, incapaz de resistir ao meu charme.

— Certo, consegui um ingresso para ela também. Mas vocês duas têm que se comportar, porque não vou estar lá para protegê-las dos velhos.

— Mas eu sempre quis um *sugar daddy*! — reclamo enquanto levanto as mãos em frustração fingida.

Ele joga uma almofada no meu rosto. Santi pode ter vencido a batalha, mas eu vou vencer a guerra.

CAPÍTULO QUINZE

MAYA

— Não acredito que você conseguiu ingressos para o desfile. É um dos maiores eventos do ano. — Sophie quase pula na cadeira, animada.

Fomos às compras mais cedo atrás de vestidos para o evento, porque ela disse que o que tínhamos não era suficiente.

— Ah, pois acredite. Melhor terminarmos de nos arrumar logo, o carro vai chegar em vinte minutos.

Não me sinto culpada por usar Sophie como empata-foda, porque o entusiasmo dela me contagia.

Dois coelhos, vocês vão levar uma cajadada.

Passo a mão pelo material sedoso do meu vestido azul. Olhando-o agora, percebo que combina com a cor dos olhos de Noah.

Merda. Um ato falho freudiano por meio da moda.

Pego meus saltos e saio correndo do quarto de hotel, querendo enfrentar esta noite logo.

Sophie não para de tagarelar no trajeto de carro até o destino à beira-mar.

— Você sabia que todos os pilotos vão desfilar hoje à noite?

Não posso dizer que sim.

— Está animada em ver alguém em especial? — Quero arrancar informações sobre a situação dela com Liam. Sophie esconde bem a atração, mas eu vejo os olhares rápidos que manda na direção dele. Ela me diz que são "só amigos" desde que usou essa desculpa depois do nosso encontro duplo fracassado.

— Hum, não. Que pergunta estranha. Você está? — Ela me encara.

Entendido.

Logo chegamos ao desfile. Um palco em forma de cruz flutua no centro de uma piscina, iluminado por dentro e emitindo um brilho roxo. Conseguimos distinguir vários iates ancorados no mar. O evento está cheio de convidados animados enquanto garçons circulam com comida e bebidas. Música sai dos alto-falantes ao nosso redor.

— Vamos pegar uma bebida. Hora da festa. — Sophie me puxa em direção ao bar e pede por nós. — Podemos ter quatro doses da sua melhor tequila?

Minhas sobrancelhas se erguem. *Duas doses já?*

— Não quero acabar bêbada e passar vergonha hoje à noite. Eu dou vexame com tequila.

Difícil esquecer a vez que chorei no banheiro. Culpo os Jonas Brothers e seu quarto integrante, José.

— Relaxe. — Ela dá um tapinha no meu braço com ênfase. — Podemos ficar altinhas agora para aproveitar o desfile. Não vamos beber mais até o efeito do álcool passar.

Ela desliza os dois copos na minha direção e nós bebemos.

Sophie estava certa. Assistir ao desfile um pouco alta é muito melhor. Os caras desfilam no palco, todos lindos em seus diferentes trajes de noite. Até assobio quando Noah aparece. Não é culpa minha se ele está completamente transável em seu terno, que parece me chamar.

Oops. É o álcool. Um pequeno deslize. Não quero transar com Noah Slade. Cutuco Sophie quando Liam aparece, o terno sob medida justo no corpo e o cabelo loiro penteado para trás em seu estilo de sempre. Ele até a vê no meio da multidão e dá uma piscadela. Este gostar de flertar e, sinceramente, não faço ideia de como Sophie resiste, porque seus olhos brilham sempre que o vê.

Depois que o desfile termina, Sophie e eu animamos a festa. Ela suborna o DJ para que nos deixe ficar atrás dos seus equipamentos e mexe no toca-discos enquanto eu escolho músicas de uma lista. Conseguimos fazer algumas pessoas pularem para cima e para baixo, criando uma pequena rodinha punk no centro da pista de dança. Acho que nunca ri tanto na vida.

Um representante da Bandini acaba nos tirando da área do DJ depois de tocarmos nossa terceira música reggaeton. Aparentemente, não é o melhor tipo de música para o público da elite.

Dois caras mais velhos nos chamam para dançar e nós aceitamos. Não são bem o meu tipo, mas a névoa do álcool diz sim por mim enquanto eles nos levam para a pista. Sophie e eu não estamos bêbadas. Só um pouco altas, ainda conseguindo manter a compostura.

Uma multidão de casais dançando nos rodeia. Eu danço com um homem de meia-idade com o cabelo penteado para trás e sinto um cheiro forte de álcool nele. Meus olhos procuram por Sophie entre as músicas, mas não consigo encontrá-la. A mão dele vai se aproximando da minha bunda e eu, convenientemente, piso em seu pé. Com força. Ele solta um grito enquanto peço desculpas com arrependimento fingido.

A música muda para uma salsa clássica que os DJs tocam em nossas boates em Barcelona. Meu parceiro de dança de repente é coberto por uma sombra. Nesse momento, entendo o formigamento que estou sentindo nas costas. Dois meses resistindo a ele fazem isso. Luzes estroboscópicas o banham em um brilho ameaçador, e meu cavaleiro safado de terno brilhante avalia meu parceiro de dança mão-boba.

— Se importa de trocar? — A voz irritada de Noah é mais alta que a música. *Ou estou ouvindo coisas?* O álcool confunde meu cérebro.

O homem gagueja uma resposta e me solta. Noah pega minha mão enquanto coloca a outra na curva das minhas costas, acima da bunda. O gesto é bem menos invasivo que o do meu parceiro de dança anterior, como se aquele fosse o lugar da mão dele. Além disso, Noah não fede a uísque e herança. Deveria engarrafar seu cheiro e vender para a população geral. Eu compraria algumas garrafas e borrifaria a fragrância nos meus travesseiros à noite — de maneira nem um pouco esquisita, é claro.

Sorrio com a ideia. *Quanta maturidade, Maya.*

Ele balança a cabeça como se não acreditasse no estado lastimável em que me encontro no momento. Somos dois.

Apoio uma mão no ombro dele. Sinto o terno macio sob meus dedos, o tecido esticado por seus músculos.

— Achei que estivesse me evitando, porque não te vi em nenhum dos eventos esta semana.

Penso com todo o cuidado na minha resposta. Bem, com tanto cuidado quanto o álcool me permite.

— Onde você aprendeu a dançar salsa?

Uma mudança de assunto muito sutil, modéstia à parte.

Sua risada grave me aquece por dentro. Ele nos conduz no ritmo da música.

— Morei na Europa tempo o suficiente para aprender.

Sinto uma pontinha de ciúmes ao pensar em Noah dançando com outras garotas.

— Hum. Legal. — Finjo indiferença, mas não sei se consegui.

Noah me vira, puxando minhas costas contra a frente do seu corpo. Minha bunda fica colada à sua virilha enquanto sua mão desce pelo meu braço.

— Hã, nós aprendemos dois tipos de salsa diferentes. Não me ensinaram nada disso na aula.

A vibração da risada em seu peito é a única resposta que recebo.

Olho em volta, curiosa para saber se mais alguém está vendo isso. Meu corpo se ajusta ao dele. Uma multidão dança ao som da música, sem perceber os avanços de Noah enquanto seu membro rígido pressiona minha bunda. Eu me colo ainda mais ao corpo dele, sem querer, é claro.

É melhor eu ir ao confessionário assim que abrir.

Parece que Noah está gostando desse vaivém, ou da ausência dele, na verdade. Ele nos movimenta ao som da música. Uma de suas mãos aperta meu quadril, mantendo-me bem perto dele, enquanto a outra afasta meu cabelo do pescoço.

— Você usou essa cor de vestido por minha causa? — Sua voz rouca me deixa tonta.

Como ele sabe a cor do meu vestido quando está escuro?

— É azul-marinho. Do que você está falando?

Certo, não é. Mas os homens só conhecem as cores básicas.

— Hum, estranho. Nos stories do Instagram, parecia ser a mesma cor dos meus olhos. Mas talvez eu tenha me enganado e esteja só vendo coisas.

— Muitas vezes isso é um sinal de narcisismo. Você deveria marcar uma consulta quando tiver tempo. Eu não faço tudo para te agradar. — As palavras escapam da minha boca, sem filtro.

Ele me cala ao pressionar seu membro rígido contra mim. Gemo ao senti-lo, meu corpo esquentando com a audácia dele.

— Me diga que não é afetada pela nossa conexão. — Seu sussurro rouco me deixa arrepiada. Ele desliza um dedo pelo meu pescoço até a minha clavícula, parando logo acima do decote.

De jeito nenhum vou admitir algo para ele.

— Não sei do que está falando. Você tenta usar essa cantada com todas as suas biscates?

Quem ainda usa a palavra "biscates" hoje em dia? O álcool me deixa burra. Tão, tão burra.

— Acho que você sabe.

Ele me segura de maneira possessiva enquanto nossos quadris se movem ao som da música. Contenho outro gemido enquanto minha cabeça cai para trás em seu peito, plenamente consciente do tamanho dele pressionando minha bunda.

Ele sopra ar quente na minha orelha, fazendo meu centro pulsar de desejo. Meu corpo queima nos lugares que ele toca, seus dedos deslizando pelo tecido liso do meu vestido. Uma camada delicada protegendo meu corpo do toque dele.

— Você me deixa louco. Fico pensando em como seria te foder, imaginando os sons que faz quando explode em êxtase. Os gemidos que vai soltar enquanto eu estiver comendo você. Será que vai ficar ofegante? Vai gritar?

Sinto um frio na barriga quando seus dentes roçam o lóbulo da minha orelha. Inclino a cabeça para o lado, dando-lhe melhor acesso ao meu pescoço, e seus lábios descem, plantando beijos. Seu toque me deixa sem fôlego. Minha determinação vacila, implorando para que eu ceda.

Me leve para casa, quero dizer. Mas não digo, deixando meu corpo falar as palavras que minha boca não consegue pronunciar.

Meu eu do futuro que lide com esse problema.

Noah sente minha submissão. Seus lábios tocam meu pescoço, a língua saindo da boca por um segundo para sentir o meu gosto, me fazendo estremecer enquanto ele suga a pele sensível.

Alguém segura minha mão e me puxa para longe, o ar frio atingindo minha pele na ausência de Noah. Ele rosna com a intrusão.

— Maya, exatamente quem eu estava procurando. Seu irmão está atrás de você. Lembra dele, né? O *colega* de Noah. — Sophie enfatiza suas palavras.

Como ela nos encontrou nessa multidão, um aglomerado de corpos dançando juntos?

Eu afasto a nuvem de desejo. A música pulsando ao fundo me lembra de onde estamos. As luzes da pista de dança iluminam meus sapatos. Se eu bater os saltos, será que consigo ir para casa?

— É melhor eu ir. Deveres de irmã e tal. Obrigada pela dança — digo com uma voz rouca.

O que acabamos de fazer não se parece em nada com qualquer outra dança da minha vida. Encontro os olhos intensos de Noah, seu turbilhão de desejo e frustração evidente mesmo no escuro.

— Isso não acabou. — Sua voz rouca sugere uma promessa.

— Por enquanto, acabou sim, Romeu. Vamos lá, Julieta. — Sophie me puxa para longe, provando ser a melhor empata-foda de todas.

Ela se mantém tranquila até encontrarmos um canto vazio.

— Hã, cadê meu irmão?

— Eu sei lá. Precisava de uma desculpa para tirar você de lá antes que vocês dois transassem no meio da pista de dança. O que aconteceu com o plano de ficar longe dele? Eu estava quase me abanando enquanto assistia vocês. — Ela gesticula.

Meus lábios se curvam em um sorriso.

— Não achei que fosse uma voyeur.

— Não vem com essa de se esquivar da pergunta pra cima de mim, não. Já conheço sua técnica; não me insulte. Você está tentando ficar com ele ou evitá-lo? Precisa decidir. — Ela bate o pé no chão e cruza os braços. Um gesto ridículo que só dá certo quando Sophie faz, seu vestido fofo e tênis brancos brilhando no escuro.

— Eu não sei direito.

Dou de ombros porque realmente não sei o que pensar dessa coisa entre Noah e eu, uma atração incontrolável que não consigo descrever.

— Vocês pareciam uma cena moderna de *Dirty Dancing*. Não compro essa história. O que você vai fazer sobre o seu casinho?

— Hã, "casinho" é exagero. Hoje foi o mais perto que já chegamos um do outro. Atração, sim. Casinho, não. — Eu balanço a cabeça de um lado para o outro.

Sua sobrancelha erguida não me tranquiliza.

— Você está gostando do colega de equipe do seu irmão. E rival, devo acrescentar.

— N-não — gaguejo. Meu peso se desloca de um pé para o outro. — Só me sinto sexualmente atraída por ele. Não é como se estivesse interessada nele como pessoa, mal o conheço.

— *Ceeeeerto*. — Ela prolonga a palavra. — Nós vamos ter que manter você longe dele.

— Nós? — Agora é minha vez de ficar confusa.

— Eu e Liam. Óbvio. É o que os amigos fazem.

Nunca estive tão grata por uma amiga. Sophie e eu saímos da festa de mãos dadas, deixando para trás decisões ruins e *bad boys*.

CAPÍTULO DEZESSEIS

Noah

Estou a fim de Maya. Tipo, *muito* a fim. Ela mexe no celular, alheia a tudo ao seu redor, sem ver que a estou observando.

Quero explorar o que há entre nós, testar ao máximo a conexão física. Ver quão explosivo é o sexo. Transar com ela em cada superfície do meu apartamento e fazê-la aproveitar cada segundo. A ideia de ser seu P.A. até o fim do Campeonato é algo que até considero se o sexo for tão bom quanto imagino que vá ser. Nunca tive uma foda casual recorrente antes, mas acho que podemos ser ótimos juntos.

Liam me tira dos devaneios. Ele me cutuca e olha para as câmeras e repórteres à nossa frente.

— Eu não estava prestando atenção na pergunta. Pode repetir? — Ofereço um sorriso dissimulado.

O grupo de repórteres ri diante da minha sinceridade. Maya se vira para mim com olhos brilhando, o peito tremendo com o esforço de prender o riso.

— Quais estratégias você adotou para defender seu título de campeão invicto do GP de Mônaco? — O repórter repete sua pergunta, gaguejando.

— Hã, eu entro no carro e treino. Tento ir o mais rápido possível. Sabe, o básico. — Estou piadista hoje. Ouço risadas contidas na multidão enquanto algumas câmeras clicam, tirando fotos e vídeos.

Todo mundo sabe que eu odeio perguntas assim. Esse repórter deve ser novo. Os espectadores se esbaldam, pois adoram o meu jeito de agir e de me apresentar. São meus fãs por um motivo.

Os repórteres continuam. Não querendo parecer um completo babaca antes de uma corrida, tomo o cuidado de prestar atenção desta vez. Os patrocinadores podem acabar achando que caí na farra em Mônaco. Até fico ouvindo quando perguntam a Santi como ele se sente depois de sua classificação em segundo lugar.

— Bem. É bom quando meu trabalho árduo compensa. Ano passado, abandonei o GP de Mônaco mais cedo depois de uma falha no motor, então estou animado para voltar pra pista e competir contra pessoas que admiro há anos.

Eu assinto, impressionado com a resposta. Parece que ele tem melhorado suas habilidades de relações públicas.

Quando a coletiva de imprensa termina, saio do palco e vou direto até Maya.

— Engraçado, não vi vocês depois do desfile. Para onde foram? — Tanto a cabeça de baixo quanto a de cima estão curiosas para saber onde ela e Sophie se meteram.

Ela continua mexendo no celular. Eu bato na tela, fazendo-a se acender. *Ela está me ignorando para olhar o Instagram?*

Aperto o botão de bloqueio automático na lateral do celular. A tela apagada é uma provocação para que Maya olhe para cima, e ela cai direitinho.

Não gosto de como seus olhos castanhos me olham intensamente, cuidadosos e inexpressivos.

— Fiquei um tempo com meu irmão e Sophie antes de voltar para casa e dormir cedo. — Ela desvia o olhar ao responder.

— Que engraçado, porque encontrei seu irmão cinco minutos depois de você sair. Ele ficou surpreso quando perguntei se tinha conseguido falar com você. Até tentou te ligar, mas você não atendeu. Acabamos passando o resto da noite conversando com os patrocinadores.

Dou de ombros, tentando aparentar indiferença. Na verdade, ainda estou irritado com a maneira como Sophie levou Maya para longe. Uma grande sacanagem, pois tive que me masturbar no banheiro depois de Maya ir embora para aliviar a ereção. Foi uma vergonha. Sophie é a pior empata-foda de todas, levando Maya embora justo quando ela cedeu aos meus avanços.

O tom rosado de suas bochechas fica mais forte, o que me diz o suficiente.

— Olha só os dois de conversinha. Que segredos estão discutindo? Pensando em como me vencer amanhã?

Reviro os olhos com a interrupção do Liam antes de passar a mão no rosto. Será que Maya e eu não podemos ter um segundo a sós?

— Estou espionando para o meu irmão. Sou sempre leal a ele.

Maya dá uma batidinha no seu boné da Bandini. A aba mostra um número sete bordado. Como seria se ela usasse o meu número, vinte e oito? Eu a imagino em uma camisa com o meu nome em vez do de Santiago.

Ela bagunça tudo dentro de mim, me fazendo querer coisas ridículas.

— Mas é melhor eu ir, Santi e eu temos um almoço marcado. Boa sorte amanhã, Liam. Até mais, Noah. — Ela sai apressada.

— Cara, você não pode dormir com ela. É irmã do seu colega de equipe. Não vale a pena.

Liam me dizendo para não transar com alguém é inédito, como se me dissesse para perder uma corrida. Simplesmente não é algo que se faz.

— Você pega qualquer uma com duas pernas e peitos falsos, então por que está me dando conselhos agora? — É difícil esconder minha irritação. As palavras foram grosseiras, mesmo para os meus padrões.

Liam levanta as mãos.

— Ei, não precisa descontar em mim. Ou levar para o lado pessoal. Se está precisando transar, encontre uma garota em um dos eventos. Elas são fáceis.

Aí está o problema. Não tenho interesse em dormir com uma mulher aleatória, e já me sinto assim há um tempo. Quando foi a última vez que tive uma transa casual?

Liam interpreta meu silêncio como aceitação.

— Escuta, Noah, vou te dar um conselho... mesmo que você esteja sendo um babaca agora. Mulheres como a Maya não dormem com homens como a gente, assim, sem compromisso. Ela é do tipo que se envolve e acaba querendo mais. — Liam estremece dramaticamente.

— Qual é o problema com isso?

Ele me olha como se uma segunda cabeça tivesse crescido do meu ombro. Certo, em geral não gosto quando as mulheres se envolvem muito.

— O sentimento vai aumentando. Depois vêm os pedidos de casamento, sacrifícios, bebês chorando. Tudo isso. Um dia você acorda e se pergunta como o tempo passou tão rápido. Vai ter 40 anos, sua esposa mal vai querer transar com você, e no fim vai ficar batendo punheta todos os dias para sobreviver.

Isso já está acontecendo agora. Não é como se fosse muito melhor.

Liam me parece excepcionalmente amargo, o que acho estranho, considerando que os pais dele têm um casamento perfeito. Quer dizer, eu já tenho 30 anos. Não é como se eu quisesse ficar sozinho pelo resto da vida, só enquanto estiver na F1 e vivendo na estrada.

— Não entendi como dormir com Maya se transformou em um plano de vida de dez anos, mas obrigado pela preocupação. — Dou um tapinha em seu ombro enquanto reviro os olhos.

— Só queria te avisar. Ela é uma daquelas garotas que vão deixar você de quatro. Estou dizendo. Você vai acabar deixando de ser homem e se perguntando onde foi que errou, trocando várias garotas novas por uma só. A mesma boceta pelo resto da vida.

Sua visão do casamento é um pouco sombria, um contraste com sua personalidade otimista de costume. Não sei o que está rolando com ele hoje. Eu me afasto, de mau humor por causa de suas palavras.

No dia da corrida em Mônaco, procuro por Maya porque não a vejo nem tenho notícias dela. Acabo no bar da Bandini em um último esforço para encontrá-la. Sophie está tomando um espresso em uma das mesas, folheando casualmente uma revista, sem aparentar qualquer preocupação na vida.

— Você viu a Maya? — Mantenho a voz baixa ao me sentar na cadeira em frente à dela.

Ela toma um gole de café.

— Recentemente?

Por que ela está se fazendo de desentendida?

— Sim. Nas últimas horas. — Tenho que fazer um esforço para não ranger os dentes. Meu dentista não vai ficar muito feliz comigo na próxima consulta.

Ela acha minha reação engraçada, seus olhos traindo o divertimento.

— Por que você quer saber?

— Responde logo à pergunta, porra. Não é tão difícil — explodo.

Seus olhos se reviram diante do meu tom ríspido. Já visitei a casa dela durante o período de festas, então nos conhecemos há anos. É como se ela fosse uma prima de terceiro grau irritante, porque não somos próximos o suficiente para sermos considerados irmãos.

— Não precisa ficar todo estressadinho. Ela resolveu assistir à corrida como uma espectadora normal hoje, querendo filmar a experiência para o vlog dela.

Será que Maya não sabe que isso não é uma boa ideia? As pessoas vão reconhecê-la; bêbados vão tentar passar a mão em seu corpo. Não gosto de pensar nela lá sozinha.

— Por que você não foi com ela?

Por que está aqui sentada tomando café enquanto sua amiga está lá fora sozinha no meio de uma multidão maluca?

— Eu ia ficar na área dos boxes com o meu pai. É uma das maiores corridas do ano, então com certeza vai estar uma loucura lá embaixo.

Pego meu celular antes que ela termine a frase. Sophie fica olhando enquanto mexo no telefone.

Quebro o silêncio após alguns minutos.

— Qual é o seu número?

— Sério mesmo que está dando em cima de mim depois de perguntar onde está minha amiga? Você estava se esfregando nela outro dia.

Minha mandíbula se contrai.

— Não. Você não vai ficar na área dos boxes hoje. Seu pai me mandou um ingresso, muito contente por você querer assistir à corrida como uma verdadeira fã.

Abro um sorrisinho ao ver seus olhos arregalados enquanto ela me dá seu número. Sophie não diz mais nada, graças a Deus. Maya pode me evitar o quanto quiser, mas isso não quer dizer que ela tenha que fazer isso sozinha. Um dia, vou conseguir o que quero. Esses joguinhos não me afetam porque tenho resistência suficiente para superar a dela.

Meus lábios se torcem enquanto penso em um plano para ficar a sós com ela depois da corrida. *Dois podem jogar esse jogo.*

CAPÍTULO DEZESSETE

MAYA

Ouço Sophie antes de vê-la. Ela está gritando com um sujeito para que ele pare de incomodá-la nas arquibancadas. Sua escolha de palavras é peculiar, o resultado de ter lido um número excessivo de romances de época.

Ela se aproxima e se acomoda ao meu lado. Estamos vestidas iguais, com camisas polo da Bandini e equipamento de proteção auricular.

— O que você está fazendo aqui? Achei que queria assistir da área dos boxes.

Fãs próximos nos olham com estranhamento. Puxo meu boné mais para baixo e ajusto o fone de proteção auricular para ouvi-la melhor.

Ela dá de ombros, tendo aprendido esse truque comigo. Eu cutuco suas costelas.

— Ai. Tá bom. Não precisa partir para a violência. Noah me encurralou mais cedo, perguntando onde você estava. — Ela esfrega a costela.

Eu ouvi direito?

— E como você veio parar aqui?

— Ele me obrigou, acho que para você não ficar sozinha.

Fico chocada por ele se importar.

— Ele disse mais alguma coisa? — Mexo nas configurações da minha câmera.

— Ele disse... — Ela deixa a voz mais grave para imitar Noah: — "Eu não sabia que ela era fã de esconde-esconde. Avise para Maya que, quando eu a encontrar, ela não vai gostar. Eu era campeão de esconde-esconde quando criança."

— *O quê*? Sério? — Minha voz fica estridente.

— Não! Seria uma péssima cantada. Ele é melhor que isso. Estou só brincando. — Sua risada preenche o silêncio. Ela está me colocando em uma montanha-russa emocional hoje. — Mas ele estava claramente tenso. Devo concluir que gosta de ter você por perto nos dias de corrida?

— Eu não achava que ele se importava se eu estava aqui nos domingos. Seus olhos brilham.

— Hum. Não sei não, hein. Noah pareceu incomodado por você não estar lá hoje mais cedo. Pelo menos o suficiente para me perguntar de você.

Os locutores interrompem nossa conversa, informando à multidão que a corrida começará em breve.

A multidão se aquieta enquanto luzes vermelhas piscam acima do grid. Todos prendem a respiração para o início da corrida, e as arquibancadas são contagiadas pela energia eletrizante quando os motores dos carros aceleram. Meu coração bate em sincronia com os sinais piscando acima do grid de largada. No momento em que as luzes mudam, os carros partem em direção à primeira curva. O circuito de Prêmio de Mônaco pode ser implacável, ainda mais se um piloto cometer um erro como subestimar ou superestimar sua velocidade durante uma curva.

Noah mantém a liderança na primeira curva, meu irmão logo atrás. O carro de Santiago passa zunindo por uma das retas antes de fazer outra curva fechada. Liam e Jax brigam pela terceira posição.

O circuito de Mônaco é diferente de qualquer outro do Prêmio. As ruas estreitas mantêm os carros apertados, sem deixar muito espaço para erros. Jax e Liam evitam por pouco uma colisão desastrosa em uma das curvas. Pedaços da lataria voam quando os carros se roçam, e o som de metal batendo no chão ecoa pelas arquibancadas. A multidão arfa de surpresa quando o carro de Jax se inclina para o lado. Ele usa o impulso para voltar à pista, evitando um acidente catastrófico por pouco.

O som dos carros zunindo pelo asfalto me enche de empolgação quando Noah e Santi passam por nós, completando a primeira volta. A multidão está cheia de energia, entoando os nomes de seus pilotos favoritos, agitando bandeiras e placas no ar. Meu corpo vibra de emoção enquanto Sophie e eu nos levantamos para aplaudir. Há fãs nas varandas próximas, assistindo à corrida dos quartos de hotel.

O cheiro de borracha queimada enche meu nariz, um aroma do qual aprendi a gostar no tempo que passei aqui.

Noah e meu irmão continuam disputando a liderança. Noah permanece na defensiva, o que dificulta as ultrapassagens para Santi e os outros. Meu irmão tenta várias vezes, mas não consegue, já que no circuito de Mônaco é difícil subir nas classificações. Com frequência, desde que não haja acidentes, a posição na qual você começa é a mesma na qual termina.

Em uma das curvas mais fechadas, meu irmão tenta ultrapassar Noah de novo. Sua tentativa é descuidada, e ele roça a asa dianteira de Noah, fazendo o carro dele desacelerar. Santi consegue o primeiro lugar. Noah deve estar furioso, porque detesta quando os carros se chocam.

Mas a corrida toda acaba saindo dos trilhos, com estilhaços voando e carros colidindo.

A multidão fica em silêncio quando Liam bate em uma das barreiras. Seu pneu dianteiro voa e o dano o faz se retirar da corrida mais cedo. Ele leva as mãos ao capacete enquanto as câmeras o acompanham. Os olhos de Sophie ficam distantes e ela morde o lábio inferior.

Durante uma das últimas voltas, meu irmão relaxa na posição defensiva o suficiente para Noah se aproximar dele. Os dois ficam lado a lado, as asas dianteiras alinhadas, quase se tocando, enquanto correm juntos em uma reta. Eles se aproximam de uma curva estreita. Prendo a respiração, incapaz de desviar os olhos enquanto Noah acelera ao virar. Seus pneus laterais se levantam do chão, perdendo contato e tração importantes para uma curva. Uma manobra perigosa que dá certo, já que o carro dele ultrapassa o de Santi, recuperando a primeira posição. A multidão fica eufórica, e acho difícil esconder minha animação.

Noah acaba cruzando a linha de chegada em primeiro lugar. Uma bandeira quadriculada balança, tremulando ao vento. Os fãs comemoram animadamente quando anunciam Noah como o vencedor do Grande Prêmio de Mônaco. Sophie e eu pulamos de alegria quando meu irmão cruza a linha de chegada em segundo lugar.

A Bandini teve um ótimo dia. Eles provaram, mais uma vez, ser uma das equipes mais fortes com Noah e Santi ao volante, e estão uma corrida mais perto de ganhar o Campeonato de Construtores.

Sophie e eu esperamos com o restante do público enquanto os pilotos completam sua volta da vitória, mas saímos da área do estádio quando eles começam sua rodada de entrevistas de sempre.

Vamos até a equipe da Bandini no pódio dos vencedores. Noah está no meio, com Santi e Jax ao lado. Me enche de felicidade ver os dois pilotos da Bandini se dando bem, rindo de uma conversa entre os três.

Santi e Jax despejam champanhe sobre Noah. A multidão grita ao ser banhada, o álcool grudento deixando o ar com cheiro de festa chique. A área do pódio é uma confusão de bebida e fãs vibrantes.

Noah me vê atrás das barreiras e lança um sorriso que derrete até minha calcinha. Ele ergue sua grande garrafa de champanhe para mim antes de beber. Eu sorrio de volta e faço um sinal de positivo, incrivelmente orgulhosa dele.

Ver seus lábios envolvendo a garrafa traz pensamentos maliciosos.

Sophie se junta ao pai nas comemorações com a equipe da área dos boxes enquanto eu volto para os camarotes para descansar enquanto Santi termina suas outras entrevistas.

Aguardo na suíte, e fico surpresa quando a porta se abre mais cedo do que eu esperava.

— Ei, você voltou mais cedo… — Eu paro no meio da frase quando Noah sorri para mim.

Ele tomou um banho. Seu cabelo está arrumado para trás, sem indícios da bagunça que suas mãos vivem deixando nos fios. Uma camisa limpa da Bandini pressiona os músculos definidos do seu peito. Passo a língua nos lábios enquanto meus olhos percorrem o resto do seu corpo, observando a calça cara que se agarra às suas pernas.

— O que está fazendo aqui? Seu quarto é o do lado. — Eu não gosto do sorriso malicioso estampado no rosto dele. Nem um pouco.

Ele encurta a distância entre nós e pressiona um dedo em meus lábios.

— Eu vim buscar meu prêmio pós-corrida. — Ele arrasta o mesmo dedo calejado dos meus lábios até meu pescoço.

— Hã, tenho certeza de que já deram o troféu para você — respondo em um sussurro rouco.

O sorriso de Noah se alarga enquanto seus olhos azuis penetrantes me encaram. O ar parece carregado no quarto, como se todo o oxigênio tivesse sido sugado. Ele é um furacão e estou presa bem no olho da tempestade, com uma falsa sensação de segurança antes de os ventos se intensificarem de novo. Um desastre catastrófico e implacável em formação.

Ele se afasta de mim. O clique da fechadura soa alto, enviando um arrepio pelas minhas costas.

— Não tem graça, Noah. Vá para o seu quarto. — Dou um passo para trás enquanto ele dá alguns passos à frente, sem permitir que eu crie uma distância.

— Eu não estou tentando ser engraçado. Você tem me evitado.

É, tenho mesmo. Depois do desfile, me mantive longe. Não confio em mim mesma para resistir a ele, mas não digo nada porque o ego dele já é grande o suficiente.

— Não sei do que está falando. Eu ando ocupada.

Eu provavelmente soaria dez vezes mais convincente se minha voz não saísse rouca. Meu corpo me trai, incapaz de resistir à persistência de Noah.

— Eu te sigo no Instagram. Vi seus stories.

Ah. Esta é a segunda vez que ele menciona ter visto meus stories. Não imaginava que tivesse tempo para isso, mas ele deve ter dado uma olhadinha quando postei sobre ir ao cinema e meu dia em um spa.

— Às vezes você precisa de um dia de folga.

— Você tirou dois. — O dorso da mão dele acaricia meu rosto.

Quando ele chegou tão perto? E por que é uma sensação tão gostosa?
Fecho os olhos devido ao contato incrível.

A mesma mão envolve a parte de trás da minha cabeça e me puxa para a frente. Meus olhos se abrem com um susto. Seu cheiro limpo me envolve e confunde meus pensamentos. Ele não me dá um segundo para pensar antes de sua boca cobrir a minha, lábios macios pressionando os meus.

No início, o beijo é suave e singelo — inocente e inesperado vindo de um homem como ele. Ele quase brinca, dando beijinhos delicados.

Seus dentes roçam meu lábio inferior, com um quê de força. Eu arfo com a dor leve. Ele aproveita a oportunidade para invadir minha boca com a sua língua e encontrar a minha, uma exploração implacável que exige tudo de mim. Ele tem gosto de menta e champanhe, uma combinação surpreendentemente maravilhosa. Beijá-lo deixa meu cérebro entorpecido. Suas mãos exploram meu corpo, me puxando para mais perto enquanto sua boca abafa meu gemido. Sinto uma ereção impressionante contra minha calça jeans. Uma de suas mãos passa pelo meu cabelo enquanto a outra segura meu rosto, tornando impossível escapar. Não que eu queira. Ah, não. Quando eu me entrego a ser má, eu me entrego por completo.

Meu coração martela no peito. Envolvo o pescoço de Noah com os braços, puxando-o para mais perto, cedendo à atração. Seu cabelo é macio e sedoso sob meus dedos. Meus joelhos ameaçam ceder. Tento entender todas as sensações dentro de mim, experimentando o melhor beijo da minha vida — ao mesmo tempo inebriante e eletrizante. Meu corpo derrete nas mãos dele, implorando para ser tocado.

— Por que minha porta está trancada? Ei, Maya, você está aí dentro? Abra a porta. — A voz do meu irmão me atinge como um banho de água fria.

Punhos cerrados batem na porta junto às batidas do meu coração.

Eu me afasto da boca de Noah e dou alguns passos para trás, quase tropeçando no sofá. O cabelo desarrumado dele me faz sorrir. Seus olhos me encaram, selvagens e turvos, e suas calças têm um volume proeminente. Não posso negar o orgulho que me invade por ter provocado essa reação.

Viva eu.

Ele leva um dedo até a boca. Um lado se curva para cima, e seus olhos brilham com os tons de azul de que aprendi a gostar. Como ele nunca é afetado pelas coisas? Parece injusto. Olho para baixo para conferir suas calças de novo.

Não, ele foi afetado, sim.

A maçaneta da porta balança, a culpa substituindo o orgulho que senti segundos atrás. Santi me mataria se me encontrasse aqui dentro com Noah.

— *Carajo*. Como meu quarto está trancado? Quem tem a chave? — A voz do meu irmão diminui conforme seus passos se afastam.

— Você precisa ir embora *agora*. Vou abrir a porta para ver se meu irmão foi embora mesmo. — Eu passo por Noah.

Ele segura meu cotovelo e me puxa de volta para perto. Seu beijo rápido me silencia. Meu corpo ainda não acompanhou meu cérebro, fazendo com que eu me incline em sua direção como se pudéssemos continuar o que estávamos fazendo antes.

— Calma. Ele não precisa saber. — Ele examina meu corpo de maneira perversa uma última vez antes de sair do quarto.

Eu me sento no sofá, passando a mão pelo rosto.

Que merda eu fui fazer? Não posso fazer isso com Santi. Posso?

Por que um simples beijo parece ter me deixado disposta a qualquer coisa?

Duas semanas se passaram desde O Beijo. Precisei tirar uma licença temporária das corridas, então não fui ao Grande Prêmio do Canadá. Santi implorou para que eu fosse, mas arrumei uma desculpa sobre querer ir para casa. Mentir para ele me fez sentir ainda pior, minha barriga se revirando sem parar enquanto eu arrumava as malas e comprava uma passagem para a Espanha. Eu disse a ele que as viagens me deixaram esgotada. O que não está tão longe assim da verdade; não consigo evitar, sendo que o homem com quem viajamos me esgota emocional e fisicamente. A vida é toda uma questão de semântica.

Sophie também insistiu muito, mas eu estava decidida. Precisava clarear as ideias.

Jax levou o troféu da corrida, com Liam em segundo lugar e meu irmão em terceiro. Pela primeira vez na temporada, Noah não subiu ao pódio.

Sophie deve ter dado meu número para Noah, porque ele me mandou várias mensagens na semana passada. Salvei seu número com um nome secreto, caso Santi olhasse meu telefone. Pode culpar o fato de eu ter lido *Harry Potter* durante minha pausa nas corridas pela escolha de nome de contato.

AQUELE QUE NÃO DEVE SER FODIDO (10/06 17:00): Você vai chegar
mais tarde? Santiago está aqui, mas você não.

AQUELE QUE NÃO DEVE SER FODIDO (11/06 14:37): Fiquei sabendo
pelo seu irmão que você não vem. Ele não é supersticioso?
Você veio a todas as corridas até agora.

AQUELE QUE NÃO DEVE SER FODIDO (13/06 16:56): Não subi no pódio.
Talvez eu que sou o supersticioso aqui.

Meu estômago se revirou com a última mensagem. Eu não queria que Noah se saísse mal, já que ele é o colega de equipe do meu irmão, mas ele não perdeu porque eu não estava lá.

Assisti a uma entrevista de Noah no YouTube depois da corrida, dizendo a mim mesma que era para satisfazer minha curiosidade.

Ele estava bonito em seu macacão vermelho de corrida, o cabelo suado grudado na testa. O visual desalinhado realmente lhe cai bem.

O repórter enfiou o microfone de espuma na cara de Noah.

— O que aconteceu hoje na pista?

— Apenas um dia ruim. Acontece. Fico feliz pelo meu colega de equipe e meus amigos que se saíram bem. — Seu sorriso tenso discordava.

— Tem algo diferente planejado para o próximo Prêmio?

Noah olhou para a câmera. Seus olhos azuis profundos pareciam turvos, bloqueando qualquer emoção identificável.

— Acho que preciso mudar meu ritual pré-corrida. Algumas coisas podem não estar mais dando certo para mim. Mas entro em mais detalhes depois. Não quero revelar meus segredos. — Ele encerrou a resposta com um sorriso preguiçoso.

Depois de assistir à entrevista dele ontem, ignorei suas mensagens por um dia inteiro. Aguentei vinte e quatro horas antes de ceder e responder, sem conseguir tirar da cabeça a imagem dele franzindo a testa para a câmera. Quase cinco mil quilômetros não fizeram nada para aliviar a atração que sinto por ele.

MAYA (14/06 13:14): Tenho certeza de que vai se sair bem na próxima. Você é um dos melhores.

AQUELE QUE NÃO DEVE SER FODIDO (14/06 13:16): Você vai estar lá? Recebeu minhas outras mensagens? Não recebi resposta.

Eu nunca imaginaria alguém como ele perguntando se eu recebi suas mensagens. Ele já disse algo assim a uma mulher antes? Esse pensamento me deixa com pena dele e respondo mais rápido do que o normal.

MAYA (14/06 13:30): Estarei lá. Precisava de férias das viagens.

Escolho ignorar a segunda mensagem dele, porque ultrapassa limites dos quais ainda não estou disposta a abrir mão.

AQUELE QUE NÃO DEVE SER FODIDO (14/06 13:43): Ótimo. Até lá.

Foi mais fácil do que eu imaginava. Eu tenho que enfrentá-lo, mas preciso de uma estratégia de jogo primeiro — um plano feito por Sophie.

CAPÍTULO DEZOITO

Noah

É assim que a pessoa se sente ao ser ignorada? Já fiz isso com garotas no passado, mas nunca estive do outro lado. E, sinceramente, é uma merda. *Karma é mesmo uma droga.*

Não vejo Maya desde Mônaco. Ela mal responde às minhas mensagens, o que me faz questionar se a beijei cedo demais. *Eu, me questionando. Que piada.* Às vezes, parece que ela está interessada em mim, mas algumas de suas ações me deixam inseguro. Uma sensação estranha, para dizer o mínimo.

Chego em Baku dois dias antes para me acostumar à cidade. Também quero estar por perto quando Santi e sua irmã chegarem; tenho a intenção de encontrar Maya quando ele sair.

A quarta-feira passa sem qualquer sinal dela durante nossas reuniões com patrocinadores e eventos especiais. Mas Maya nunca vai a nenhum desses eventos. Estou preocupado, achando que talvez ela deixou de vir a outra corrida por minha causa.

Cedo à curiosidade e pergunto a Santi sobre ela enquanto voltamos para as suítes após a coletiva de imprensa.

— Por onde anda sua irmã?

Ele vira a cabeça lentamente na minha direção, revelando olhos semicerrados e uma mandíbula tensa. Eu não me intimido. Sua expressão ameaçadora parece mais com a de um cachorrinho, nada como a de seu pai.

— Ocupada. Ela foi visitar nossos pais na Espanha. Por quê?

— Eu estava curioso sobre por que ela não veio ver o último Prêmio. Fiquei me perguntando se afetaria seu desempenho. — Meu sorriso convencido parece acalmá-lo. De volta à nossa dinâmica normal, eu sendo o babaca arrogante e ele me aturando.

Ele solta um muxoxo de desdém.

— Meu desempenho foi bom. Pilotei sem minha irmã por anos enquanto ela estava na faculdade. Foi você quem teve dificuldades desta vez.

Santi é capaz de brigar. *Bom saber.*

— É. Às vezes você ganha, às vezes perde. — Dou de ombros. — Ela vem ver esta corrida? — Não sei dizer se minha voz soa desinteressada o suficiente.

— Sim. Ela já chegou.

Sigo Santi até a suíte, decepcionado quando Maya não está lá.

— Maya está aí dentro?

Ele me encara, inclinando a cabeça para o lado enquanto pressiona os lábios em uma linha apertada.

— Não, ela saiu com Sophie. Disse que ia explorar a cidade para o vlog dela.

Meus olhos quase saltam das órbitas. Elas estão sozinhas em uma cidade que nunca visitaram antes, onde as pessoas falam uma língua diferente. E se alguém as reconhecer?

— Elas deveriam ter mais cuidado. Por que você as deixou sair sozinhas? Isso é irresponsável.

O olhar de Santi endurece.

— Eu sou capaz de cuidar da minha irmã. É uma cidade segura.

— Acho que esqueceu que agora tem um patrimônio de mais de vinte milhões de dólares. Por que acha que as pessoas são sequestradas? Uma dica: nem sempre é pela beleza.

Sua ignorância me irrita.

A mandíbula de Santi treme. Ele respira fundo algumas vezes enquanto eu o olho feio. Eu o irrito, mas ele pode ser um verdadeiro idiota às vezes.

— Obrigado pelo conselho. — Ele entra na suíte e bate a porta.

Mando uma mensagem para Maya para verificar se ela ainda está viva.

MAYA (19/06 18:58): Obrigada por perguntar. Estamos bem. Vamos jantar e depois vou dormir. Boa sorte no treino amanhã.

Preciso pensar em algo para fazermos juntos que não envolva eu enfiar a língua na boca dela. O que ainda quero fazer, mas precisamos fazer outras coisas divertidas também. Começo a bolar um plano e recruto meus amigos para me ajudarem. Ela precisa ver o que pode ter se der uma chance a nós.

— Pegue as garotas e me encontrem na pista de kart de Baku.

Liam me olha como se eu estivesse falando outra língua. Sim, ele fala alemão, mas entende inglês muito bem.

— Por que você quer fazer isso, mesmo? — Sua voz combina com a expressão incrédula em seu rosto.

— Porque quero que todo mundo se divirta antes da corrida. Por que é tão difícil de acreditar? — Controlo a vontade de revirar os olhos.

— Aham, tá bom. Sua diversão antes das corridas costuma ser comer uma modelo.

Dou um soco em seu braço.

— Vai se foder. Não conte para Maya que sou eu que estou planejando isso, senão ela não vem.

Meus dentes rangem, meu novo mau hábito, tipo ficar olhando obsessivamente as redes sociais da Maya. Virei *esse* cara. O que olha o perfil dela como um viciado, stalkeando o que ela anda fazendo para preencher o vazio da sua ausência.

Jax e Liam podem levar o crédito enquanto finjo me juntar ao grupo, porque não quero que Maya descubra que me esforcei tanto. Ela ter me evitado por semanas me forçou a planejar algo drástico para chamar sua atenção.

Ele esfrega o braço e faz bico.

— Tudo bem, não precisa me bater com tanta força. A gente se encontra lá.

Liam chega na pista de kart uma hora depois. Jax, Maya e Sophie descem do carro alugado. Não convidei Santi porque não sou um completo idiota e ele tem prestado mais atenção em mim nos últimos tempos, me lançando olhares furtivos sempre que sua irmã se aproxima.

Maya fica boquiaberta quando me vê ali parado.

— A gente vai andar de kart? — Sophie bate palmas e pula, animada, as tranças loiras balançando enquanto Liam a observa com desejo. Ele fica me sacaneando por causa de Maya quando vive lançando olhares apaixonados para Sophie.

— Não ando desde criança. — Maya olha para o capacete na minha mão. Ela cora quando eu o entrego a ela, nossas mãos se roçando.

— Você só teve a oportunidade de andar de kart quando roubou o do seu irmão. Então, aqui está a sua chance de pilotar um de verdade. Não coloque adesivos de unicórnio nele.

Agora ficou parecendo que eu planejei tudo. Lá se vai meu plano de ela não saber. *Muito sutil, Noah.*

— Ai, não. Mas vocês são profissionais. Como isso é justo? — Sophie cruza os braços.

Maya esfrega as mãos enquanto lança um sorriso cheio de malícia a Sophie.

— Sophie, eles estão acostumados com carros rápidos. Nós conseguimos.

Aquele brilho nos seus olhos? Temos motivo para nos preocupar; está na cara que ela quer acabar com a gente.

E é exatamente o que Maya faz na primeira volta. Eu não tinha ideia de que ela era talentosa nos karts e, porra, é excitante. Eu poderia botar a culpa no fato de que não corro de kart há um tempo, mas ela é um piloto natural. Sem dúvida nos colocou para comer poeira.

Meu pau lateja ao vê-la lá, orgulhosa em seu kart, os braços erguidos em triunfo. Ela fica sexy pra caralho com o capacete e o macacão emprestados. Nunca pensei que teria um fetiche por corridas, mas, olhando para ela agora, estou reconsiderando, ainda mais depois que ela tira o capacete e revela o cabelo bagunçado.

Sou invadido por uma sensação desconhecida, da cabeça aos pés, ao perceber que planejei algo que ela gosta. Ela sorri para Sophie do minipódio que o lugar tem para crianças. Gostaria que ela sorrisse para mim como sorri para os outros, linda com um toque de perigo. Liam e eu pegamos as garrafas de champanhe que eu escondi em uma bolsa e as abrimos, molhando as duas.

— Ei, não é a gente que deveria jogar o champanhe? — pergunta Maya entre risadas.

Liam e eu lhes entregamos novas garrafas iguais às que usamos no pódio. Estamos tendo a experiência Fórmula 1 completa hoje. Eu abro a rolha antes de soltar o champagne, a garrafa quase caindo antes de Maya segurá-la com as duas mãos.

Ela decide despejá-la toda em mim. O líquido frio escorre pela minha camisa, o tecido molhado grudando no meu torso. Seus olhos se aquecem ao ver meu abdômen antes de percorrerem meu corpo. Abro um sorriso malicioso. Ela começa a descer do pequeno pódio, se movendo para o lado, mas meus reflexos são mais rápidos.

Eu a pego por cima do ombro como um bombeiro. Ela se contorce, o que torna difícil segurá-la. Dou um tapa de brincadeira em sua bunda para fazê-la parar.

— Ai! Cuidado. Essa é a zona proibida. — Ela ri tanto que seu corpo se sacode.

Não faço ideia do que seja a zona proibida, mas estou totalmente disposto a explorá-la. A esta altura, ela já deveria saber que eu não sigo as regras, preferindo submetê-las a mim.

— Carga preciosa. Por favor, pessoal, abram caminho. — Crianças e pais se afastam ao ouvir meu pedido. Os risos de Maya se transformam em um pequeno ronco, o que a faz rir ainda mais, seu corpo vibrando contra o meu.

— O sangue está subindo para a minha cabeça. Não consigo pensar direito.

— Bem-vinda ao clube. — Estou me referindo a uma cabeça diferente.

Ela entende a piada um segundo depois e seu corpo treme com mais gargalhadas.

— Ai, meu Deus, você não pode falar coisas assim. Nunca.

Ouço mais risadas quando dou outro tapinha na sua bunda. Adoro senti-la sob minha palma, meu pau se animando enquanto um sorriso se abre em meu rosto.

Eu a levo para a limusine que estava nos esperando. Todos nós voltamos para o hotel, encharcados de champanhe. Maya me dá um sorriso enorme que chega aos olhos, e, porra, meus pulmões ardem quando puxo o ar bruscamente.

— Oi, pessoal. Aqui quem fala é Maya, com o incrível Noah Slade. Ele concordou em fazer uma entrevista exclusiva para o meu vlog.

Maya fica linda de cabelo solto. Hoje está usando shorts que mostram as pernas bronzeadas, aquelas que eu quero envolvidas em minha cintura enquanto entro nela. Estou tão curioso para ouvir os diferentes barulhos que ela faz durante o sexo. Será que grita? Geme? Eu me ofereço para descobrir.

Ela sorri para a câmera que posicionou em um carrinho de três andares na área dos boxes. Ficamos ao lado do meu carro de corrida, o vermelho vibrante me chamando enquanto a bunda de Maya está encostada nele. Os computadores apitam suavemente ao fundo.

— Você acha que sou incrível?

Eu me esqueço da câmera por um segundo. Como o sujeito patético que tenho sido perto dela nos últimos tempos, adoro ouvir qualquer coisa que tenha a dizer, qualquer revelação sobre seus sentimentos. Até me satisfaço com migalhas. Ela me provoca todos os dias, apesar de continuar reservada, a boca fechada no sentido literal e figurado. São poucas as oportunidades para estarmos a sós. Sophie magicamente nos encontra toda vez que ficamos sozinhos por um momento, o que me faz querer tomar medidas drásticas para passar tempo com ela, incluindo esta entrevista exclusiva.

E todo mundo sabe que eu odeio entrevistas.

Ela revira os olhos sem fazer esforço.

— Quieto. Eu me pergunto se você consome calorias extras para alimentar esse seu ego gigantesco. Mas, enfim, os fãs querem uma exclusiva dos bastidores. Estão curiosos para saber mais sobre você. Então, copiei um jogo famoso chamado Perguntas Mais Buscadas na Internet.

Ela me passa um cartaz de papelão com meu nome em uma barra de pesquisa do Google, junto com várias perguntas cobertas por fita adesiva. Eu reconheço a brincadeira, então acho que sou famoso o suficiente para jogar.

— Nossa primeira pergunta é... — Ela olha para mim com expectativa, me fazendo sorrir. Seus lábios entreabertos me tentam a correr o risco de beijá-la.

Pigarreio para disfarçar um gemido e arranco a fita adesiva para ler a primeira pergunta.

— *Qual é a altura de Noah Slade?* Bem, eu tenho um metro e oitenta e três. O que é considerado alto para os pilotos de Fórmula 1. Eles fazem os carros para se ajustarem especificamente aos nossos corpos. Meus pés ficam perto da ponta da asa dianteira, junto dos pedais.

Suas mãos me pedem para passar para a próxima. *Tudo bem, entendi.*

— *Quem é Noah Slade e Santiago Alatorre.* — Faço uma pausa. — Eu sou Noah. Sem surpresas aí. E Santiago é meu parceiro de equipe e irmão da Maya. — Aponto para ela feito um idiota, porque obviamente os fãs sabem disso. — Ele é um espanhol que fala alto e raramente me vence na corrida. Ainda precisa melhorar suas habilidades de ultrapassagem e parar de bater na minha traseira.

Maya mostra a língua para mim, me fazendo pensar sobre sua língua em outros lugares do meu corpo. Com a câmera filmando, não é um momento conveniente para ter uma ereção. Eu me ajeito contra o capô do carro, ajustando discretamente as calças.

— Ha-ha. Podemos esperar pela sua carreira na comédia quando você se aposentar da F1.

Até parece. Eu rio enquanto arranco a fita para revelar outra pergunta.

— *Qual é o patrimônio líquido de Noah Slade?* Não sou de me gabar, porque não é educado e recebi uma boa criação. Mas, da última vez que verifiquei, cerca de 300 milhões. Aproximadamente. Recebi bons conselhos do meu consultor financeiro sobre sempre investir seu dinheiro. Não deixe parado no banco acumulando poeira. Então é isso que faço para multiplicar o que tenho, sem mencionar investimentos em imóveis.

Maya solta um assobio baixo.

— Estou impressionada. Estamos falando com um campeão mundial que dá conselhos financeiros de graça.

— Você sabe o que dizem... quanto maior a conta bancária... — Ergo as sobrancelhas.

Maya ignora a câmera e joga a cabeça para trás, gargalhando. Eu amo o som da risada dela; fico orgulhoso por diverti-la. Seu pescoço exposto tenta minha mente obcecada e inconveniente.

— *Quem é a esposa de Noah Slade?*

Uau, ela escolheu perguntas impactantes hoje.

— No momento, estou solteiro. Nunca me casei, então a resposta é ninguém. Como é mesmo o ditado? Não casado, bem-afortunado? — Dou uma piscadinha para a câmera.

Maya cora e balança a cabeça.

— Acho que você quis dizer "bem-casado, bem-afortunado".

Dou uma risadinha antes de continuar.

— *Onde Noah Slade mora?* Não vou revelar meus endereços aqui porque não posso ter paparazzi e fãs batendo à minha porta o tempo todo. Minha privacidade limitada é um dos pontos altos da temporada entre os campeonatos. Mas tenho um apartamento em Mônaco, uma casa na Itália e um loft em Londres. Meu lugar favorito de morar é na costa amalfitana durante as pausas de inverno da Fórmula 1. De longe, a melhor comida e a melhor vista.

— Quem pode resistir a um *gelato*? Nunca fui à Itália, mas a culinária é minha favorita. Mal posso esperar até o Prêmio de Milão. Tudo bem, faltam mais duas.

Maya junta as mãos e me olha. Ela cruza as pernas de novo, mais uma vez atraindo minha atenção para elas. Passo a língua nos lábios antes de continuar.

— *Quando Noah Slade vai se aposentar?*

Eu encaro o cartaz. Nunca penso em me aposentar, preferindo me concentrar no ano seguinte. Ainda sou jovem o suficiente para não me preocupar com isso. Mas a pergunta me faz pensar no que farei quando estiver chegando aos 40 anos.

— Aposto qualquer coisa que Liam e Jax pesquisam isso todos os anos. Devem estar esperando meu anúncio ansiosamente, já que são mais jovens. Não duvido. — Sinto a ereção crescer ao ouvir o riso dela. Preciso sair daqui antes de fazer algo estúpido na frente da câmera. — Hã. Eu não considero me aposentar tão cedo. Mas imagino que, se conhecer alguém especial e tiver filhos, posso pensar no que vai ser melhor para minha família. Por enquanto, só planejo acabar com todos os meus adversários.

Maya parece surpresa com a minha resposta. Porra, eu também estou. Quando foi que pensei em ter filhos ou uma esposa? Mas a resposta sai dos meus lábios com naturalidade, como se de vez em quando eu considerasse a ideia.

— Você nunca sabe o que pode acontecer no futuro. Mas tenho certeza de que tem muito tempo para descobrir ainda. Pilotos de F1 não costumam se aposentar antes dos 40 anos. Basicamente, você será um ancião quando sair daqui. Certo, última pergunta.

Será que é isso mesmo que eu quero? Continuar correndo, arriscando não ter uma vida para a qual voltar quando tudo acabar? Não quero ser como meu pai, que vai a festas com jovens de 20 e poucos anos em iates particulares, sempre sozinho. A ideia me dá calafrios.

— *Melhores rádios de Noah Slade?* — Meus vídeos de rádios com a equipe no YouTube são hilários. — Se me procurarem na internet, podem encontrar muitos vídeos meus xingando a equipe e a mim mesmo. Um rádio de equipe é como a Bandini e eu nos comunicamos sobre a corrida, o carro e problemas. Pessoalmente, meu vídeo favorito é do Grande Prêmio da Grã-Bretanha de 2014. Se ainda não conhecem, assistam. Vão se divertir. A equipe esqueceu de conectar a bomba-d'água e eu fiquei que nem um bebê rabugento sem mamadeira por uma hora.

Olho de relance para Maya. Seus olhos me encaram de volta e enchem meu peito com um sentimento caloroso.

— Muito obrigada por se juntar a nós, Noah. Essas foram as perguntas mais buscadas sobre ele, então decidi ir direto à fonte. Esta semana, terei filmagens exclusivas da equipe McCoy, inclusive entrevistas com Liam e Jax. Fiquem ligados. Se inscrevam no canal se ainda não estiverem inscritos. Até a próxima! — Ela acena para a câmera antes de desligá-la.

Ela parece uma repórter natural, linda e confiante. É legal que tenha encontrado uma paixão. Ainda mais se isso a mantiver ocupada e a fizer voltar para todas as corridas, porque não me incomodo com essas entrevistas individuais.

— Você esqueceu uma última pergunta. — Eu não penso antes de as palavras saírem da minha boca. Parece a oportunidade perfeita para ficar a sós com ela, sem interrupções daquela loira de olhos verdes.

Maya olha para mim com uma expressão confusa.

— Noah Slade vai convidar Maya Alatorre para um encontro? — Eu me encolho ao ouvir minha própria cantada ridícula.

Não foi exatamente a minha melhor. Culpo a falta de prática, não a maneira como meu coração dispara no peito por medo de ela me rejeitar.

Ela mexe no tripé da câmera.

— Um encontro? Você não sai em encontros.

Minha mão envolve a dela para fazê-la parar. Seu corpo fica todo tenso enquanto esfrego o polegar pelos nós dos seus dedos, algo que percebi que ela gosta nas poucas vezes que fiz isso.

— Quero tentar. O que tem de mais em um encontro?

— Hã, para alguém que nunca sai em encontros... muita coisa. — Ela puxa a mão, tentando se soltar, mas eu não deixo. Não até conseguir o que quero.

— É só um encontro, não seja dramática. Não estou pedindo nada definitivo... Você está com medo? — provoco. — Não precisamos de rótulos nem nada. Vamos nos divertir.

— Claro que não estou com medo. Você só quer se *divertir*? — Suas sobrancelhas se levantam e seus lábios formam uma linha apertada.

Talvez ela não goste da ideia de não ter rótulos, embora a maioria das garotas com quem eu saio não se importe. Ou talvez *divertir* tenha sido a palavra errada a dizer, porque agora Maya me olha de uma maneira que não consigo interpretar.

— Então saia comigo. Amanhã? — Não consigo saber se ela quer me rejeitar.

— Meu irmão não pode ficar sabendo. Ele me trancaria no quarto e depois mataria você — gagueja ela.

Certo, ela não disse não. Posso trabalhar com isso.

— O que os olhos não veem, o coração não sente. Nós vamos só fazer alguma coisa legal.

Eu tenho vontade de lhe dizer para parar de fazer tanto drama. *Ela nunca tentou sexo sem compromisso?* Mas ela concorda, uma vitória para mim. Se tenho um lema, é que não há tempo como o presente.

Eu me afasto, lançando um sorriso vitorioso por cima do ombro.

CAPÍTULO DEZENOVE

MAYA

— De jeito nenhum. Não vou subir nessa coisa. — Cruzo os dois dedos indicadores na minha frente, formando um X. Se ao menos minha mãe pudesse me ver agora, tomando decisões responsáveis. Ela ficaria orgulhosa.

— Aproveite a vida. — Os olhos de Noah brilham enquanto os meus se estreitam, não compartilhando seu divertimento. Ele parece sombrio com a luz tremeluzente acima de nossas cabeças, um presságio dessa má ideia.

A moto brilhante me faz franzir a testa, a pintura prateada polida e elegante, como uma espaçonave alienígena. Deveria vir com um aviso.

Porra, o próprio Noah deveria vir com um aviso ambulante e falante.

Estamos travando uma batalha no estacionamento do hotel em que ambos estamos hospedados com a Bandini. É o ponto de encontro perfeito, já que podemos evitar os paparazzi e meu irmão. Apenas Noah, eu e um estacionamento pouco iluminado. Não tenho meus acompanhantes habituais para me manter na linha. Mais cedo, para desgosto de Sophie, recusei a oferta dela para segurar vela em nosso encontro. Mas aprecio sua lealdade.

— Vamos lá. Não dá medo. Eu prometo.

Reviro os olhos. Qualquer um diria isso para me colocar em cima de uma engenhoca dessas.

Ele se aproxima, minando minhas defesas. Fala baixo e devagar comigo, como se eu fosse um cachorro assustado em um beco.

Eu projeto o lábio inferior e cruzo os braços, pois não sou boa demais para fazer beicinho a fim de conseguir o que quero. Se funciona com meus pais, pode funcionar com Noah.

Mas ele não cai. Preciso trabalhar minha estratégia, porque está péssima.

— Não me faça botar você aí em cima. Eu dirijo motos desde os 13 anos. Ainda estou vivo.

Ele aponta para o próprio corpo, chamando minha atenção para a jaqueta de couro e a calça jeans escura. Seu traje grita *bad boy* da melhor maneira possível. Em vez de me fazer sentir melhor, ele me distrai com sua camiseta justa, que realça seus músculos firmes.

Como ele consegue fazer um visual descontraído ficar tão bonito?

— Era para eu me sentir melhor? Isso é ilegal! Quem em sã consciência deixaria um garoto andar de moto? — Ninguém tomava conta dele quando era criança?

Ele dá uma risadinha, sem se dar ao trabalho de responder ao meu comentário. Em vez disso, pega um capacete preto do banco e o coloca na minha cabeça, ajustando as tiras para que fique preso no queixo. Eu consideraria um gesto adorável se meu coração não estivesse quase saindo pela boca.

Não era bem o que eu esperava depois de ele me dizer para usar jeans e uma blusa confortável mais cedo.

— Você é difícil de agradar — resmunga ele.

Eu só preferiria não ter meus restos mortais espalhados pela rua feito um bicho atropelado.

— Você já teve um encontro de verdade? Em geral pessoas normais vão a um restaurante, jantam e terminam a noite com um beijo. Ficam dentro da zona de conforto. — Eu componho a cena para ele, já que parece ser do tipo mais visual.

Seu peito ronrona com uma risada.

— Eu já tive encontros antes, mas estou longe de ser normal. Por que levar você para jantar? Vou conseguir o que quero de qualquer jeito. — Ele ergue as sobrancelhas.

Ora, que coisa. Não consigo ignorar a pontada de ciúme quando ele menciona outros encontros. Desta vez, sua atitude arrogante me irrita.

Quem ele pensa que é? Sexo comigo não é certo porque não sou uma de suas garotas fáceis. Não me distribuo por aí como se fosse doce de Halloween.

— Isso é uma das piores coisas que um homem já me disse em um primeiro encontro.

Noah passa outra mão pelo cabelo enquanto suspira. Ele pode ser incrível na pista de corrida, mas suas habilidades sociais são péssimas. Resisto à tentação de mostrar a língua para ele porque isso o encorajaria mais.

— Quando venta fica frio. Pegue a minha jaqueta. — Ele tira a jaqueta de couro e me entrega. No momento em que a visto, um cheiro que é marcadamente seu, com um toque de couro, me envolve. Isso me acalma um pouquinho.

— Por favor, faz isso por mim? Vai ser divertido, prometo. Se você detestar, eu estaciono a moto e chamo um Uber para a gente.

Sua sinceridade me convence. Aceito meu destino e me aproximo da nave espacial.

É só um encontro.

Suspiro.

— Tudo bem. Já que você pediu com educação.

Ele me lança um sorriso malicioso.

Estou ferrada.

Cinco minutos depois, disparamos em alta velocidade por uma das ruas à beira-mar de Baku. O cheiro do mar me relaxa enquanto as luzes da cidade passam por nós em um borrão. Sorte dele que não sofro de enjoo em veículos, porque a moto atinge a velocidade máxima. Agarro-me à cintura de Noah como se minha vida dependesse disso enquanto os pneus rasgam o asfalto. Minhas mãos roçam seu abdômen sem querer e passo um dedo por eles casualmente, querendo contar as saliências. Ele ri da minha tentativa fracassada de ser discreta. A vibração da motocicleta sob minha bunda e o contato com seus músculos estão me deixando excitada.

Ele planejou isso de propósito? Meu corpo está pressionado contra ele e meus braços o envolvem, sem deixar espaço entre nós. Até mesmo minhas pernas se grudam às dele com firmeza para eu não cair da moto. Se não fosse perigoso, eu as envolveria em torno dele também como uma precaução a mais. Toda a situação parece íntima, apesar da minha ansiedade.

Tudo parece diferente com Noah e eu sozinhos. Sem imprensa, sem amigos, sem distrações. Nós nos livramos de todas as coisas extras que nos impedem de passar tempo a sós.

Ele toca música pelas caixas de som, tornando a experiência muito mais agradável do que eu imaginava. A névoa do mar atinge meu rosto à medida que nos aproximamos da praia, e eu amo cada segundo. Mas não vou admitir isso em voz alta, porque ele já se gaba mais do que o suficiente.

Noah finalmente estaciona a moto em uma área isolada perto da costa. Eu desço, ansiosa para acabar com a proximidade física. Meu peito se aperta ao ver a cena diante de nós.

Há algumas lanternas em volta de uma área de piquenique, a cena inesperadamente romântica.

— Só diversão? — murmuro baixinho, o encontro não me parecendo tão casual.

— Relaxa. Não veja coisa onde não tem. — Ele segura minha mão e me puxa em direção à manta colorida.

Eu me acomodo em uma das almofadas na areia. Uma cesta de piquenique está aberta ao lado, junto a um balde de vinho gelado. O som das ondas batendo na costa compõe a trilha sonora perfeita.

Uma onda de inquietação ameaça tirar minha felicidade. As palavras de Noah dizem casual, mas suas ações demonstram algo diferente. Há gente que faz propostas de casamento menos fofas. Inspiro fundo o ar salgado do oceano para me acalmar, esperando que algumas respirações possam curar minha insegurança sobre as intenções de Noah.

— Como você planejou tudo isso?

Ele me lança um raro sorriso tímido.

— Tive um pouco de ajuda.

— Certo. A vida agitada de um piloto de F1. — Fico impressionada por ele ter feito um esforço para garantir que algo agradável fosse planejado.

— Podemos fingir por uma noite que nada disso existe. Nada de falar do seu irmão nem do Prêmio de Baku. Você é uma garota e eu sou um cara em um encontro normal. — Ele me lança seu sorriso travesso habitual.

Eu já disse que ele parece perigoso? *Ainda esperando aquele aviso colado nele.*

Concordo com os termos. Comemos juntos, conversando sobre tudo e mais um pouco. Ele me conta sobre seus programas de TV favoritos e as melhores cidades dos Estados Unidos. Falo que nunca estive lá, e ele insiste que preciso ir pelo menos uma vez, oferecendo-se para ser meu guia e me levar aos melhores lugares para comer. Conto a ele sobre minhas tentativas fracassadas de me formar no prazo, tendo demorado um ano a mais depois de perceber que eu não seria uma Elle Woods espanhola frequentando Harvard.

Noah me lança um sorriso travesso.

— Vamos jogar um jogo.

— Sério?

— Seríssimo. Já ouviu falar de "duas verdades e uma mentira"?

Reviro os olhos sem muito esforço.

— Você por acaso é um jovem de 18 anos na sua primeira festa na faculdade?

Noah solta uma risada rouca.

— Eu nunca fui para a faculdade. Pode fazer isso por mim?

Eu assinto, porque faria quase qualquer coisa com ele sorrindo para mim daquele jeito.

— Quem perder tem que tomar um gole de cinco segundos direto da garrafa. — Seu sorriso chega aos olhos azuis enquanto a luz das velas brilha em sua pele.

— Certo. Já que essa é sua ideia brilhante para me deixar bêbada, pode começar.

Ele ri consigo mesmo.

— Sou filho único. Passo trinta minutos por dia assistindo ao noticiário. E perdi minha virgindade na caçamba de uma caminhonete.

Eu arfo, chocada com sua última declaração, sabendo muito bem como esse jogo vai ser após uma rodada.

— A mentira é a da caminhonete. Você parece ser do tipo que quer lençóis de mil fios.

Seus olhos brilham.

— Não, você errou. Odeio assistir ao noticiário, então evito essas merdas.

Ora, ora. Pelo visto Noah é mesmo um típico garoto americano, se envolvendo em atividades picantes em uma caminhonete. Pego a garrafa de vinho e dou um longo gole, levantando um dedo para cada segundo que passa.

— Sua vez. — Ele pisca para mim.

— Meu irmão anunciou seu contrato com a Bandini no mesmo dia da minha formatura. Eu me envolvi em cinco acidentes leves de carro. Eu me intrometi no primeiro encontro do meu irmão.

— Cinco acidentes leves? Isso parece demais para alguém jovem.

Balanço a cabeça e aponto para a garrafa ao nosso lado.

— Errado. Eu nunca me intrometi no primeiro encontro do meu irmão, embora meus pais quisessem. Santi me pagou cinquenta euros para assistir a um filme diferente. Ele dormiu com ela enquanto eu ganhei sapatos novos.

— Primeiro, como você ainda tem uma carteira de motorista? Segundo, seu irmão contou para todo mundo sobre o contrato com a Bandini no seu dia especial? Que sacanagem — diz Noah antes de tomar um gole da garrafa da qual eu já tinha bebido, seus lábios tocando o mesmo lugar que os meus.

Dou de ombros.

— Ainda posso dirigir porque o policial ficou com pena quando eu chorei e me implorou para parar. E não foi culpa de Santi que o momento era ruim.

— Às vezes ele pode ser um verdadeiro idiota. Poderia ter esperado pelo menos um dia.

Me sinto culpada por falarmos sobre Santi dessa maneira, porque eu amo meu irmão, enquanto Noah não gosta muito dele. Foi burrice esperar que eles pudessem se dar bem — pela equipe ou por mim.

— Ele tem um grande coração. De verdade. Não consigo ficar brava com ele por mais de um dia, na maioria das vezes. Nem mesmo quando ele pegou todas as minhas Barbies e raspou o cabelo delas.

— Isso deveria ter sido o primeiro sinal da instabilidade dele.

Deixo escapar uma risada alta. Jogamos mais algumas rodadas, e eu perco algumas vezes enquanto Noah adivinha minhas opções falsas com facilidade, me surpreendendo com sua capacidade de identificar quando estou mentindo. O vinho acalma meu nervosismo e me deixa à vontade. Aprendo algumas coisas sobre Noah, como o fato de ele ter deixado de ir ao seu baile de formatura por causa de uma corrida, e de ter passado o Natal sozinho sete vezes, já que seus pais estavam viajando. Uma verdade que eu achei que fosse mentira, afinal, quem passa as datas comemorativas sozinho?

Deixamos nosso jogo de lado. Falo sobre o sucesso do meu vlog e como, pela primeira vez, sinto que encontrei meu lugar. Como não me preocupo mais tanto com ser ou não bem-sucedida nem fico me comparando com a carreira de Santi.

— Qual é a sua parte favorita do vlog? — Ele me dá toda a sua atenção, os olhos azuis percorrendo meu rosto.

— Hum, pergunta difícil. No começo era um vlog de viagens, mas agora todo mundo ama me ver trabalhar com F1 e a Bandini. Os fãs parecem gostar muito. E estão sempre me mandando novas ideias de coisas para fazer ou pessoas para entrevistar.

— Eu me pergunto se sou a melhor parte. — Seu sorriso travesso me faz sorrir do mesmo jeito em resposta.

— Duvido muito, porque as pessoas imploram para ver Liam e Jax. Deve ser pelo sotaque.

Ele bufa com desdém.

— É difícil competir com o sotaque britânico de Jax. Liam, por outro lado... o alemão não tem qualquer sex appeal.

Balanço a cabeça de um lado para o outro porque não há nada de errado com o jeito de Liam falar.

— Existe um motivo para as pessoas gostarem do príncipe Harry. Ou de qualquer homem britânico atraente.

— Você acha Jax atraente? — Seu sorriso tenso me diz que eu falei a coisa errada.

— Quer dizer, as pessoas o acham atraente. Mas eu fui em um encontro duplo com ele e percebi que não faz o meu tipo. — Tropeço em minhas próprias palavras na pressa de expressar o pensamento.

— Não foi um encontro duplo porque eu estava lá. Isso automaticamente torna uma saída entre amigos. — Seus olhos cintilam sob a luz suave.

— Liam tem pedido a Sophie para refazerem o encontro, mas ela continua a dizer não.

— Não queremos que isso aconteça. — Sua voz é grave.

Quando ele chegou tão perto? Nossas mãos estão quase se tocando.

— E por que não? — Outra frase ofegante.

— Porque você já é minha. — Seu olhar intenso me faz estremecer.

— Você não pode se apossar das pessoas desse jeito. Está parecendo um ator de filme romântico de segunda categoria.

— Mas eu transo feito um ator pornô de primeira categoria.

Então tá. Quem disse que o romantismo morreu, não é mesmo? Minha garganta se fecha quando Noah baixa os olhos, me admirando. Ele diminui a distância entre nós.

Ele puxa minha cabeça em sua direção. Nossos lábios se encontram. Mas, ao contrário do nosso primeiro beijo, esse é exigente. Noah tira tudo de mim de uma vez, seus lábios roçando os meus, intensos e irresistíveis. De alguma maneira, supera nosso primeiro beijo. Não tem ninguém por perto para interromper, nada que nos obrigue a nos afastarmos desta vez.

Ele entrelaça os dedos no meu cabelo e puxa. A dor rápida me faz ofegar, permitindo que sua língua acesse a minha boca. Ela acaricia a minha possessivamente, marcando-me, sem me dar um segundo para ficar pensando demais. Minha língua encontra a dele e acaricia de volta. Quero prová-lo, fazer com que Noah me deseje tanto quanto eu o desejo.

Enfio os dedos em seu cabelo e ele geme quando seguro as mechas sedosas com força. Quero puxá-lo para mais perto, desesperada pelo que ele pode me dar. Meu corpo vibra de aprovação enquanto ele mexe com meu cérebro e meu coração ao mesmo tempo.

Se isto fosse um filme, agora seria o momento em que fogos de artifício melosos explodem ao fundo.

Caio de costas no cobertor e minhas mãos percorrem seu peito, explorando os diferentes músculos. Ele não diminui sua própria exploração, descendo as mãos pelo meu corpo enquanto nossas línguas se acariciam. Sinto-me tonta pelo contato.

Solto um gemido quando ele segura meus seios. Meus mamilos roçam o tecido do sutiã, e desejo que a barreira desapareça, mais um obstáculo desnecessário. Me pressiono nele, desesperada por mais.

Sua boca se afasta da minha. Dedos bruscos encontram a barra da minha camiseta no momento em que seus lábios encontram meu pescoço. As mordidas, as lambidas e os chupões me deixam louca. Sua boca faz coisas inacreditáveis com o meu corpo. Excitada não chega nem perto de descrever o ardor intenso dentro de mim à medida que meus seios ficam pesados de desejo e meu centro lateja.

Eu me esfrego no volume em sua calça. Meu jeans parece áspero contra minha calcinha, e o atrito temporário me proporciona algum alívio.

Meus dedos se agarram aos músculos rígidos das costas dele e minhas unhas arranham sua camisa.

— Você vai me fazer passar vergonha se continuar se esfregando no meu pau desse jeito — murmura ele antes de voltar sua atenção para o meu pescoço mais uma vez. Seus lábios se movem em direção ao meu peito. Uma nova ocupação.

Minhas bochechas coram com a revelação. Mas é uma sensação maravilhosa fazê-lo me desejar, porque esse homem me faz sentir muitas coisas — boas, ruins e sujas.

— Não fique tímida agora.

Seus lábios encontram os meus de novo, desta vez em um beijo suave e íntimo. Estou despreparada para qualquer um desses sentimentos, sobrecarregada por Noah. Parece muito mais do que um simples beijo.

Recupero a razão e coloco as duas mãos em seu peito, empurrando-o de leve. Ele entende e se afasta de mim.

— Ah, seu cérebro finalmente voltou a funcionar. Foi divertido enquanto durou. — Ele passa o polegar pelos meus lábios inchados.

— Eu não faço esse tipo de coisa. — Gesticulo para indicar nós dois.

— E o que seria esse tipo de coisa?

Ele se aproxima de novo. Levanto a mão, fazendo-o parar. Seus lábios me distraem e me fazem querer beijá-lo de novo. Mas preciso falar antes que seja tarde demais.

— Isso. Eu não faço sexo casual. Transas de uma noite só. — *De jeito nenhum*. Não depois desses beijos que me fizeram pegar fogo e deixaram meu cérebro entorpecido.

Ele deixa de lado o jeito sedutor. Sua careta sofrida me faz questionar meu raciocínio, e por um breve momento tenho medo de estar tomando a decisão errada. Posso ser irresponsável com outras coisas, mas preciso proteger meu coração de alguém como ele. Permanecer fiel aos meus valores.

Noah é do tipo que, sem querer, vai arrancar pedaços da minha armadura até eu não ter mais nada. Se seus beijos já me impedem de pensar, não consigo imaginar o que mais ele pode fazer comigo.

Ninguém me disse como é ruim ser responsável e honesta.

— Por que não? Podemos terminar quando a temporada acabar. Mal não vai fazer.

Duvido muito, porque com alguns beijos já deu para saber que não é o caso. Dói ouvi-lo ser tão indiferente, mas não é inesperado vindo de alguém como ele.

Sua reação fortalece a minha decisão.

— Hã, não acho que isso seja verdade. Pelo menos para mim. Não quero acabar desenvolvendo sentimentos por alguém que não está procurando um relacionamento. Eu não sou *esse* tipo de garota, alguém que fica bem sem compromisso. — Junto as mãos no colo, para que não fiquem se mexendo. Tive poucos namorados na vida, todos exclusivos.

— Sentimentos? — Sua voz revela sua aversão à ideia.

Nota mental: ele não é fã dessa palavra.

— Sim, sentimentos. Pessoas como você deixam um rastro de corações partidos. Eu não quero ser mais uma, outra marquinha na sua cama toda arranhada.

— Eu não estou procurando uma namorada. Tenho uma agenda insana e as corridas são minha vida, então não posso prometer nada além de algo casual. E que teremos o melhor sexo da sua vida. Dá para saber pela nossa conexão.

Essa é exatamente a minha preocupação. Olhar para ele faz minha determinação fraquejar, mas preciso me manter firme.

— Eu sou do tipo que precisa de mais do que um relacionamento físico com alguém. Não sou como as pessoas com quem você costuma andar, que saem por aí bebendo e transando com qualquer um. Não posso mudar quem eu sou para ser o que você quer.

— Você vai mesmo se negar isso?

A reação de Noah mostra que ninguém nega qualquer coisa a ele. Uma prova de sua infância problemática, a síndrome do filho único vindo à tona. Ele desliza um dedo pelo meu pescoço, em direção ao meu peito. Respiro fundo diante da sensação ardente que seu toque deixa em minha pele, infeliz por meu corpo se tornar ciente de seu toque instantaneamente. É uma pena negar o que meu corpo deseja.

— Vou. — Minha voz ofegante não transmite a firmeza necessária. Afasto suas mãos, pondo um fim ao encanto. — Podemos continuar sendo amigos. Não uma amizade colorida, mas vou evitar você menos.

Eu assinto, me convencendo de que é a decisão certa. Minha honestidade sobre tê-lo evitado parece um avanço.

— Certo. — Sua expressão vazia me enche de apreensão. *Estou tomando a decisão certa?*

Nosso jantar correu bem. Descontraído e agradável, algo que parece ter potencial para ser muito mais do que um mero caso. Mas pessoas como Noah não se apaixonam. Não preciso me abrir para uma possível desilusão com alguém da Bandini.

Noah se levanta e estende a mão para mim. Minha pele se aquece com seu toque. É. Com certeza fiz a escolha certa, porque isso seria uma viagem só de ida para a angústia. Caminhamos pela areia até sua motocicleta. Olho para trás em direção ao piquenique, meu coração se apertando ao ver o lugar abandonado. Apesar de o desfecho não ser ideal, foi um dos melhores encontros que já tive, e sempre vou me lembrar dele.

Coloco o capacete e a jaqueta dele sem reclamar, um arrepio percorrendo meu corpo. Seu cheiro é inebriante e injusto, como se fosse errado inspirá-lo.

Noah fica em silêncio enquanto sobe na moto, aparentemente perdido em pensamentos, erguendo uma parede entre nós. Eu não reclamo. Ele liga o motor e voltamos para o hotel. O trajeto parece mais curto, como se ele estivesse desesperado para chegar logo. Eu não levo para o lado pessoal.

Ele me deixa no estacionamento pouco depois, parando a moto perto do elevador como um cavalheiro.

— Se fosse em outra vida, eu provavelmente agiria certo com você. Te levaria para sair e me esforçaria mais. Mas não é quem eu sou, nem como fui criado. Eu não sei ser esse tipo de sujeito emocional que você deseja.

Meus olhos ficam cheios d'água, deixando minha visão turva. Tudo parece definitivo. Nós orbitamos um ao outro por três meses e agora acabou, desaparecendo em um piscar de olhos. Eu o respeito por dizer o que pensa e por ser honesto sobre quem é.

— Obrigada pelo ótimo encontro. Vai ser difícil superá-lo, mesmo com tudo isso. — Respiro furtivamente uma última vez o cheiro da jaqueta dele antes de devolvê-la.

— Idem. — Seu sorriso convencido não chega aos olhos.

— É melhor eu ir. Santi vai querer saber por que sumi por tanto tempo. Ele aperta o botão do elevador.

— Aham, claro.

Ele me puxa para um abraço enquanto seus lábios roçam os meus de leve, me dando um beijo de despedida que deveria ser reservado para amantes; íntimo, gentil e cheio de palavras não ditas. Meu coração se anima, mas então ele se afasta.

As portas do elevador se abrem, o espaço vazio uma visão acolhedora. Eu entro e me viro.

— Tchau, Noah. Até amanhã.

Seu olhar intenso é a última coisa que vejo antes de as portas se fecharem.

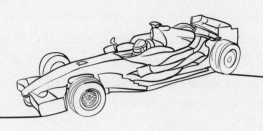

CAPÍTULO VINTE
Noah

A primeira coisa que sinto ao acordar é minha cabeça latejando.

A segunda é uma mão rastejando pelo meu peito.

A terceira é um intenso arrependimento.

Merda. Por favor, me diga que é a mão de Maya.

Olho para baixo e vejo unhas vermelhas e compridas. As unhas de Maya não se parecem nada com essas garras arranhando meu peito; ela prefere cores naturais de esmalte. Essas mãos são um símbolo do meu passado. A náusea sobe pela minha garganta enquanto recosto a cabeça no travesseiro.

Repasso as lembranças da noite passada, de como saí com Maya para o encontro que planejei. Nunca imaginei que poderia me divertir tanto com alguém apenas comendo, bebendo e trocando beijos.

Foi o meu encontro favorito, pelo menos da minha curta lista.

E os beijos eróticos de Maya. *Puta merda.* Depois de beijá-la, senti como se estivesse fazendo tudo errado com todas as mulheres que vieram antes.

Mas o que aconteceu mais tarde? Tento me lembrar do que fiz depois que ela me fez parar. Algumas cenas passam pela minha cabeça, como

Maya me rejeitando com um olhar triste, sabendo que não posso lhe dar o que precisa. A ferida ainda está aberta, a julgar pelo aperto em meu peito.

As lembranças me atingem de uma vez, inundando meu cérebro com recordações indesejadas. Muita bebida. Liam e Jax em uma boate, grupos de mulheres se aproximando da nossa mesa VIP. Parece que voltei a um tempo antes de conhecer Maya.

Merda. Minhas péssimas decisões provaram que não sou o tipo de cara com quem Maya quer sair. Nem de longe. *Eu* com certeza não gostaria de sair com alguém como eu.

Ergo as costas da cama e uma garota loira rola de cima de mim.

— Você precisa ir embora. Agora. — Minha voz está rouca. Outro lembrete das minhas más decisões, assim como a boca seca e a aversão à luz do sol.

Não quero passar mais um momento sequer com essa mulher, com seu jeito e sua aparência errados. Seu perfume de rosas, misturado ao cheiro de sexo e álcool, me sufoca, sem chegar aos pés do frescor de Maya. Meu estômago se revira ao pensar em como estraguei tudo.

Vou para o banheiro, decidindo escovar os dentes primeiro, querendo tirar da boca o gosto daquela mulher e do álcool. Me encolho ao ver meu rosto abatido. Sou tomado de nojo pelas olheiras e a pele pálida e doentia.

Tomo um banho, querendo me livrar logo do cheiro da mulher e de tudo mais relacionado a ela e a um final ruim para a minha noite. Quando saio, não há sinal dela, exceto pela roupa íntima que ela deixou em um travesseiro. Meu corpo se arrepia ao jogar a lembrancinha dela no lixo.

Tiro meu celular do carregador, feliz por ter me lembrado de carregá--lo. Pelo menos tomei uma decisão responsável porque, no mais, sou um completo idiota.

Você está brincando comigo?

Não configurei o alarme, então perdi minha sessão de treino.

Merda. Merda. Merda!

Saio correndo do quarto de hotel, desesperado para chegar à minha classificação a tempo.

Nunca fui tão irresponsável na vida.

Não é nenhuma surpresa quando meu dia vai de mal a pior. Minha classificação começa uma merda. Corro para vestir meu macacão de corrida e bebo um galão de água para não desmaiar de calor atrás do volante. O pai de Sophie parece puto pra caralho com o meu atraso, me olhando feio enquanto engulo uma barra de granola.

Ele não consegue esconder seu desgosto.

— Você está um lixo. Não é mais um moleque para passar a noite na farra. Eu espero isso de qualquer um, menos de você.

Seu olhar diz tudo. James Mitchell não é alguém para fazer de otário, porque ele tem colhões maiores que os do King Kong. Seus olhos verdes me encaram enquanto ele passa a mão pelo rosto, nervoso. Seu cabelo grisalho permanece no lugar, ao contrário do meu, que está todo bagunçado, as ondas despenteadas pelas minhas mãos.

— Lamento muito. Não vai acontecer de novo. — Nenhum pedido de desculpas pode apagar minhas decisões terríveis.

Tropeço nos meus próprios pés ao correr para o meu carro. Estou morrendo de calor, um desastre completo e, droga, é humilhante. Vergonha é pouco para descrever o que sinto. Os mecânicos da Bandini me olham de cima, sem saber como ajudar, enquanto eu me arrasto para dentro do carro. O suor gruda no meu peito antes de o motor ligar, um mau presságio para o meu dia de merda.

O início da classificação começa razoável, meu carro disparando pela primeira reta. Quer dizer, até eu fazer a primeira curva. Um gosto amargo sobe pela minha garganta durante a maioria das curvas que se seguem, o movimento não caindo muito bem com o álcool que exalo pelos poros. Gasto toda a minha energia mental para não vomitar dentro do meu próprio capacete, porque nunca me deixariam esquecer isso.

A ressaca terrível não vai bem com um carro indo a trezentos e vinte quilômetros por hora, percorrendo a pista em círculos. Meu desempenho na classificação é desleixado e nada profissional. O som usual do motor me enche de receio, a culpa me corroendo enquanto penso em Maya e como ela se sentiria se ficasse sabendo sobre a minha noite.

O suor escorre pelas minhas costas, encharcando meu macacão de corrida resistente a chamas enquanto voo pela pista. Os fãs assistem ao pior desempenho da minha carreira.

Saio correndo para fora do carro assim que a classificação termina. Meu corpo se rebela contra mim e vomito duas vezes perto da grama próxima à área dos boxes, o gosto ácido me deixando enjoado de novo. Tudo isso acontece enquanto uma equipe de reportagem local me filma. De alguma forma, encontro autocontrole suficiente para não mostrar o dedo do meio para eles, em vez disso, faço um sinal positivo com o polegar para a câmera enquanto passo mal.

Fico em décimo quarto lugar para a corrida. Décimo quarto, caralho. Não pego em uma posição tão vergonhosa desde que comecei na F1, e não sei se vou superar essa.

A única pequena bênção de hoje é que não preciso comparecer à coletiva de imprensa exclusiva para os três primeiros colocados. Acho que ser péssimo tem suas vantagens.

Como Santi ficou com a pole position, ele estará distraído. Preciso encontrar Maya e me desculpar por tudo. Por levá-la para sair e transar com outra garota na mesma noite. Mesmo que ela não esteja interessada em algo casual comigo, é errado.

Vejo Sophie e Maya conversando com Liam e Jax na rua principal, perto das suítes. Um calafrio percorre minhas costas ao ver Jax puxando-a para um abraço. Não deveria me abalar, mas, droga, dói vê-la abraçando o britânico e rindo, sem saber que ele recebeu um boquete na nossa mesa ontem à noite de uma garota aleatória.

Não tenho o direito de sentir ciúmes, já que não posso lhe dar o que ela quer. Mas não consigo me controlar — meus punhos se cerram ao vê-los juntos, a inveja rodando dentro de mim como um ar tóxico.

Os olhos de Maya encontram os meus. O sorriso que ela tinha desaparece, e fico puto da vida por piorar o humor dela em dois segundos.

Eu me aproximo dos caras, mantendo a calma, embora esteja completamente desconcertado por dentro.

— Que azar hoje, cara. — Liam não parece nem um pouco abalado depois da noite passada. *Eu fui o único que enchi a cara?* Pensando bem, ele estava completamente sóbrio. Acho que nem piscou para as outras garotas que se aproximaram da gente. *Merda.*

— Nunca mais saio na véspera de uma classificação. Foi uma péssima ideia, cara. — Jax bate no meu ombro enquanto me joga aos leões.

Vai se foder com vontade, Jax.

— Parece que vocês tiveram uma noite e tanto. Bem ousado, antes de uma classificação. — Os olhos semicerrados de Sophie encaram os meus.

— Aham, por isso meu irmão é o melhor. Ele coloca o time em primeiro lugar. — O sorriso educado de Maya não chega aos olhos.

— Sim, sim, já entendemos. Você adora Santiago. Pelo menos finja que também quer que a gente se saia bem. — Liam derruba o boné de Maya e dá de ombros.

Ela ri. Eu queria gravar o som de sua risada para os dias ruins, como hoje, porque sou o maior idiota do mundo.

— Melhor a gente ir. Vamos ter um dia só das garotas. — Sophie engancha o braço no de Maya. Elas vão embora depois de se despedirem, Maya me ignorando. É uma merda.

— Cara, você bebeu todas ontem à noite. E não parava de falar dela. — Liam aponta na direção em que Maya foi embora.

Jax balança a cabeça.

— Foi uma cena triste até você levar aquela garota pra casa. Você até a chamou de Maya uma vez, mas ela ignorou. Qual era mesmo o nome dela? Beatrice?

Obrigado, Jax, por falar sobre a última coisa em que quero pensar. Mostro o dedo do meio para ele.

Liam cruza os braços.

— Ela era gostosa. Você sempre consegue as melhores.

— Estou surpreso de ela ter ido embora com ele. Noah não parava de falar sobre Maya ter dado um fora nele, que ela não queria um playboy como ele. — Jax ri.

— Certo, pessoal, já entendi. Foi uma noite patética. Podemos parar de falar sobre isso? Tipo, pra sempre. — Minha voz cortante está à altura da minha paciência em declínio.

— Tudo bem. Não precisa ficar nervosinho com a gente. — As últimas palavras de Liam encerram o assunto.

Saio na direção do motorhome da Bandini porque preciso me desculpar com o pai de Sophie e com a equipe dos boxes.

Ao contrário da última vez que Maya me evitou, desta vez ambos mantemos distância. Eu por causa da vergonha. Ela provavelmente porque tem nojo de mim, não que eu a culpe por isso.

O restante do sábado é tranquilo, o que me enche de alívio. Recupero-me da minha ressaca terrível, tentando me hidratar ao máximo, já que o dia da corrida vai ser quente e o álcool desidrata mais do que tudo. Sem dúvida, vou perder um quilo e meio só de suor.

No dia da corrida, fico ouvindo a conversa de Santiago e Maya na sala ao lado, desesperado para me sentir próximo dela. Maya mantém a voz baixa e inaudível. Para evitar dar um soco de frustração na parede, saio da suíte e vou até a área dos boxes.

Faço alguns testes no motor e participo de uma reunião pré-corrida. Manter-me ocupado evita que eu faça alguma estupidez, como ir atrás de Maya e ceder às exigências dela enquanto imploro por perdão. Depois de terminar a conversa com os principais engenheiros, volto para o box.

Praguejo silenciosamente quando vejo Maya sentada ao lado da sala de telemetria. Ela está usando o fone de ouvido de um dos engenheiros para ouvir o rádio do Santi. O ciúme começa a crescer em meu estômago. Ter ciúmes do irmão dela... é um novo ponto baixo para mim.

Muitos sentimentos contraditórios se misturam na minha cabeça. Maya me rejeita porque quer mais do que posso lhe dar, mas nem mesmo sei como tentar lhe dar o que ela quer.

Sua câmera do vlog gira rapidamente, filmando a movimentação do dia de corrida agitado.

Acho difícil ignorar a voz dela enquanto discuto detalhes do carro e ajustes de última hora. Ela passeia pelo lugar e filma membros da equipe, um gesto doce para colocar sob os holofotes pessoas essenciais para a Bandini. Sua voz elogia a maneira como eles mantêm tudo funcionando, até mesmo apresentando vários membros pelo nome, prova da sua relação com a equipe. Ela é encantadora com as pessoas. Diferente de mim, que levo jeito para estragar tudo com os outros.

Tento esconder meu choque quando ela se aproxima do meu carro.

— Aqui temos a equipe de Slade.

Vejo que voltamos aos sobrenomes.

Ela dá uma volta para enquadrar todos na filmagem.

— Eles estão fazendo verificações de última hora no carro dele. Slade tem uma tarefa difícil hoje: alcançar Santiago, Liam e Jax, já que ele vai começar na P14. É a pior largada dele desde que começou a correr na F1. Boa sorte da próxima vez!

Obrigado, Maya. Aceito sem reclamar, porque mereço a alfinetada e muito mais.

Aceno para a câmera enquanto ela passa pelo meu carro. Sinto o perfume de seu xampú frutado, o que imediatamente me transporta de volta à noite do encontro. Seus lábios nos meus, os sons que ela fazia quando eu a tocava, quando esfregava meu corpo contra o dela. Meu pau responde dentro do macacão de corrida. *Ótimo.*

Ela se afasta para entrevistar um dos engenheiros-chefes. Ele lança olhares disfarçados para o peito de Maya entre as perguntas, e faço um esforço tremendo para não dar um empurrão nele.

Concentre-se no seu carro. Você está prestes a começar uma corrida e não tem tempo para pensar nela.

Decido ignorar Maya pelo resto dos preparativos. Não preciso de mais distrações, muito menos dela, já que decidiu que não quer nada casual. Maya me rejeitou. Ela é quem sai perdendo.

Perco feio a corrida. Mas me esforcei muito para sair da décima quarta posição e, considerando onde comecei, estou feliz por terminar em oitavo. Santi e eu até ganhamos pontos para o Campeonato dos Construtores.

Vou para a minha suíte, não querendo assistir às comemorações no pódio hoje, apesar de estar feliz por Jax e Liam. Por Santiago também, eu suponho. Mas foi um bom dia para a McCoy, o que significa um dia ruim para a Bandini.

Maya está no terraço vazio da área das acomodações, deitada em um sofá com o celular na mão. Gosto de subir até aqui quando tenho um dia ruim, mas parece que ela foi mais rápida desta vez.

— E aí, ela valeu a pena? — provoca ela, sem desviar os olhos da tela do celular.

Minha irritação cresce a cada segundo em que ela se recusa a olhar para mim.

— Quem?

Finjo ignorância porque não quero lidar com essas merdas. Não estamos namorando.

— A biscate de ontem à noite.

Meus lábios ameaçam rir com sua escolha de palavras.

— Ah, ela.

Isso a faz olhar para cima. Não gosto do seu olhar tempestuoso, a forma como parece indiferente a uma situação que a incomoda muito. Eu prefiro que Maya fique com raiva de mim a não sentir nada.

Eu falei sério quando disse que sou um babaca egoísta.

— Sim, ela.

— Ela era boa de cama.

Dou de ombros, parecendo desinteressado, embora minha garganta pareça ter engolido vidro. Parece errado mentir assim, minhas palavras ferindo-a enquanto descarrego minha raiva de mim mesmo nela.

— Hum. Eu me pergunto quanto álcool você teve que beber para tirar meu gosto da sua boca. Duvido que a garota tenha se importado, no entanto. O desespero sempre supera o bom senso.

Merda. Ela me pegou. Estou atordoado, incapaz de responder.

— Elas nunca vão ser tão boas quanto o que poderíamos ter tido. Mas é por isso que pessoas como você nunca têm finais felizes. Você já está tão desiludido que não consegue enxergar as coisas boas até que seja tarde demais.

Ela se levanta, sem se dar ao trabalho de me olhar outra vez antes de sair do terraço.

Fico nauseado ao ver que não valho sequer um último olhar para trás.

CAPÍTULO VINTE E UM

MAYA

Evito tudo relacionado a Noah por semanas. Toda vez que o vejo nas suítes da Bandini, saio na direção oposta. O clima entre nós está pesado. E não no sentido de uma tensão sexual, mas de "meu coração dói sempre que o vejo".

Meus sentimentos são confusos, não se encaixam em uma lista de características desejáveis ou de prós e contras. E, por ter dificuldade de entender minhas emoções conflitantes, fico ainda mais irritada. Uma parte de mim queria que ele se comprometesse com um relacionamento de verdade, enquanto outra parte acha que ele nem vale a dor de cabeça.

Ele deveria ter esperado pelo menos um dia antes de se envolver com outra pessoa. É uma questão de cortesia.

Como você pode transar com uma mulher logo depois de um encontro com outra? É frio e nojento. Não esperava isso dele, sinceramente.

Toda vez que esbarro em Noah, finjo indiferença, optando por ignorar a maneira como meu coração acelera perto dele — ou a forma como meu corpo se aquece quando seus olhos passeiam por mim, ou o lampejo de tristeza em seu rosto quando o ignoro.

Eu me empenho em fazer do meu vlog um sucesso. Setecentos mil inscritos assistem aos meus vídeos, e os anúncios geram um bom lucro. Patrocinadores entram em contato para fazer parcerias, algo que nunca pensei que seria possível. O vlog superou todas as minhas expectativas. Sophie e eu visitamos diferentes lugares em cada cidade para onde viajamos, e assim aproveito ao máximo meu tempo com a Bandini, enquanto me mantenho convenientemente longe de Noah.

As férias de um mês entre a primeira e a segunda metade da temporada não poderiam ter vindo em melhor hora. Tento mentir para mim mesma e dizer que não sinto falta de Noah, mas sinto. Olho suas redes sociais todos os dias, mas ele não posta nada além de algumas fotos na costa italiana. Nem mesmo as páginas de fofocas têm algo a reportar sobre ele. Está tirando férias de tudo. E talvez isso seja bom, já que seus deslizes anteriores finalmente saíram dos holofotes da mídia.

Passo as férias com minha família, inclusive Santi. Tirando os momentos de saudade de Noah, eu me divirto.

Sophie vem à Espanha para nos visitar durante a última semana das férias. Meus pais a recebem como uma segunda filha, dizendo que ficam muito gratos por eu ter alguém para me fazer companhia além de Santi.

Sophie e eu elaboramos um excelente plano. Um talento dela.

— Repita o plano para mim. Quero ter certeza de que você está convencida. — Sophie está pintando as unhas no meu quarto. Amanhã, vamos pegar um voo juntas para a próxima corrida, porque ela quer me preparar antes de eu ver Noah no Grande Prêmio da Bélgica.

Reviro os olhos de brincadeira, embora aprecie sua amizade e dedicação para garantir que eu não me meta em problemas.

— Tudo bem. Agora que sou uma mulher madura e mais sábia, vou ser educada e simpática. Não preciso fazer joguinhos com ele. Somos dois adultos que podem se dar bem em prol da equipe.

Sophie sorri diante da citação que me faz repetir sempre que menciono Noah.

— E... — Ela gesticula com a mão, esperando que eu continue.

— Não vou me render.

— Se render a quê, exatamente? Preciso ouvir as palavras.

Argh, ela realmente quer que eu repita.

— Não vou me render à sua personalidade bruta mas doce, à barriga tanquinho, aos lábios tentadores ou ao corpo irresistível que me deixa doida para dormir com ele. — Meu novo mantra.

Seus olhos verdes brilham.

— Isso aí, garota. Estou tão orgulhosa. Olha como você chegou longe em um mês. E essas férias caíram bem em você. — Ela belisca minhas bochechas.

— Por que sinto que vai ser um desastre?

— Para de ser apocalíptica. Você vai acabar com uma enxaqueca. Qual é o objetivo para a segunda metade da temporada? Talvez a gente precise revisar mais uma vez.

Sophie está abusando, mas cedo porque ela exibe suas covinhas.

— Trabalhar no meu vlog, encontrar um cara legal para ter alguns encontros e passar tempo com a minha melhor amiga.

Ela bate palmas como se eu fosse uma criança dizendo suas primeiras palavras. É um gesto dramático e bobo, mas combina.

— Isso aí, amiga. Um brinde a isso!

Encostamos nossas taças e tomamos um gole de vinho.

O líquido gelado acalma minha garganta.

— Onde a gente encontra caras legais na F1, afinal? Estou curiosa.

— Deixa comigo. Sou sua fada madrinha, mas, em vez de balançar uma varinha de condão, eu sacudo um dildo mágico. Funciona que é uma beleza. Garanto que você vai encontrar o melhor pau da sua vida.

Quase engasgo com o vinho.

Não sei bem com o que concordei, mas não consigo deixar de ficar um pouco preocupada.

CAPÍTULO VINTE E DOIS

Noah

Lamento como lidei com tudo em Baku, inclusive a maneira como me deixei levar pela raiva após a corrida, dizendo coisas estúpidas para Maya. Eu estraguei tudo, mas quero tentar reparar a situação.

Passei boa parte do intervalo de um mês afinando ainda mais o meu carro e planejando a segunda metade da temporada do Campeonato com a equipe.

Mas também passei um tempo fazendo terapia.

Aham. Vamos processar essa informação por um segundo. Eu. Na terapia.

Estou no consultório do meu psicólogo, participando de uma das minhas duas sessões semanais. Uma vez por semana não seria suficiente, porque preciso resolver um monte de merda sobre meus pais, relacionamentos e meus problemas com compromisso. E não tenho muito tempo antes da próxima corrida.

Todo o processo tem sido difícil de absorver. Alguns dias, saio das sessões irritado; em outros, saio triste por meus pais serem problemáticos e pelo estrago que fizeram. A terapia é um desafio emocional que me suga mais do que dirigir cem voltas em uma pista de corrida.

— O que te impede de querer um relacionamento?

Meu terapeuta me observa com seus olhos castanhos, sentado confortavelmente em sua poltrona bege do outro lado da sala. Estou em um sofá de couro, alternando entre olhar para o teto e encontrar o olhar dele.

— Não sei direito. É uma mistura de coisas diferentes. Nunca sequer tentei ter uma namorada de verdade antes.

— Me conte sobre essa combinação de motivos. — Suas mãos se entrelaçam por cima do joelho. Ele parece muito centrado, com seu cabelo grisalho penteado e seu terno impecável.

— Eu nem sei como seria um bom relacionamento. Meus pais não se amavam. Eu era apenas um cartão de crédito da Barney's para minha mãe, um laço definitivo com a conta bancária do meu pai. Então não sei como é o amor de verdade, nem como funcionaria ou como eu me sentiria. Isso por si só é assustador.

Como posso reconhecer algo que nunca tive?

— Se pudesse descrever o amor para mim, o que diria?

As perguntas dele nunca são fáceis, e sempre estão mais para projéteis de merda em direção ao ventilador do que perguntas abertas.

— Hum. — Esfrego a nuca. — Acho que o amor tem a ver com felicidade e sacrifício. Chegar a um consenso em vez de discutir. Ter alguém com quem você sempre pode contar, mesmo quando não merece. Amar alguém significa querer passar o resto da vida com essa pessoa, nos dias bons, nos ruins e em todos os outros entre os dois extremos.

Ele parece orgulhoso do que eu disse, assentindo enquanto escuta cada palavra com atenção. Eu também sinto um pouco de orgulho da minha resposta ponderada.

— São todas ótimas ideias sobre o amor. E quais seriam os motivos que o impedem de tentar viver isso com alguém? Vamos usar Maya como exemplo, já que você a menciona durante as nossas sessões.

Fico pensando sobre a pergunta dele por um minuto inteiro. Ele não me pressiona, preferindo esperar, o que coloca menos pressão em mim para preencher o vazio.

— Acho que tenho medo.

As palavras saem em um sussurro. Não gosto de admitir ter medo de nada — pelo amor de Deus, dirijo carros mais rápido do que qualquer outro homem no mundo.

— O medo nem sempre é uma fraqueza. É o que você faz com ele que mostra sua verdadeira força. Do que você tem medo, exatamente?

Esse sujeito e seu quadro de citações inspiradoras.

— De não dar o meu melhor e fracassar. De decepcioná-la, de ela precisar de mim e não poder contar comigo. De partir o coração dela e o meu também. A ideia de dar a alguém poder sobre mim...

Olho para baixo, para minhas mãos. As pontas ásperas dos dedos se pressionam em um movimento inquieto que me lembra Maya. Desde Baku, pensar nela me dá um aperto estranho no peito, como se reconhecesse como sou idiota.

— Esses são motivos pelos quais qualquer pessoa sentiria medo e preocupação ao tentar. Você não é o único a pensar assim. Muitas pessoas sentem essa mesma hesitação quando começam um relacionamento, porque amar alguém nos deixa vulneráveis. — *Eu não sabia disso.* — Como você se sentiria se Maya saísse com outra pessoa que estivesse disposta a amá-la da maneira que você descreveu?

Cerro os punhos. A ideia de Maya namorando, beijando ou transando com outro homem me deixa enjoado. Eu não a mereço, mas para o inferno com qualquer um que tente.

— Porra, eu não gostaria nem um pouco.

— E por quê? — Ele não se abala com meus palavrões, mais um motivo pelo qual gosto desse homem.

— Porque iria querer que fosse eu fazendo essas coisas com ela.

Minha confissão paira entre nós como uma terceira pessoa. Minutos passam enquanto elaboro um plano, o relógio batendo no ritmo da minha perna inquieta.

— Acho que tenho uma ideia do que preciso fazer. Mas quero ver o que você acha.

Meu terapeuta sorri. Ele me ajuda a ser mais confiante, ouvindo minhas ideias enquanto oferece insights e opiniões contrárias. Estou cansado de ficar só pensando sobre meus erros, porque sou do tipo que fica na frente do grid de largada, na pole position.

Hora de buscar meu troféu.

CAPÍTULO VINTE E TRÊS

MAYA

—Escuta, o último encontro foi ruim, mas este vai ser melhor. Juro. Se der muito errado, fugimos juntas. — Sophie segura minha mão e passa o dedo mindinho por cima do meu, forçando-me a fazer uma promessa antes que eu concorde.

Eu resmungo. Outro encontro parece uma péssima ideia.

— No último, o sujeito me mostrou fotos da família e da ex-mulher. Até me contou tudo sobre o casamento e o divórcio, os olhos marejando enquanto o garçom trazia a sobremesa. Nunca mais verei um tiramisu da mesma maneira.

— Tá, entendi, não foi a minha melhor ideia. Ainda estou me entendendo com o meu dildo de condão. Mas escolhi dois bons dessa vez. — Seus olhos verdes se enchem de esperança.

— Isso soa tão errado. Quem são os caras novos?

Já que podemos sofrer juntas, acabo cedendo ao plano. Não quero arriscar outro encontro desastroso sozinha, pois uma mulher tem um limite para o tanto de fotos que consegue ver.

— São dois dos maiores engenheiros da McCoy. Conheci um deles em uma coletiva de imprensa da qual meu pai estava participando. Eles são um amor, eu juro. De pés juntos. — Ela dá um pulinho, juntando os pés. Eu concordo, aceitando o plano por causa das boas intenções de Sophie. — Oba. Você não vai se arrepender! Eles até fizeram uma reserva no restaurante mais sofisticado de Milão. Porque nada é melhor do que massa para um bom encontro!

Ela bate palmas e me arrasta até meu quarto de hotel para escolhermos nossas roupas. Para alguém que ama tênis e camisetas, ela gosta muito de se arrumar.

Então cá estamos nós em um encontro duplo na véspera de uma rodada de qualificação, sentadas diante de dois homens bonitos. Sophie me lança um sorriso enquanto eles olham os cardápios.

Aceitei vir ao encontro por ela, pois Sophie parece estar sofrendo desde que foi para o Canadá com Liam. Não que ela se abra sobre o que aconteceu.

O homem que Sophie encontrou para mim tem um cabelo loiro que enrola nas pontas. Ele é bonitinho de um jeito fofo, e até tem um leve sotaque que não consigo identificar. A luz das velas dança em seus olhos castanhos enquanto ele olha nos meus.

Meu par, Daniel, abre um largo sorriso.

— Como é ser uma vlogueira da Bandini? Sempre assistimos ao seu canal na McCoy, esperando que você solte segredos do negócio.

Balanço a cabeça.

— Tomo cuidado para que isso não aconteça. Acho que eles bloqueariam meus vídeos e não me deixariam mais filmar. — Faço um gesto de quem trancou a boca e jogo a chave invisível por cima do ombro.

— Quais vídeos você viu? — intromete-se Sophie, seus coques de tranças loiras balançando.

— Assistimos a muitos deles, parecem bem feitos. Você mesma edita? — pergunta John, o par dela.

— Tenho melhorado na edição à medida que faço mais vídeos. Mas vou poder atualizar meu equipamento quando o vlog deslanchar, porque câmeras boas custam milhares de dólares.

— "Deslanchar" significa ter mais que um milhão de seguidores. Ela já está perto de oitocentos mil. — Sophie abre um sorriso radiante, como uma mãe orgulhosa.

— Quanto você pagou para Noah participar dos vídeos? Especialmente os de perguntas, porque ele nunca faz esse tipo de coisa. Até se recusou a aparecer na *Sports Daily* quando pediram algo parecido.

Meus olhos ardem com a lembrança. Nada como a menção ao nome de Noah para estragar meu humor, exceto que meu par não tem ideia sobre o que aconteceu entre mim e Noah, que dirá sobre como as coisas funcionam na minha área.

— Não paguei nada. Ele se ofereceu, eu não o obriguei a participar. Além disso, em geral não pagamos por aparições nesse tipo de coisa. Os famosos costumam participar quando querem. Se não querem, dizem não. — Faço uma careta pela confusão de Daniel.

— Duvido que alguém pudesse dizer não a você, mesmo o grande Noah Slade. — O sorriso de Daniel não me aquece por dentro como o de Noah.

Devolvo um sorriso fraco, não gostando muito de como ele toca no assunto de Noah e da Bandini.

Sophie aperta meu joelho por baixo da mesa, encontrando o ponto que dói mais. Afasto-o de meus pensamentos. O novo projeto dela inclui me condicionar a não pensar mais em Noah; chegou ao ponto de assistir a vídeos sobre o cachorro de Pavlov.

— Com licença, já volto. Preciso usar o banheiro. — Empurro a cadeira com mais força do que pretendia. Ela bate nas costas da cadeira de outra pessoa, fazendo o desconhecido me encarar.

— Mil desculpas. — Saio dali a passos rápidos e entro no corredor escuro perto dos banheiros.

Tiro o celular do bolso para me distrair, ficando de olho no relógio. Rolar o feed do Instagram me conforta.

A tela apaga.

Sinto o cheiro característico de Noah.

Ai, meu Deus, por que tenho tido tanto azar nos últimos tempos?

— O encontro está tão terrível assim?

Sua voz rouca chama minha atenção, e minha frequência cardíaca aumenta. Dedos calejados erguem meu queixo, fazendo meu corpo responder a ele instantaneamente, como se não tivéssemos passado um mês separados. A parca iluminação no corredor não me dá muito para olhar. Inspiro bem o cheiro dele, porque gosto de sofrer.

Seu polegar áspero desliza pelos meus lábios.

— O que você está fazendo aqui? — *Minha voz saiu rouca?* Não consigo ouvi-la com o barulho do sangue correndo em meus ouvidos.

— Estou jantando com amigos. É um restaurante popular.

Certo, pelo menos ele não anda me seguindo. Isso seria um pouco preocupante.

A silhueta escura de Noah bloqueia a luz, dificultando distinguir seus traços no corredor escuro. Seus lábios roçam nos meus. Minha boca formiga com o toque leve, uma carícia simples que me sinto culpada por gostar. Inclino o pescoço para o lado para fugir de seus beijos.

Ele dá uma risadinha. Seus lábios percorrem meu pescoço, deixando beijos suaves.

— Eu senti saudade.

As três palavras são tudo o que quero ouvir. Também fazem meu coração doer, porque ele não pode me dar o que quero, por mais que eu deseje.

— Você não pode sentir saudade do que nunca teve. — Se eu não estivesse ocupada, teria me dado tapinhas nas costas para me parabenizar.

— E se eu disser que mudei, que essa pausa foi boa para nós? — Ele consegue pronunciar as palavras antes de seus lábios chuparem meu pescoço, meu ponto fraco. Nossa química não diminuiu. Parece tão poderosa como sempre; à medida que seus lábios percorrem minha pele, meu corpo se arqueia inconscientemente em sua direção.

Que traição.

— Não sei se acredito em você. Ações valem mais do que palavras.

Os tabloides não reportaram nada desde a loira em Baku. Ele pode estar falando a verdade, mas não quero correr o risco, me abrindo só para me machucar.

— Me deixe provar para você. Me dê uma chance de verdade.

Sua boca encontra a minha de novo. Mas, desta vez, seu beijo domina a situação, assim como ele, colidindo contra mim e derrubando minhas barreiras. Sua língua acaricia meus lábios, tentando entrar.

Eu os mantenho fechados, impedindo-o de ir mais longe. Ele dá uma mordidinha no meu lábio inferior em um pedido silencioso para que eu me abra para ele. Seus dentes me arranham e puxam, fazendo-me gemer.

— Hã. Ah, nossa, eu volto mais tarde.

Viro a cabeça com a voz desconhecida. Enterro o rosto na camisa de Noah, o que é uma má ideia, porque o cheiro viciante me deixa tonta.

Não me mexo até parar de ouvir os passos do desconhecido.

— Me escuta, eu posso expli... — A voz de Noah falha.

Não. Preciso sair daqui o mais rápido possível.

— Hum. Hã... eu preciso ir.

Saio na direção da minha mesa, deixando Noah para trás aos resmungos, não me dando ao trabalho de olhá-lo de novo. Meu cérebro me diz para fugir de Noah, enquanto meu corpo me diz para correr até ele.

Os olhos de Sophie se estreitam para mim quando me sento de volta na cadeira, fazendo eu me sentir ainda pior com o que aconteceu.

Ignoro seus olhares de soslaio durante o resto da noite. Essa é uma história para mais tarde.

Sinto meu estômago se revirar enquanto Sophie me encara do outro lado do cômodo, seu tênis batendo no carpete. Sentada no sofá da suíte de Santi, ela lê minha linguagem corporal. Meus olhos vagam pelo quarto de hotel simples, esforçando-se para encontrar algo interessante para observar. Basicamente, qualquer coisa que não o rosto dela.

— O que nós falamos sobre ele? — Ela não vai me deixar escapar fácil, a voz cheia de decepção.

— Bem, não foi bem que eu me rendi à sua personalidade bruta mas doce, à barriga tanquinho, aos lábios tentadores ou ao corpo irresistível que me deixa doida para dormir com ele. Sério, ele me encurralou no corredor. Eu nem sabia que ele estava lá. Não foi como se eu tivesse escolhido o restaurante. — Eu posso ter ou não praticado essa fala no banheiro mais cedo.

— E o que aconteceu, ele tropeçou e caiu de cara na sua boca? — Ela agita as mãos. *É, com certeza está uma fera.* Meu silêncio não a agrada, pois Sophie anda de um lado para o outro, agitada e resmungando sobre como todos os seus planos falham. — Não ouse tentar encontrar desculpas aí dentro da sua cabecinha bonita. É ridículo. Você voltou para a mesa toda despenteada, e pelos seus lábios parecia que tinha chupado Noah no banheiro. Foi isso? Ou ele que chupou sua boca feito um aspirador de pó?

Não sei como ela consegue dizer as coisas mais ridículas com tanta seriedade, sem nem esboçar um sorriso.

Meu peito e rosto devem estar em cinquenta tons de rosa. Eu me jogo dramaticamente de cara no sofá, pegando um travesseiro para bloquear o falatório dela. Sophie tem boas intenções, mas não está ajudando.

— Desculpe. Não vou fazer isso de novo. Aprendi minha lição. — Minha voz sai abafada.

— Acho bom mesmo. Daniel é um cara legal que está hesitante em te dar outra chance. — Ela tira o travesseiro do meu rosto e me encara, os olhos verdes brilhando sob a luz fraca.

— Você falou com ele? — Eu me encolho ao ouvir meu próprio tom manhoso.

Ela balança a cabeça.

— Não exatamente. Mas consigo perceber essas coisas. Chame de intuição.

— O próximo vai ser melhor. Talvez a gente não devesse ir a lugares públicos. — Alimento as esperanças dela, fingindo concordar com outro encontro ao qual não tenho qualquer intenção de ir. Não há necessidade de iludir um cara legal quando estou pensando em outra pessoa.

— Não acho que vá acontecer, pois estamos entrando na segunda fase do plano.

A segunda fase do plano de Sophie me enche de incertezas.

Eu a olho do meu cantinho da amargura no sofá. Ela digita rapidamente no celular, me ignorando.

— Devo ficar preocupada?

Ela me lança um sorriso travesso.

Bem, isso responde à pergunta.

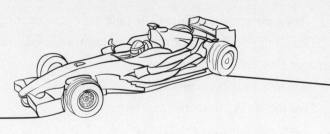

CAPÍTULO VINTE E QUATRO
Noah

Tento identificar o exato momento em que meus amigos começaram a me evitar. Foi depois da Alemanha? Ou depois da França? Não sei dizer direito, mas, desde a pausa no verão, mal tenho visto Liam e Jax. Toda semana eles arrumam uma desculpa, dizendo estar ocupados. Quando chegamos a Singapura para o Grande Prêmio, não tenho nem sinal deles. De novo.

A única vez que os vejo é durante uma coletiva de imprensa depois da qualificação de sábado. Acabei me saindo bem e conquistei a pole position para amanhã, garantindo o melhor lugar em uma das poucas corridas noturnas que temos. Pelo menos as coisas na F1 parecem promissoras.

Será que não querem sair comigo porque venço muito? O Campeonato pode ser competitivo, afinal. Talvez estejam mantendo distância por causa da McCoy, já que as equipes não encorajam os pilotos a se encontrar e ser amigos. Mas em anos anteriores eles nunca agiram assim, o que significa que deve ser outra coisa.

Fico sozinho no meu quarto de hotel com vista para a cidade, observando as árvores famosas e os prédios do Marina Bay Sands. Singapura está fervilhando antes da corrida. Pessoas lotam as calçadas, parecendo formigas da sacada da minha suíte.

Apesar de todo o movimento, pela primeira vez me sinto sozinho.

E estou admitindo o sentimento. Meu terapeuta ficaria orgulhoso.

Fico sentado no sofá por alguns minutos, absorvendo como é estar sem ninguém por perto. Meus amigos raramente respondem às minhas mensagens. Não planejamos nenhuma saída, o que é estranho para eles na cidade com as maiores festas do Prêmio.

Até Maya está me evitando desde que a beijei no restaurante em Milão há duas semanas. Ela fica junto de Santi como tivessem nascido grudados, o que é esperto, porque eu nunca tentaria nada na frente do irmão dela. Mas também não me dá uma chance de me explicar. Quero lhe dizer que estou pronto para tentar um relacionamento de verdade, sem mais enrolações.

Não aguento mais como ela me evita. Então faço o que em geral me acalma e me distrai dos meus próprios pensamentos: abro o vlog de Maya no meu laptop e clico no vídeo de ontem. Meu coração se aperta ao ver seu sorriso deslumbrante, os olhos castanhos encarando a câmera com felicidade enquanto a segura perto do rosto.

— Oi, pessoal, bem-vindos de volta. Esta semana estamos em Singa-pura, que é, sinceramente, uma das cidades mais legais que visitamos até agora durante o Campeonato. Estou aqui com Sophie, Jax e Liam.

Agora sei o paradeiro dos meus amigos. Aperto os dentes ao vê-los todos sorrindo para a câmera de Maya como se não tivessem ignorado minhas duas mensagens para fazermos algo juntos.

— Estamos aqui nos Jardins da Baía. Os seguidores pediram para fazermos um "Perguntas Mais Buscadas na Internet" com Jax, o playboy favorito do Reino Unido. Liam decidiu acompanhar porque não gosta de ficar de fora.

Você não é o único, amigo.

— Decidimos fazer uma versão combinada. É o melhor dos dois mundos. Perguntei aos meus seguidores quais suas maiores dúvidas sobre esses dois palhaços e anotei as perguntas que mais apareceram, porque meu Instagram recebeu muitas. Prontos?

Sophie pega a câmera e filma Liam, Jax e Maya sentados em um banco com as árvores gigantescas ao fundo. *Porra, que ótimo.* Algumas pessoas passam por trás deles e acenam para a câmera.

Uma queimação toma meu estômago.

— Algumas são meio constrangedoras e outras são bem bobas, mas não posso ser parcial. Escolhi as mais perguntadas. — Maya sorri enquanto pega um papel com uma lista.

Lembro da vez que lhe disse que ela não podia ser parcial. Acho que parte dela ainda pensa em mim, o que me faz sorrir.

Meu laptop salta ao ritmo do meu joelho, nervosismo e curiosidade percorrendo meu corpo, querendo saber onde isso vai dar. A maioria das perguntas que ela faz para Liam e Jax são sobre a F1 e suas carreiras. Sete minutos se passam antes de Maya começar as perguntas pessoais.

Não consigo deixar de sentir que a estou perseguindo por assistir a isso, mas ela postou para o mundo ver, então dane-se.

— Jax ou Liam. Ou os dois. As inscritas querem saber sobre a vida amorosa de vocês.

Ambos se cumprimentam batendo as mãos por trás de Maya como se tivessem 5 anos.

— Eu posso responder. Estou solteiro e pronto para me divertir. Vou estar na festa de Singapura depois do Grande Prêmio, podem vir se estiverem interessadas em me conhecer. — Jax passa o dedo tatuado pelo queixo.

Liam sorri, sem responder à pergunta. Merdinha astuto.

Maya finge ter ânsia de vômito.

— Agora vocês sabem, pessoal. Não estou saindo com nenhum desses dois. Somos todos amigos. — Ela assente com entusiasmo. Liam fica em silêncio, dando uma piscadela para a câmera e batendo os dedos na coxa.

Eles saem juntos tanto assim? Como eu perdi isso?

Acesso o perfil do Instagram de Liam. Suas fotos mais recentes são dele e de Jax, ou dos quatro passeando pelas cidades onde o Prêmio acontece. Além disso, há algumas postagens dele com Sophie.

Quando foi que ele tomou jeito?

O perfil de Jax é parecido. Ele tem uma foto com Maya em uma cabine de fotos de um evento de gala. Reconheço o cenário porque também fui, mas não me lembro de ter visto Maya.

Como eles arranjam tempo para tudo isso? E, mais importante, eu poderia arranjar tempo para algo além da F1?

Chego ao pódio em Singapura. Segundo lugar. *Uau, que maravilha.*

Desta vez, a chuva de champanhe não é tão divertida. A multidão aplaude, mas eu a ignoro, meus olhos pousando em Maya atrás de uma barreira enquanto ela aplaude Santi. Fico observando-a por alguns minutos. Seu sorriso vacila quando me pega olhando em sua direção, mas logo recupera a compostura.

Jax e eu acabamos espirrando champanhe em Santi, já que ele ganhou a corrida, algo impressionante, pois este Prêmio é um desafio. A umidade é absurdamente alta, o que dificulta a concentração na hora da corrida. Acho que perdi pelo menos dois quilos hoje. Não é brincadeira, ainda sinto o suor escorrendo pelas costas, grudado no macacão.

Assistentes nos escoltam até a coletiva de imprensa depois que passamos por uma pesagem, um banho de balde de gelo e uma chuveirada rápida. A ideia de responder mais perguntas me enche de apreensão. Não estou com paciência para os repórteres.

Fico atordoado ao encontrar Maya no seu canto de sempre da coletiva de imprensa. Ela me dá um sorriso tenso antes de Sophie sussurrar algo em seu ouvido, fazendo-a dar uma risada e jogar a cabeça para trás. Descontraída e tão incrivelmente linda. Lambo os lábios ao vê-la. Seu pescoço facilmente se tornou um dos meus lugares favoritos — para beijar, tocar, mordiscar.

Sou grato pela mesa à minha frente, porque não preciso desse *problema* aparecendo na câmera hoje.

Como as coletivas de imprensa podem ser um tédio, repasso mentalmente meu plano para esta noite. Não posso faltar à festa que Maya mencionou. Ela olha para mim, fazendo meus lábios se curvarem em um sorriso sacana, o primeiro que lhe dou há um tempo.

Seus olhos se arregalam.

Se ela soubesse o que está por vir... Chega de joguinhos; vou correr até a linha de chegada.

Eu recorro ao meu trunfo. E esse trunfo, no caso, é Sophie. Ela é minha carta na manga, meu ás para vencer a partida. Sem ela, o plano está fadado ao fracasso.

Envio uma mensagem depois da coletiva de imprensa, pedindo para ela me encontrar no meu quarto de hotel, *por favor*. Ela resmunga até que mando o emoticon de mãozinhas juntas e prometo biscoitos de chocolate.

Ela não mudou em todos os anos que a conheço.

— O que você quer, Slade? — Seu olhar gélido poderia fazer um homem comum chorar, mas, em vez disso, eu sorrio. Quanta formalidade, usando meu sobrenome.

Eu me acomodo no sofá, já que Sophie se recusa a sentar. Ela fica parada em uma pose poderosa, pronta para me enfrentar, as mãos na cintura. Uma postura intimidante, exceto que ela chega à altura dos meus ombros.

— Chamei você aqui porque preciso de ajuda. De verdade.

Sophie faz uma bolha com seu chiclete antes de estourá-la, o som quebrando a tensão na sala. Ela parece uma Barbie chefona da máfia.

— Como posso ajudar? Nem sei o que você quer. — Ela se faz de desentendida, piscando várias vezes.

Vamos direto ao ponto.

— Acho que sabe.

— Quero ouvir de você. O primeiro passo para resolver um problema é admitir que ele existe.

Ah. É por isso que Liam não consegue resistir a ela. Sophie dá trabalho como ele, toda atrevida e respondona.

Contenho um grunhido e puxo meu próprio cabelo.

— Gosto da Maya.

Seu olhar não revela nada. Ela só me encara, esperando que eu continue.

— E eu estraguei tudo. Pensei que sabia o que queria, mas, na verdade, não sabia.

— Me conte mais. — Ela se senta, sua postura parecendo a do meu terapeuta.

— Levei Maya para sair. Tenho certeza de que você está ciente disso.

Ela assente com a cabeça.

— E não terminou bem. Eu disse que só poderia oferecer um relacionamento físico. Sem compromisso nem nada, e ela queria mais.

— Óbvio. E o que você quer agora? — Seu olhar me lembra o do pai dela, me examinando como se pudesse sentir minha sinceridade.

Desvio o olhar para evitar seu escrutínio.

— Acho que quero mais.

— Não acho que você deveria fazer nada a menos que *tenha certeza* de que quer mais. Maya é um doce de pessoa. Ela não precisa de alguém que não esteja disposto a se comprometer. Fazer sacrifícios por ela.

Cerro os punhos.

— Eu posso tentar. Nunca quis isso antes. Mas vê-la o tempo todo, de longe, faz eu me sentir péssimo. Tenho que me segurar para não ir falar com ela nem beijá-la. Quero uma chance, mas preciso da sua ajuda. — Eu olho para Sophie.

Ela retribui com um sorriso sincero e olhos calorosos, o oposto de como estava quando a conversa começou.

— Conte para mim o que você planejou. Vou ver o que posso fazer.

Estou nervoso porque não sei se Sophie vai cumprir a parte dela do combinado. Porra, ela rejeitou metade do plano, considerando minha ideia original inadequada. Depois que eu lhe disse que queria namorar com Maya, Sophie ficou muito mais disposta a ajudar, dando algumas sugestões de coisas que ela achava que Maya gostaria. Ela vetou meu plano original de aparecer na festa pós-Prêmio, me dizendo que Maya não funciona bem depois da meia-noite. Para a minha sorte, o fim de semana do Prêmio de Singapura tem eventos até a segunda-feira, porque o pessoal aqui adora festas.

Estou ocupando uma mesa em um restaurante exclusivo. Sophie reservou uma sala particular que obrigará Maya a me dar sua total atenção por pelo menos uma hora, mas espero que ainda mais, se eu comprar uma boa garrafa de vinho. Porque quem poderia resistir a isso? Meus dedos tamborilam na mesa, um tique nervoso que peguei da própria Maya, a inquietação em pessoa.

Finalmente, depois do que me parece uma eternidade, alguém bate na porta.

— Nossa, pessoal. Este é o jantar mais estranho que já... — Ela para de falar quando seus olhos pousam em mim, sentado sozinho.

Eles se arregalam e seu queixo cai. Ela está usando um vestido preto elegante e sensual, seu cabelo escuro e ondulado emoldurando o rosto e ressaltando ainda mais sua beleza. Respiro fundo para acalmar meu próprio nervosismo.

Eu me levanto e me aproximo devagar para evitar que ela fuja. Seus olhos percorrem a sala, reparando nas duas cadeiras, antes de pararem em mim.

— O que está acontecendo?

— Me deixe explicar durante o jantar.

Seguro a mão dela enquanto a conduzo para a cadeira diante da minha, torcendo para que decida ficar. Puxo a cadeira e a convido a se sentar. Uma Maya dócil pode ser a minha versão favorita dela.

— Estou confusa. Imagino que Sophie está envolvida nesse plano...? — Ela pragueja baixinho, o que é muito fofo.

— Isso mesmo. Vamos pedir uma bebida primeiro, porque estamos os dois precisando de uma.

Nós nos acomodamos e pedimos a comida imediatamente, por insistência de Maya. Interpreto o fato de ela morder o próprio lábio como um sinal de culpa por ela querer ir embora o mais rápido possível.

Suspiro antes de falar.

— Tive dois meses para esquecer você. E, acredite, eu tentei.

Ela se encolhe ao ouvir minhas palavras.

Porra. Sou péssimo em me expressar.

— Não nesse sentido. Eu quis dizer que tive que refletir sobre as minhas decisões. — Ela relaxa na cadeira. Respiro fundo de novo, acalmando meus nervos. *Pense antes de falar.* — Achei que ficaria mais fácil com o tempo. Mas você me evitou, o que foi uma merda. Deixei de ver você todos os dias, conversando e passando tempo juntos, para nada.

— Não estava tentando ignorar você. — Seus olhos passeiam pela sala. Lanço um olhar afiado para ela. — Tá bem. Talvez eu estivesse tentando, só um pouquinho. Eu disse o que queria e você me rejeitou. Não posso esperar que você mude, assim como não espero isso de mim mesma. Não é justo para nenhum dos dois.

— Bem, eu mudei, e quero tentar te dar o que você quer. Depois de passar esse tempo sozinho, percebi que quero o mesmo que você. Passar tempo juntos antes e depois das corridas, levar você para sair, curtir os eventos, ter dias preguiçosos na cama depois de um sexo fenomenal. Eu quero o compromisso.

Só de pensar em ser rejeitado, meu estômago se revira.

Ela ergue as sobrancelhas.

— Como eu sei que você não vai dar pra trás assim que ficar com medo?

Não a culpo por ser cética quando ainda não me provei de verdade.

— Você não sabe, e eu também não sei. Mas é o que posso oferecer por enquanto. A questão é se você está disposta a aceitar.

Ela pode ir embora a qualquer momento. Dá para ver que está considerando pela maneira como morde o lábio inferior.

Ela olha para as próprias mãos.

— Acho que podemos tentar. O que fez você mudar de ideia?

Uma sensação calorosa se espalha pelo meu peito, dissolvendo a incerteza e nervosismo anteriores. Eu só precisava que ela concordasse.

Levanto o queixo dela, querendo fazer contato visual.

— Estou falando sério quando digo que passei muito tempo sozinho. Refleti sobre o que me impedia de tentar algo com você. Nossa química é... — seus lábios chamam minha atenção —... explosiva. Mas também sei que vai além disso. Gosto de ficar perto de você, especialmente quando me dá toda a sua atenção. Gosto quando você me filma sem perguntar, porque tem medo de eu dizer não, embora consiga me convencer de dizer sim para qualquer coisa. Amo a sua risada, quase tanto quanto amo o jeito que você acha seus sapatos muito interessantes sempre que fica nervosa. Adoro os barulhos especiais que você guarda só para mim, durante nossos beijos, ou os sorrisos que me dá quando ninguém está olhando. Estou falando sério sobre tentar com você. Sem reservas. Até estou conversando com alguém sobre meus problemas, porque, quando faço algo, me jogo de cabeça.

Claramente estou sofrendo um caso grave de verborragia.

Ela parece tão surpresa quanto eu me sinto por revelar meu segredo. E, porra, ser vulnerável me assusta, mas posso confiar em Maya. *Preciso* confiar nela. Pela primeira vez na vida, não vejo contar com alguém como algo negativo.

— Estou orgulhosa de você. É um grande passo. — Ela segura minha mão e aperta.

Uma sensação semelhante a enfiar o dedo na tomada percorre meu braço e eu assinto, não querendo estragar o momento falando sobre meus problemas com os meus pais.

— Senti falta de estar perto de você.

— Eu também. Não é muito fácil te evitar quando todos os meus fãs estão morrendo de vontade de ver você. — Ela dá uma piscadela para mim. — Tive que preencher o tempo com outras entrevistas.

Perco o fôlego com sua expressão descontraída, finalmente ganhando o sorriso que esperei semanas para ver. Ela me enche de esperança. É um sentimento novo, querer que alguém acredite em mim, desejando me provar digno dela.

— Deveríamos dar aos inscritos o que eles querem. Assisto aos seus vídeos. — Minhas bochechas coram ao admitir isso. Bebo mais vinho antes de continuar, precisando da ajuda. — Posso ser parcial, mas acho que sou um chamariz melhor do que Jax ou Liam.

Sua risada enche a sala. É a melhor coisa que ouvi durante toda a semana, ainda melhor do que ganhar o segundo lugar.

E então entendo.

Merda.

CAPÍTULO VINTE E CINCO

MAYA

Estamos juntos. Noah e eu.

Nunca imaginei que ele mudaria de ideia. Dias se transformaram em semanas desde o desastre em Baku, e ele não fez nada, tirando aquela vez na Itália.

Noah aluga um carro para nos levar a uma festa, as luzes da cidade passando por nós. Ele segura minha mão em seu colo, apertando-a de vez em quando, verificando se ainda estou ao seu lado.

Eu o encaro, nenhum sapato roubando minha atenção desta vez.

— Não quero que meu irmão saiba. Pelo menos não por enquanto.

A temperatura no carro cai alguns graus. Pode soar dramático, mas juro que é verdade.

— Por quê?

Sua voz áspera me faz franzir a testa e uso meus olhos suplicantes.

— Acabamos de começar a sair. Não quero distraí-lo do Campeonato, já que vocês são companheiros de equipe e ele não vai gostar. Ele costuma ser superprotetor comigo.

Noah não fala por um minuto inteiro. Eu me ajeito no assento, esperando que ele diga algo. Sua expressão carrancuda me faz querer retirar o que disse.

— Não gosto disso porque não quero te tratar feito um segredinho sujo. Estou feliz de estar com você... mas, se é o que quer, vou respeitar. — Ele dá de ombros.

— Se der tudo certo, vou contar a ele depois do Campeonato, quando a temporada estiver finalizada.

Seus olhos azuis continuam fixos nos meus.

— Vai dar tudo certo, então contaremos a ele quando você estiver pronta. — Sua voz agora soa decidida.

— Obrigada.

Eu me aproximo dele e passo os braços ao redor de sua cintura, um novo gesto que parece certo. Ele dá um beijo rápido no topo da minha cabeça antes de retribuir o abraço.

— Agora, é hora de fazer as pazes com um beijo. Ouvi dizer que é a melhor parte. — Ele murmura as palavras em meu cabelo.

Minha risada faz o peito dele vibrar.

Agora posso dizer com segurança que fazer as pazes com um beijo pode ser minha parte favorita também.

Já assisti a casamentos extravagantes na televisão, até mesmo a algumas festas de 16 anos surreais em que uma adolescente chora após ganhar um conversível da cor errada. Mas todos esses eventos em Singapura tentam se superar com novos níveis de extravagância. Se eu combinasse todas as festas exageradas que já aconteceram na humanidade, seria uma descrição aproximada do que Noah e eu encontramos ao chegarmos à festa. Será que todos os eventos locais são assim, com luxos, celebridades e glamour beirando o obsceno? É uma festa que Gatsby invejaria. Mas amo cada segundo, observando a movimentação, inclusive com um palco lateral onde acontecem apresentações.

Dizem que esta é uma das melhores festas de todo o Campeonato, nenhum dos bailes de gala até agora chega aos pés deste. Estamos no terraço do prédio mais famoso da cidade, com vista para toda a ilha, as árvores gigantescas brilhando enquanto os prédios ao nosso redor se iluminam.

— Incrível, não é? Além disso, agora tenho uma acompanhante, o que deixa tudo dez vezes melhor.

Noah aperta minha cintura. Seu sorrisinho sensual faz meu coração acelerar e minhas coxas se contraírem. Suspiro diante da expressão, que ele guarda especialmente para mim. Hoje está usando um terno azul-marinho com lapelas pretas e uma camisa branca impecável. Adoro o visual nele, ainda mais quando meus olhos pousam na gravata-borboleta. Ele está maravilhoso.

Ele me dá um selinho. Congelo enquanto olho ao redor, nervosa, procurando meu irmão.

— Vou ficar de olho caso ele apareça. Não se preocupe.

Mentir para Santi me deixa enjoada de tanta preocupação, tornando difícil aproveitar o evento direito com Noah, mas agora a escuridão nos envolve e nos permite desaparecer entre a multidão de convidados. Pegamos bebidas no bar antes de ir atrás de nossos amigos.

Nós os encontramos logo depois, os dedos de Noah ficando tensos antes de ele tirá-los da minha cintura. A perda do contato me faz franzir a testa, mas é uma precaução necessária no momento, ao menos pelos próximos dois meses até o fim do Campeonato Mundial.

Nós nos aproximamos da mesa que Jax e Liam reservaram, com garrafas de álcool dispostas no centro. Sophie está sentada com eles. Eu me sento ao lado de minha amiga enquanto Noah se senta do lado oposto, com os rapazes.

— Deu tudo certo entre vocês dois? — grita ela no meu ouvido, mais alto que a música.

Assinto com a cabeça.

— Estou surpresa por você ter ajudado no plano. E aquela história de não ceder a corpos irresistíveis?

Ela pisca para mim. Eu rio porque parece mais um espasmo.

— Desta vez vale a pena. Tenho fé de que vai dar tudo certo. O dildo mágico me disse que sim. — Ela sorri com ambas as covinhas.

— Ei, até que enfim encontrei você. Não te vi mais cedo. — Meu irmão me puxa para um abraço.

Suas palavras minam minha frágil determinação, minhas mentiras erguendo uma barreira ao meu redor.

Tento disfarçar meu desconforto.

— Você tem estado ocupado sendo um campeão e tudo mais. Deve ser uma vida tão difícil. Espero que seu braço não esteja cansado de carregar o troféu o dia todo.

— Se eu tiver que dar mais uma entrevista, vou ficar maluco. Como vocês se acostumaram com isso? — Ele olha para os rapazes, que o cumprimentam com um aceno.

— Você não se acostuma. Com o tempo, as coletivas de imprensa se tornam uma piada. Dá uma olhada em algumas das nossas no YouTube. — Liam entrega um copo de shot para meu irmão antes de virar o seu, depois serve uma dose para o resto do grupo.

Sophie e eu viramos a nossa ao mesmo tempo, e franzo meu nariz quando a bebida queima minha garganta.

Tento me controlar ao longo da noite. *Esforço nota 10. Execução nota 0.*

À meia-noite, estou bêbada. Liam e Sophie estão dançando. Ambos parecem alterados pela bebida, e Sophie pisa nos pés dele com seu tênis, mas Liam aguenta o tranco, rindo das trapalhadas embriagadas dela. Quase todos estão mais soltos e se divertindo, exceto Noah. Meu irmão foi embora, então posso me aproximar do seu lado do sofá.

— Por que você está sóbrio? — Tento fazer bico com meus lábios dormentes.

— Acho que vou dar um tempo na bebida.

Ah, sim. Ele e o álcool têm um histórico ruim.

Meu coração dispara quando ele sorri para mim.

— Você tem um sorriso tão lindo. Não é justo. Eu queria ser tão bonita quanto você. — Toco seu rosto com os dedos, roçando sua barba por fazer, imaginando como seria senti-la em outros lugares do meu corpo.

Seu peito treme com uma risada.

— Você é ainda mais bonita. — Noah afasta meu cabelo dos olhos como um cavalheiro. Seus lábios roçam minha têmpora em um beijo doce antes de se afastarem.

— Seus beijos são os melhores. Diferentes de tudo o que já experimentei — sussurro quase gritando.

— Ah, é? Me conte mais. — Ele me dá corda, querendo ouvir minhas confissões embriagadas.

Olho ao redor para confirmar que Santi foi embora. *Barra limpa.*

— Eles me deixam excitada. Muito.

Sensualidade máxima, hein.

Mas ele ri de mim em vez de responder.

— Qual é a graça? Por que está rindo de mim? Estou flertando com você. Ei. — Empurro o ombro dele para fazê-lo parar.

Ele me lança um sorriso de tirar o fôlego. Cruzo os braços, e seus olhos se estreitam enquanto ele admira o meu decote. Eu retribuo, olhando-o dos pés à cabeça. Seu cabelo desarrumado sempre me encanta, assim como a gravata-borboleta que ele já desfez faz uma hora.

— Vamos dar o fora daqui — digo.

Ele joga a cabeça para trás e solta uma gargalhada. Eu gosto de ser engraçada.

— Devo interpretar isso como um sim? — Junto as mãos.

— Claro, Maya. Vamos. Me encontre do lado de fora em cinco minutos.

Noah se levanta da mesa e se despede do grupo. Ele é excelente nessa coisa de ser discreto, seria até de imaginar que planejamos tudo antes.

Fico mexendo no celular, uma tarefa difícil quando tudo o que quero é me levantar e sair com Noah.

Espero por um total de quatro minutos antes de fazer minha saída triunfal. Meu irmão resmunga por eu ir embora quando o encontro fazendo média com os patrocinadores, e seu bico parece um pouco com o meu. Não sei se gosto de ser uma influência tão ruim.

Verifico a placa do carro conforme as instruções de Noah. Os números estão embaçados, mas parece ser a certa. Caio dramaticamente no banco, meu vestido se espalhando ao meu redor quando o tecido voa por todos os lados.

A viagem de volta ao hotel é rápida, e nosso motorista ajusta o espelho retrovisor na esperança de ver nossos amassos e beijos de tirar o fôlego no banco de trás. Noah o repreende, dizendo para prestar atenção no trânsito. O homem mais velho pede desculpas, e o som do espelho voltando ao normal me faz rir — pelo menos até Noah me calar com mais beijos.

Tenho dificuldades para manter os olhos abertos quando chegamos ao hotel. O álcool me atinge de uma só vez, meu corpo desistindo da luta para ficar acordado.

Saímos do carro ao mesmo tempo, já que o hotel parece vazio, e Noah praticamente me carrega até os elevadores. Meus pés estão com dificuldade de acompanhar suas passadas; eles se arrastam atrás de mim enquanto ele me mantém em pé.

Estou cambaleando, toda risonha, mas ele ri comigo, levando na esportiva.

Tudo é muito divertido até ele me rejeitar em seu quarto.

— Como assim, *não*? — Minha visão fica embaçada quando encaro um Noah borrado, o paletó na mão e a gravata-borboleta perdida em algum momento da viagem de carro.

Ele dá uma risadinha quando bato o pé.

— Você está bêbada. Não quero correr o risco de não se lembrar da nossa primeira vez. Sou um cavalheiro, o que significa que quero comer você quando estiver sóbria.

— Vou lembrar. Eu prometo. — Levanto os dois dedos como se estivesse fazendo um juramento de escoteira.

Ele levanta um dedo a mais para corrigir o gesto.

— Ah, sei lá, eu não era escoteira.

Noah ri enquanto me puxa para a cama. É um dos meus sons favoritos, rouco e curto. Ele me mostra exatamente o que pode fazer mesmo eu estando bêbada.

CAPÍTULO VINTE E SEIS

MAYA

Acordo na manhã seguinte sem conseguir respirar. Algo pesado repousa em meu peito, dificultando a expansão dos meus pulmões, e também sinto um calor na lateral do corpo.

Eu me sobressalto e tento entender o que aconteceu, mas relaxo quando encontro o braço bronzeado de Noah envolvendo minha cintura. Ele rola para o outro lado quando me mexo, abraçando um travesseiro e parecendo muito inocente. Sorrio, olhando para ele e admirando um Noah mais jovem.

Minhas lembranças voltam, e penso em como ficamos no quarto dele na noite passada, nos beijando como adolescentes.

Meu celular vibra na mesa de cabeceira.

SANTI (17/09 9:13): Cadê você? Você não dormiu na sua cama.

Uma onda de vergonha me atinge enquanto digito uma mentira. Meu polegar paira em cima do botão de enviar, sem saber até onde quero ir com essa enganação. Mas Santi não entenderia. Pelo menos não durante a temporada, com as tensões entre ele e Noah nas alturas. Aperto enviar, cavando minha própria cova.

MAYA (17/09 9:15): Passei a noite com Sophie.

MAYA (17/09 9:15): Você acabou de chegar no quarto?

SANTI (17/09 9:18): Aham. Eu falo com você depois de tirar uma soneca.

Uma soneca às nove da manhã?

Ele sempre preferiu ser discreto sobre sua vida amorosa, desde que terminou com a namorada do ensino médio após escolher a F1 em vez dela. Agora, meu irmão mantém seu coração trancado a sete chaves.

Dou um gritinho quando os braços de Noah me puxam de volta para a cama, encerrando minha conversa com Santi. Lençóis quentes me envolvem quando Noah me traz para junto do seu peito.

— O que está fazendo acordada tão cedo?

Gosto de como sua voz soa ainda mais rouca de manhã.

Encosto a cabeça em seu peito.

— Santi me mandou uma mensagem para saber onde eu estava. Eu disse que estava com Sophie.

— Hum. Que horas é o seu voo? — Ele passeia os dedos pelo meu cabelo, desembaraçando os fios.

— Hoje à noite. Vamos direto para a próxima corrida.

Ele para de se mexer.

— Você sabe o que isso significa?

Não faço ideia. Meu cérebro não funciona pela manhã sem café.

Minha voz sai com dificuldade:

— Não. Mas pode me dizer.

Ele acaricia meu cabelo de novo.

— Agora que você está sóbria o suficiente para consentir, tenho algumas ideias.

Os lábios de Noah encontram os meus, me beijando até o resto do mundo desaparecer. Eu me afasto depois de alguns minutos.

— Quero tomar banho primeiro. Me sinto suja depois da festa de ontem à noite.

Torço o nariz ao pensar em como não tirei minha maquiagem. Devo estar parecendo um guaxinim, mas preciso de um espelho para confirmar.

— Que ótima ideia. Eu ajudo. — Noah me carrega da cama até o banheiro. Ele me coloca no chão antes de ligar o chuveiro, girando as torneiras e verificando a temperatura.

— É uma tarefa difícil. Tem certeza de que está pronto? — Pisco várias vezes.

Não sei nem se *eu* estou pronta. *Vamos mesmo fazer isso? Ir até o fim?*

Noah responde à pergunta por mim quando tira a camiseta grande que eu usei para dormir. Nem questiono como acabei vestindo a roupa dele, só me deixo levar, sem querer estragar o momento.

— Você é tão linda. — Ele passa a mão pelo meu cabelo já bagunçado. Seus olhos percorrem meu corpo, fazendo eu me sentir sexy, revigorada e audaciosa.

É difícil distinguir o vapor da tensão dentro do banheiro. Está calor aqui dentro e Noah me deixa com ainda mais, a situação inteira me fazendo ferver por dentro. Me sinto febril enquanto ele me admira de novo, lentamente. Seus dedos deslizam pelos contornos dos meus seios e minha pele se arrepia com o seu toque, a excitação borbulhando dentro de mim. Sua mão encontra o fecho do meu sutiã e ele o solta, me deixando apenas com a calcinha de renda. A última barreira entre nós.

Meus seios balançam enquanto me aproximo. Decido que ele está usando roupas demais e que precisa tirar a cueca boxer. Deslizo a mão pela cintura dele, roçando seu pau, passando pela gotícula na ponta. Noah geme.

— Me deixe ajudar você a tirar isso. — Puxo o elástico e arrasto a cueca por suas pernas musculosas. Ele sai dela, expondo sua nudez maravilhosa.

Meu Deus, é uma visão realmente impressionante. As pessoas falam sobre jogadores de futebol americano, de hóquei ou de qualquer outro tipo de esporte. As mulheres não entendem como os pilotos da F1 são sexy. Perco o fôlego ao ver Noah parado diante de mim, toda a sua pele bronzeada à mostra, os músculos tensos com a minha observação. *Eu estava certa*. Ele tem uma barriga tanquinho, um corpo irresistível e lábios tentadores. Também tem aqueles músculos em V no abdômen, pelos quais quero passar a língua. Seu pau é enorme, implorando para ser tocado, chupado e fodido. Estou disposta a fazer tudo isso.

— Meu Deus. Quantas horas você malha por dia? — A pergunta escapa dos meus lábios sem filtro.

Ele ri, me deixando feliz por ter feito logo a pergunta boba. Não é justo ele ter o corpo que tem. Fecho os olhos e os abro de novo para ter certeza de que estou enxergando direito.

Mordo o lábio ao olhá-lo. Ele me puxa para perto, encerrando nossa sessão de comer um ao outro com os olhos.

— Que tal eu mostrar a resistência que ganhei com meus treinos? Essa é a parte mais impressionante. — Ele desliza a mão pelas minhas costas.

Já me convenceu.

Nosso banho é temporariamente esquecido. Seus lábios encontram os meus, seu ritmo desesperado, persistente e descuidado. Dentes batem, mordem e chupam. Sou dominada pelas sensações, e me pergunto se vai ser demais para mim. Posso explodir com alguns toques no meu centro. Sua língua acaricia a minha, invadindo minha boca e me aprisionando. *Por mim, pode ser prisão perpétua.* Meu coração martela no peito, incapaz de se acalmar com os beijos incessantes de Noah. Apalpo seu corpo, testando, tocando, desejando e estudando seus músculos enquanto memorizo cada detalhe.

As mãos dele encontram minha calcinha. Os dedos percorrem a parte de fora até mergulharem no meu centro. Solto um gemido quando eles começam a se mover, fazendo meu corpo inteiro latejar de desejo.

Ouço o som de tecido sendo rasgado acima de nossas respirações ofegantes antes que a calcinha de renda caia aos meus pés.

— Você rasgou minha calcinha? Nunca vi isso antes. Pensei que fosse coisa de filme.

Sua risada rouca me excita ainda mais.

— Não sou como nenhum dos homens com quem você já esteve antes. Posso não ser o seu primeiro, mas vai ser como se fosse. — Suas palavras dominadoras ativam cada terminação nervosa do meu corpo.

Noah pontua sua declaração possessiva com um beijo. Ele exige tudo de mim, sem deixar espaço para objeções enquanto destrói os últimos vestígios de insegurança sobre nós.

Ele me ergue com facilidade, minhas pernas instintivamente se enroscando em sua cintura enquanto me carrega até o chuveiro. Nossos lábios se separam quando ele nos posiciona sob a cascata de água quente.

Como estamos em Singapura e as pessoas aqui são exageradas pra caramba, a água cai de todas as direções, como se esse chuveiro tivesse sido feito para casais. Agradeço a consideração.

Ele me pressiona contra os azulejos do chuveiro, sua boca encontrando a minha novamente. Nossos beijos se tornam mais lentos, menos apressados, enquanto aproveitamos o tempo juntos. É o beijo mais doce que ele já me deu.

Ele me coloca no chão e pega o sabonete. Seu olhar intenso segue os contornos do meu corpo enquanto ensaboa a minha pele, começando pelo meu pescoço. A espuma começa a descer pelos meus seios. Ele passa mais tempo neles, fazendo meus mamilos enrijecerem, e depois desliza sua mão devagar pela minha barriga, tomando o cuidado de ensaboar cada parte de mim. Meus joelhos tremem com suas carícias. Mas ele leva sua tarefa a sério, sendo extremamente minucioso, aprendendo cada curva e reentrância do meu corpo.

Minha respiração fica ofegante quando suas mãos acabam no meio das minhas pernas. Seus dedos encontram meu centro, mas ele continua concentrado em me lavar. Eu suspiro quando passa o sabonete por minha parte mais íntima, me limpando bem. Ele continua a me ensaboar, descendo até os pés.

Um silêncio confortável nos envolve; os únicos sons são a água caindo e nossas respirações pesadas. Nenhum de nós quer estragar o momento com palavras. Eu copio seus movimentos, passando as mãos pelo peito dele, espalhando bolhas de sabão. Eu me deleito ao senti-lo, seus músculos tensos sob meu toque. Ele fecha os olhos, apreciando o contato, e um gemido escapa. Eu me sinto poderosa fazendo Noah se sentir tão bem quanto eu.

Eu me concentro na tarefa, ensaboando-o por onde minhas mãos deslizam, descendo pelo seu corpo e o abdômen definido. Ele geme quando minhas mãos pequenas envolvem seu pau. Eu as movo para baixo e para cima, uma vez, duas, então ele coloca a mão sobre a minha.

— Sua mão é boa pra caralho, mas você não precisa fazer isso se não quiser. Podemos esperar.

Abro um sorriso malicioso. Adoro saber que ele está disposto a esperar por mim, mas estou mais do que pronta para ir em frente. Não preciso do seu cavalheirismo.

Eu continuo, ajoelhando-me para lavar suas pernas. Depois de largar o sabonete, minhas mãos retornam ao seu pau. Eu o seguro antes de levá-lo à boca, sentindo seu gosto salgado e limpo. Ele joga a cabeça para trás, apoiando-a nos azulejos do chuveiro, e solta um gemido enquanto minha língua percorre todo o seu comprimento. As vibrações da minha risada o fazem agarrar meu cabelo molhado e puxar. Eu me afasto para erguer os olhos, querendo ler a situação, vendo um Noah desarmado e à minha mercê.

— Não pare agora. Termine o que começou — rosna ele antes de puxar meu cabelo de novo. *Tudo bem, então. Não precisa pedir duas vezes.*

Eu o chupo como se fosse um esporte olímpico. Lambo, acaricio e roço os dentes de leve para acrescentar uma sensação diferente. Ele geme, puxando meu cabelo. Suas reações me fazem sentir poderosa, sedutora, excitada. Minha outra mão massageia suas bolas, dando-lhes atenção extra. Nossos olhares se encontram, seus olhos azuis perfurando os meus enquanto ele marca meu coração junto com meu corpo.

— Onde você aprendeu a chupar desse jeito? Puta merda. — Ele geme quando o tomo ainda mais fundo do que antes. Seu pau roça o início da minha garganta, testando meu reflexo de ânsia. — Na verdade, não responda. Maya, porra, isso é incrível.

Eu riria se não estivesse ocupada.

Suas mãos puxam meu cabelo de novo, uma dor que só serve para me deixar mais excitada.

Uma sensação de formigamento sobe pelas minhas costas. Levo a mão que estava usando para massagear suas bolas em direção ao meu centro. Eu me toco, sentindo meu próprio desejo. Noah passa a controlar o ritmo, permitindo que eu use a outra mão para brincar com meus seios. Ele empurra minha cabeça para a frente e para trás em seu membro grosso enquanto eu me estimulo desesperadamente. Introduzo dois dedos, movendo-os devagar, na mesma velocidade do boquete.

Ele olha para baixo, me observando dar prazer a mim mesma. Seu sorriso preguiçoso me excita, me fazendo pegar fogo do coração ao clitóris.

— Porra, você é tão sexy. Olha só, chupando meu pau enquanto se toca. Meu Deus. É bom você estar pronta, porque eu vou gozar. Agora é a sua chance de recuar.

Estou tão perto quanto ele, meus movimentos mais frenéticos. De jeito nenhum vou deixar de experimentar o seu gosto. Sinto o gozo quente na garganta e engulo tudo o que ele oferece. Noah se afasta depois de terminar, me dando um momento para encontrar alívio. Eu solto um gemido quando chego ao meu próprio orgasmo. Vejo estrelas atrás das pálpebras enquanto a névoa se dissipa, a água caindo onde estou ajoelhada em uma posição nada santa. Nenhuma ave-maria pode me salvar dele. Olho para cima com um sorriso divertido.

— Você vai me matar. Eu sei que vai.

Noah me levanta do chão e desliga o chuveiro. Ele pega duas toalhas felpudas e me seca com todo o cuidado. Eu me enrolo em uma como se fosse um vestido enquanto ele prende meu cabelo molhado em outra. O gesto deixa meu coração apertado, ciente de que nunca tive alguém cuidando de mim assim antes.

Acabamos voltando para a cama, mas desta vez é diferente. Os movimentos de Noah não demostram pressa para começar. Eu me sento enquanto ele retira a toalha da minha cabeça e a joga ao lado da cama, deixando-a cair no carpete com um som abafado. Meus olhos se arregalam ao ver a escova em sua mão. Solto um gemido baixo quando ele se põe atrás de mim e começa a escovar meu cabelo, primeiro as pontas, tirando os nós com todo o cuidado.

— Isto é, sem dúvida, uma das melhores coisas que um homem já fez por mim.

Fecho os olhos, apreciando a sensação da escova correndo pelo meu cabelo molhado. Sou uma completa sem-vergonha. Noah escovando meu cabelo me excita, a experiência sensorial enchendo meu coração de emoções que não consigo explicar.

Ele ri.

— Assim você está facilitando demais para mim.

Noah parece gostar de escovar meu cabelo, desembaraçando-o com toda a atenção. Depois que todos os nós somem, ele leva a escova de volta para o banheiro. Eu me viro em direção à sua figura de pé ao lado da cama.

— Você é linda. Uma beleza natural. — Seu olhar intenso desce pelo meu corpo envolto na toalha, apreciando minha peça de moda hotel. Quem diria que eu poderia deixar uma toalha sexy?

Em um momento ele está parado ao lado da cama; no outro, está ajoelhado no chão enquanto suas mãos puxam minhas pernas em direção à beirada da cama.

Acho que morri e fui para o céu.

Noah me encara com olhos intensos enquanto tira a toalha de mim, me expondo de novo.

— Faz meses que estou pensando nisso. Vamos aproveitar cada segundo, porque não estou com a menor pressa.

Eu suspiro quando seus dedos encontram meu centro. Eles me abrem até que sua boca os substitui, me fazendo levantar da cama quando sinto sua língua roçando em mim. Uma de suas mãos me empurra de volta para baixo e me prende ali. Sua boca é uma tortura implacável do melhor tipo, o tipo que entorpece a mente. Não sei se conseguiria responder se me perguntassem meu nome. Ele entende do assunto, fazendo os caras do meu passado parecerem amadores. Que esta seja a única vez que agradeço a todas as mulheres que vieram antes de mim.

Noah é um campeão do sexo. Alguém dê um troféu a esse homem.

Ele me chupa, me marcando, claramente gostando dos sons que escapam dos meus lábios. Merda, é bom demais. Sua língua muda de velocidade e pressão, lambendo meu centro, aproveitando ao máximo a experiência. A textura dela me faz latejar. Ele desliza dois dedos para dentro de mim com facilidade, meu corpo ansiando por seu toque enquanto seus movimentos entram no ritmo das lambidas. A pressão dentro de mim aumenta.

— Estou tão perto. Ai, meu Deus, Noah.

Sua garganta vibra. A sensação, combinada com seus dedos incansáveis, me leva ao limite: eu explodo, meu cérebro indo para outro lugar. Suas lambidas continuam enquanto me recupero do êxtase — uma névoa de desejo que supera qualquer droga. Meu cérebro desliga, um formigamento percorrendo minhas costas até os dedos dos pés dobrados.

Ele me dá um doce beijo bem no meu centro, me fazendo derreter.

Aqui jaz Maya Alatorre.

— Morte por orgasmo. Parece um bom jeito de partir. — Meu rosto esquenta quando percebo que falei em voz alta.

Ele dá uma risadinha.

— Ainda não acabamos. Guarde seu elogio fúnebre para o grande final. — Seu sorriso malicioso traz um sorriso próprio ao meu rosto e aquece o meu centro.

Ele me mantém nessa posição enquanto procura o que suponho ser uma camisinha na mesa de cabeceira. Franzo a testa quando pega uma, me perguntando como ele sabia que estaria ali, em primeiro lugar.

Ele olha para baixo, seu sorriso desaparecendo até que a compreensão surge em seu rosto. Ele mexe de novo na mesa de cabeceira, pegando uma caixa que ainda está com o plástico, e ajoelha no carpete do hotel, nos colocando à mesma altura.

— Um pacote novinho em folha. Estou falando a verdade quando digo que não estive com mais ninguém. Não desde aquele dia. — Ele desvia os olhos, com vergonha do que aconteceu em Baku.

— Eu acredito em você. Você me disse que quer tentar, que está comprometido? — Olho nos olhos azuis dele, dando-lhe uma oportunidade para recuar, caso queira.

Noah não pisca.

— Maya, estou disposto a tentar. Você não vai se arrepender. Eu juro.

Levo meus lábios aos dele, selando suas palavras com um beijo. Ele interrompe o momento ao se levantar, seus olhos escurecendo ao me observar de novo.

Ele segura o próprio pau e bombeia algumas vezes, uma gotícula escorrendo da ponta, tentadora. Passo a língua nos lábios ao ver a cena.

— Da próxima vez. — Seu polegar esfrega a gota antes de levá-la à minha boca. Chupo a ponta do seu dedo, provando o gosto salgado. Seus olhos escurecem enquanto lambo e mordo. — Você é bem safadinha. Nunca teria imaginado que gosta de jogar sujo.

O som clássico de uma embalagem sendo rasgada me enche de tesão.

— Você ainda não viu nada.

Pois é. Essas palavras saíram da minha boca. Culpo Noah, porque normalmente não sou tão atrevida, mas ele aumenta minha confiança.

Ele sorri, balançando a cabeça.

— Pois eu vou cobrar depois.

Noah não dá aviso. Não diz palavras doces antes de segurar minhas pernas e meter em mim, a cama do hotel perfeita para essa posição. Meus olhos lacrimejam com a sensação incrível de tê-lo dentro de mim. Ele é grande, e não transo há algum tempo. Mas ele lê meu corpo como se estivéssemos fazendo isso juntos desde sempre. Seus dedos encontram meu clitóris, esfregando-o, fazendo meu corpo latejar de prazer em vez de dor. Esqueço o desconforto de tê-lo me esticando até o limite.

— Você vai se acostumar. Prometo. — Ele beija meus lábios de leve. Outro gesto gentil, suas palavras se alojando em meu coração.

Ele se movimenta dentro de mim, a doçura anterior esquecida.

— Puta merda. — As palavras escapam dos meus lábios. Estou sem fôlego.

— Você está apertando tanto o meu pau, Maya. Parece um sonho. Se soubesse que seria tão bom assim, acho que não teria me segurado por tanto tempo. — Seus grunhidos enchem o quarto. Agarro os lençóis acima da minha cabeça, desesperada para me ancorar em algo enquanto ele continua a entrar e sair devagar.

Ele olha nos meus olhos enquanto encontra um ritmo incrível. Nossos corpos se movem em harmonia, nossa química nada menos que fantástica.

Noah vai fundo. Ele pega minhas pernas e as coloca sobre seus ombros. Com a posição, parece que é a minha primeira vez. Um tormento doce. Seus movimentos aceleram enquanto ele desliza facilmente para dentro e para fora. Mãos ásperas apalpam meus seios, beliscando os mamilos. Arqueio as costas, incapaz de controlar as reações do meu corpo, enquanto seus movimentos se tornam ávidos e descontrolados.

— Ai. Meu. Deus. — Minha voz se torna um sussurro rouco.

Ele muda um pouco a posição, fazendo seu pau roçar no meu ponto G. Noah tem total controle da situação. Meu corpo estremece enquanto ele continua a se mover, acertando estrategicamente o mesmo ponto a cada vez. Jogo a cabeça para trás enquanto minhas costas se curvam em direção a ele.

— Você é uma delícia. Diga que está quase lá.

Ele não espera por uma resposta. Meu corpo expressa tudo o que minha boca não consegue, com nada além de gemidos saindo de meus lábios. Uma de suas mãos encontra meu clitóris enquanto a outra agarra uma das minhas nádegas. Ele levanta minha bunda da cama, aproveitando o ângulo. Seu vigor o torna ainda mais atraente, mostrando o quanto está gostando e, porra, é bom demais. A urgência dele é meu ganho.

— Isso!

Meu corpo vibra, o clímax se aproximando. Posso dizer pela tensão no rosto de Noah que ele está perto também.

— Noah… — Não reconheço minha própria voz, a sofreguidão estranha aos meus ouvidos.

— Isso mesmo, querida, eu também.

As palavras simples me levam ao limite. Eu explodo, meu gemido ecoando nas paredes do hotel. Ele me fode como se estivesse possuído, seu corpo ficando tenso ao me segurar na posição que precisa enquanto eu me perco em meu clímax.

O sorriso deslumbrante de Noah é a última coisa que vejo antes de fechar os olhos. Ele goza, seu pau pulsando dentro de mim enquanto se entrega ao prazer. As investidas frenéticas se tornam mais lentas, preguiçosas, antes de seu corpo tremer. Ele continua dentro de mim até amolecer, sem querer romper nossa ligação.

Nós dois soltamos um gemido quando ele sai de mim depois de alguns minutos.

— Você é tão perfeita, por dentro e por fora. — Noah afasta meu cabelo do rosto, passando o nó do dedo por minhas bochechas coradas.

Sorrio para ele.

— Você também dá pro gasto.

Ele me dá um beijo antes de ir ao banheiro descartar a camisinha. Quando volta, me puxa de volta para a cabeceira da cama. Ficamos deitados juntos e aproveito a sensação de plenitude pós-sexo da melhor transa que já tive.

— Puta merda, Maya. Foi o melhor sexo da minha vida.

Eu sorrio em seu peito. *Idem.*

CAPÍTULO VINTE E SETE

MAYA

Alguém bate na porta do hotel, me tirando da frente do computador. Abro a porta e encontro Noah apoiado no batente. Ele passa direto por mim e entra no quarto, se encostando no sofá cinza enquanto eu me sento.

— Quero levar você pra sair.

Verifico a hora no celular.

— Às dez da manhã?

Ficar no quarto do hotel parece uma ótima pedida, a menos que o encontro que ele planeja envolva brunch e mimosas. Eu apoio essa ideia.

— É exatamente por isso que é melhor a gente ir logo. — Ele me tira do sofá e me puxa para o quarto para eu me arrumar.

Dou um tapa nas mãos dele quando Noah tenta me ajudar a tirar o pijama.

— Tira a mão, senão não iremos a lugar nenhum.

Ele dá uma risadinha.

— Esse encontro envolve um café da manhã? — *Por favor, diga que sim.*

— Não. Mas podemos comer alguma coisa depois. — Ele se recusa a dar informações. *Suspeito.*

Seus olhos brilham. Eu deveria me preocupar, porque esse olhar em geral leva a horas no quarto. Pode acreditar, porque durante a última semana temos ido ao quarto um do outro em vários momentos do dia.

Mas aceito o plano dele porque foi gentil da sua parte organizar um encontro. Noah diz que mudou. Quem sou eu para bancar a estraga-prazeres?

Ainda assim, não posso negar a apreensão que sinto em relação a nós dois. Não com a parte do sexo. Essa parte é foda. Certo, sei que foi um trocadilho ruim. Culpo todas as legendas do Instagram que tenho que inventar, porque fazer trocadilhos é basicamente um trabalho de tempo integral.

Mas todo o resto entre mim e Noah ainda é incerto. É tudo novo e ainda estamos na fase da lua de mel. Então vamos ver quando as coisas ficarem difíceis — como quando as mentiras que conto ao meu irmão sobre por onde ando acabarem vindo à tona.

Minha energia positiva se esvai no momento em que chegamos ao local do nosso primeiro encontro de verdade. Uma escolha estranha para passarmos tempo a sós. Eu saio do carro e me afasto dele assim que nos aproximamos das câmeras nos boxes da Bandini. Ainda precisamos manter as aparências na frente do meu irmão e de todos os outros que podem revelar nosso segredo. Só podemos confiar em Sophie.

— Nosso encontro é no autódromo?

Observo a multidão à nossa frente. Não entendo por que ele quer visitar o local do Grande Prêmio da Malásia. Devo me preocupar com nossos futuros encontros se Noah acha que este é um bom lugar para o nosso primeiro encontro oficial como um novo casal?

Vou ter que tomar as rédeas e planejar o próximo.

Noah esfrega as mãos.

— Pense nisso como um exercício de confiança. Sabe como as pessoas fazem aqueles exercícios em que caem para trás nos braços uma da outra?

Assinto com a cabeça.

— Hã, sei… — A dúvida começa a subir pelas minhas costas quando ele sorri para mim.

— Então, não quero me preocupar que você talvez não confie em mim ainda. Quero ter certeza de que você confia. Porque essa é a base dos relacionamentos. — Ele soa muito seguro.

Que podcasts ele anda ouvindo? Não sei se devo ficar preocupada ou impressionada.

— Seu sorriso está me deixando um pouco nervosa.

Nada de bom pode vir desse sorriso largo, o mesmo que dou aos meus pais quando estou escondendo algo.

Ele caminha em direção à área da Bandini, um comando silencioso para que eu o siga. Quem me dera ter ficado no carro. Sons distantes de pneus chiando no asfalto chamam a minha atenção.

Um grupo de pessoas se aglomera na área do pit stop. Equipes de filmagem gravam pessoas entrando em carros neon da Bandini perfeitamente alinhados, formando um arco-íris completo.

Cometo o erro de ler a faixa acima de nossas cabeças. EXPERIÊNCIA BANDINI DE CORRIDA. DIRIJA COMO UM PILOTO DE F1.

Ah, não.

Noah aperta a minha mão, reconfortante, antes de soltá-la.

— Por favor, me diga que viemos fazer uma aparição para a imprensa. — Minha voz sai mais forte do que me sinto.

Sinto uma onda de esperança com a ideia de ter vindo assistir e torcer pelos fãs. Noah pode levá-los para uma volta enquanto fico atrás das barreiras, dando alguns socos no ar para a convencer a todos de meu entusiasmo enquanto ele corre pela pista.

— Viemos. — Ele não revela mais nada.

Minha frequência cardíaca diminui, confiante de que entendi como o encontro vai ser. Barreira de segurança, lá vou eu.

Ele fala de novo:

— Mas vamos filmar de dentro do carro.

Merda. Por favor, que ele queira dizer que vou dar uma olhadinha rápida dentro do carro. Oferecer um "bate-aqui" aos nerds que projetam os carros, tirar uma foto com o polegar para cima. Uma garota pode sonhar.

Meus olhos seguem seu dedo. Ele aponta diretamente para um carro verde neon da Bandini com as portas tesoura abertas. Parece um carro do futuro, avaliado em cerca de meio milhão de dólares.

Só por cima do meu cadáver. De jeito nenhum.

— Eu não vou sentar atrás do volante.

— Não precisa se preocupar com isso. — Ele me enche de esperanças antes de arrancá-las de mim. — Eu é que vou.

Preciso fazer uma solicitação para que a Bandini coloque um aviso de perigo nesse homem. Noah praticamente me arrasta até o belo carro com bancos de couro preto e canos também verdes neon.

Um funcionário da Bandini me entrega um capacete. Não discuto com Noah porque há um monte de gente nos observando e não posso dar vexame. A equipe de imprensa nos segue, registrando minha relutância como se eu estivesse arrastando os pés só por diversão. Meu estômago se revira, meu rosto provavelmente da mesma cor do nosso carro.

Respiro fundo, tentando relaxar.

— Aqui temos Noah Slade com Maya Alatorre como passageira. Maya, como se sente diante da oportunidade de andar com um dos melhores pilotos de corrida do mundo? — Uma repórter empurra um microfone de espuma na minha cara.

— Enjoada? — digo em uma voz rouca.

A repórter ri como se eu estivesse brincando. Olho feio para Noah, me perguntando se é tarde demais para desistir. Meus olhos voam do carro para a pista, estimando o quanto consigo correr antes que Noah me alcance.

— É interessante que Maya tenha escolhido vir com você hoje em vez de com o irmão dela. O que pensa disso, Noah?

Arrasto a mão pelo rosto. *Respire fundo.*

— Não a culpo por querer vir comigo depois de ter assistido ao irmão dirigir por anos. Mas não há nada como tirar a virgindade de alguém na pista.

O pior é que a resposta me deixou excitada. Estou quase convencida de que estou namorando o diabo disfarçado.

Ele dá uma piscadela.

— Então vamos lá. Vejo vocês depois, pessoal. — Ele acena para os repórteres com toda a naturalidade.

Seguindo-o, entro pelo lado do carona.

Os olhos de Noah brilham.

— Você trouxe sua câmera, certo?

Pego-a na bolsa. Ele a tira das minhas mãos e a coloca em um suporte de câmera conveniente.

— Meu coração pode explodir para fora do peito. Talvez eu não dure até o fim.

Ele ri.

— Você vai ficar bem, só vamos andar a uns duzentos e dez, duzentos e quarenta quilômetros por hora. Não é tão ruim assim. É nosso teste de confiança, lembra?

Já não sinto pena de colegas de trabalho incomodados com seus exercícios de confiança durante os retiros de funcionários. Nem se compara a esta versão cruel do negócio.

Eu me esqueci de pesquisar a taxa de recuperação dos ataques cardíacos aos 23 anos. Que arrependimento.

— Está nas mãos de Deus. — Faço o sinal da cruz antes de colocar meu capacete.

— Você pode ter me chamado de Deus ontem à noite, mas hoje quem está no volante sou eu. — O convencido ainda dá uma piscadela.

Sua mão encontra a marcha e cruzamos a largada. Ele ri quando passamos pela primeira curva, os pneus chiando contra o asfalto enquanto acelera de novo.

— Porra, não ouvi você gritar assim ontem à noite. Preciso mudar minha técnica?

— Seu sacana! Isso é aterrorizante. *Meu Deus.* Como você faz isso o tempo todo? Como isso é legal? — Eu daria um tapa no braço dele se não estivesse grudada na lateral do carro.

— Eu amo. Só relaxa e curte.

A voz dele não me acalma em nada.

— Nunca diga a uma mulher para relaxar! — Grito de novo enquanto fazemos outra curva. Meu coração está em uma montanha-russa, parando toda vez que Noah vira o carro e recomeçando a bater quando ele acelera pela pista. — Quem consegue ficar calmo em uma hora dessas? Se fica, é um louco.

Outro grito. Não tenho nem cabeça para ficar envergonhada, os gritos altos saindo de mim sem controle.

O motor ronrona enquanto Noah pisa fundo no acelerador. Ele faz várias mudanças de marcha, o que, sinceramente, é meio excitante, porque seus músculos se tensionam. Me distraio olhando para ele em sua zona de conforto, um sorriso estampado no rosto, divertindo-se com as minhas reações. Paro de gritar o suficiente para conseguir ver como ele está feliz.

Ele me lança um sorriso de mil watts. Se meu corpo já não estivesse com tanta adrenalina, minha frequência cardíaca teria aumentado.

— Olhos na estrada! Ei! — Estalo os dedos e aponto para a pista à nossa frente.

Ele ri enquanto pega outra reta, o carro roncando enquanto pisa no acelerador.

— Eu poderia dirigir por esta pista de olhos vedados. É fácil.

— Que ótimo para você, mas prefiro viver até amanhã. — Respiro fundo de novo.

Ele ri enquanto me observa.

— Você confia em mim agora?

— Confio que você é secretamente um psicopata. Que diabo de primeiro encontro é esse? Você nunca assistiu a um episódio de *The Bachelor*? Este encontro não é aprovado pelo Chris Harrison!

Seguro a porta para não cair. Sabe aquelas alças acima da janela que todo carro tem? Aprendo o verdadeiro propósito delas, os nós dos meus dedos ficando brancos enquanto a aperto com toda a minha força.

Ele pode parar de rir de mim?

— Essa não é a resposta que eu queria ouvir. Vou ter que ir mais rápido. Isso, meus amigos, é o tipo de coisa que ninguém quer. Digno de meme.

Suas mãos giram alguns botões no console central.

— Hã, o que você está fazendo?

Meu estômago se revira enquanto meu corpo pula para cima e para baixo, o carro se rebelando contra as altas velocidades forçadas por Noah.

A máquina mortífera continua passando pelas arquibancadas vazias. A caixa de som é ativada pela primeira vez durante toda a viagem, a voz robótica enviando um calafrio pelas minhas costas:

Controle de Tração Desativado.

Eu me viro para encarar Noah, meu capacete batendo na janela. O movimento me sacode. Mesmo eu sei a importância do controle de tração — ele previne a coisa que Noah quer fazer.

Ele dá de ombros, decidindo nosso destino.

Ele gira o volante e nosso carro derrapa pela pista antes de fazer círculos. Os pneus chiam contra o asfalto. Uma nuvem de fumaça se forma ao nosso redor devido à borracha queimada, subindo para o céu junto com a minha sanidade.

— Eu confio em você! Nunca deixarei de confiar em você! Você é o melhor motorista do mundo. Sempre vai me manter segura. Está feliz agora?

Eu rio e grito ao mesmo tempo, soando como alguém que deveria estar em um filme de suspense psicótico. Pode até haver uma ou duas lágrimas escorrendo dos meus olhos, mas, se Noah perguntar, eu vou negar.

Ele para de dar zerinhos e ambos acabamos rindo sem parar. Ele pega a minha mão e a leva aos lábios para um beijo, meu medo anterior esquecido.

— Para responder à sua pergunta anterior, sim, eu vi *The Bachelor*. E fiz algumas anotações. Este é o primeiro de muitos encontros, então eu tinha que torná-lo inesquecível.

Ele me lança um sorriso travesso, que eu retribuo.

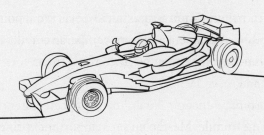

CAPÍTULO VINTE E OITO

Noah

Existem apenas duas coisas que podem acabar com a minha felicidade.

Uma delas é receber a notícia de que alguém morreu.

A outra é o meu pai.

A segunda coisa me dá um sorriso falso que faz meu estômago se revirar. Ele está ao lado do meu carro na área dos boxes, uma nuvem de energia negativa pulsando ao seu redor. Não preciso disso antes de uma sessão de treino.

Ao longo dos anos, me tornei um mestre em evitar meu pai, uma tarefa não tão difícil, já que nunca gostei de estar por perto quando ele fica com raiva. Agora que sou o mais alto dos dois, ele passou das pancadas para os insultos. Momentos como o que Maya viu são... incomuns. Hoje em dia, ele costuma se controlar, pelo menos fisicamente, preferindo surtar quando não tenho um desempenho perfeito na pista.

— Pai, o que está fazendo aqui?

Na verdade, o que eu quero dizer é: "Pai, sai daqui, porra. Não suporto você". Mas não digo o que gostaria porque prefiro ser profissional. Infelizmente, meu pai financiou o meu início de carreira, pois seu nome tem peso na Bandini. Afinal, era a mesma equipe de corrida dele.

— Depois do seu desempenho fraco nas últimas corridas, eu quis vir dar uma olhada.

Claro que quis.

Mas essa é a minha vida. É como se não ficar em primeiro lugar fosse o mesmo que ficar em último. A única coisa me mantendo calmo é o som dos carros voando na pista enquanto sinto o cheiro de cera de carro fresca.

— Certo. Espero que esta seja melhor.

Posso ganhar o Grande Prêmio do Japão. Já ganhei antes.

— E aqui estamos, nos preparando para a próxima sessão de treino. Santiago, tem algo a dizer para seus fãs?

Mas que merda, Maya escolheu a pior hora para aparecer.

Meu pai a come com os olhos enquanto ela atravessa a garagem. *Que nojo.* Ela continua fazendo perguntas para Santiago.

Meu pai volta sua atenção para mim.

— Ela é repórter agora? O que está fazendo na área dos boxes? Não é lugar para uma mulher.

Ele ainda vive na época em que as mulheres se casavam e passavam o resto de suas vidas tristes entre as quatro paredes de casa. *Os tempos mudaram, velhote.*

— Não. A irmã do Santiago tem um vlog.

"Minha namorada", eu gostaria de dizer.

Maya e eu ainda não conversamos sobre rótulos. Só nos acertamos duas semanas atrás em Singapura, mas tudo em nossa relação parece digno de um título. Sempre que Santiago não está por perto, passamos muito tempo juntos. Na minha cama, na dela, em uma das suítes particulares, em encontros secretos nas cidades que visitamos. Com Maya, minha libido rivaliza com a de um jovem de 18 anos.

Não gosto da maneira como meu pai a olha, o que me deixa ainda mais irritado.

— Hum. Ela não deveria estar filmando. — Seu rosnado não me intimida nem um pouco.

— Já deram permissão para ela. Tem sido boa publicidade e bom para a marca, já que ela tem muitos seguidores. — *Merda. Será que pareci orgulhoso dela?*

Meu pai me analisa, me dando calafrios. Sua perspicácia o torna cruel, pois ele não chegou aonde está hoje sendo estúpido.

— Acho que tudo bem, então — diz ele.

Tudo em seu rosto anuncia que não está. Suas sobrancelhas estão erguidas, ele esfrega o queixo e seus olhos têm um brilho maligno. Um vilão de filme.

— Melhor eu me preparar para o treino. A gente se vê mais tarde?

Não quero deixá-lo sozinho aqui com Maya, mas tenho que ir. Me aproximo sorrateiramente dela antes de entrar no meu carro.

— Fique longe do meu pai. Ele é um merda traiçoeiro.

Ela arregala os olhos.

— Boa sorte! — Ela entende o recado, e vê-la se afastando me conforta enquanto entro no cockpit.

Maya acaricia meu peitoral. Decidimos ficar no hotel hoje à noite e não comparecer a nenhum dos eventos dos patrocinadores. Por mim, não estamos perdendo nada. Ela manda uma mensagem para Santi dizendo que não está se sentindo bem enquanto eu digo ao pessoal que estou com dor de cabeça.

— Acho que não vai acabar bem. Sempre achei que ele era um cara ruim… mas ele não é. E agora morreu.

Com "ele", Maya está se referindo a Bob de *Stranger Things*. Suas lágrimas molham minha camisa.

Nossa, ela realmente se envolve com as séries.

— Você sempre chora em cenas tristes? — Eu a abraço. É fofo. Cativante até. Mas não quero que ela chore por algo que não é real.

— Eu tenho muitos sentimentos, tá bem? — Seus olhos brilham quando gira para mim. Dou um beijo leve em sua testa, e seu suspiro me faz sorrir.

Quando a ação continua na TV, Maya vira a cabeça de volta, assistindo ansiosa à próxima parte.

Aprendi minha lição. Quando as pessoas dizem que vão ver Netflix e têm segundas intenções, é bom escolher um programa mais chato, senão a coisa não sai do sofá.

Caí na armadilha de *Stranger Things*. Maya empurra minha mão sempre que tento alguma coisa.

— Você precisa parar de suspirar toda vez que Steve aparece. Essa quedinha está saindo do controle.

Meu coração dispara ao ouvir sua risada. É uma sensação estranha com a qual me acostumei sempre que estou com Maya, semelhante à maneira como meu pau fica duro sempre que ela está por perto.

— Não posso evitar. Aquele cabelo, as habilidades de babá. Até mesmo sua personalidade. *Aaah*.

É, o mundo dá voltas, e agora estou com ciúmes de um personagem de TV.

— Eu posso ser babá. E meu cabelo com certeza é melhor. Personalidade? Acho bom a minha ser melhor, já que sou uma pessoa de verdade. E sou mais velho, mais sábio. E posso botar pra foder com um bastão de beisebol. — Eu flexiono os braços ao redor dela para dar ênfase.

— O que ser mais velho e mais sábio tem a ver com o charme? — Sua risada faz seu peito balançar contra mim.

Ela está me provocando. Então faço o que qualquer homem racional faria na minha posição — desligo a TV e mostro a ela exatamente como a experiência vem com a idade. Ela para de reclamar sobre o programa no momento em que meus lábios tocam seu clitóris.

Eu entreouço a conversa de Santi e Maya. Não é culpa minha se eles falam alto e há apenas uma parede entre nós. Certo?

Ok, sinto ciúme de Santi. Pronto, falei.

Maya passa a manhã toda antes da corrida com ele, enquanto eu passo o dia sozinho. Ela esconde nosso relacionamento porque não quer aborrecê-lo ou incomodá-lo antes do Grande Prêmio final.

Infelizmente para os irmãos Alatorre, não sou bom demais para escutar conversas alheias.

— O que você vai fazer quando a temporada acabar? — Ouço a voz de Santi através das paredes finas.

— Hum, não sei. Acabei me encontrando com o meu vlog. Tenho mais de novecentos mil inscritos. É um crescimento incrível para um canal que começou no YouTube há apenas oito meses. Os vídeos de viagem são legais, mas o conteúdo de F1 é o que me torna popular e diferente.

O orgulho em sua voz me faz sorrir. Eu assisto a seus vídeos quando estou com saudade dela ou fico entediado, ou quando Santi a rouba de mim porque Maya se sente culpada demais para dizer não.

Já estamos viajando com a F1 há oito meses, e somos exclusivos há quatro.

— Mas isso é realmente um trabalho? Me seguir por aí?

Que babaca.

— Hã. Eu não sigo você por aí. — A voz de Maya fica hesitante, sem saber como lidar com a falta de noção de Santi.

— Não quero colocar você para baixo, mas não quer um emprego bom e estável? Mais perto de casa, com menos viagens? Não posso ter você aqui para sempre.

Você não. Mas eu sim.

Ou pelo menos até Maya não querer mais estar aqui, *se* isso acontecer. Ainda estamos firmando nosso relacionamento.

Eu formulo opiniões como se estivesse na conversa.

Ela solta um suspiro alto o suficiente para que eu ouça. Nunca é um bom sinal.

— Estou vivendo o momento. Sou jovem. Tenho tempo para resolver minha vida. Você não entende muito sobre as redes sociais, mas é um meio que está crescendo… os vlogs são uma indústria enorme, com uma boa remuneração em função das visualizações. E patrocínios.

— Esse é o seu problema. Você pode até viver no momento, mas uma hora precisa crescer. Vídeos são uma carreira?

— Nossa... tá bom. Não sei o que te deixou tão irritado hoje, mas você está sendo um péssimo irmão agora. Vou dar uma volta.

Uma ideia me ocorre. Abro a porta da minha suíte no momento em que Maya passa por ela, puxando-a para dentro.

— O que você está...?

Cubro sua boca antes que Maya tenha tempo de dizer outra palavra. Levanto o dedo indicador para os lábios. Seus olhos mudam de embaçados para brilhantes, porque agora posso mudar seu humor para melhor. É maravilhoso.

Tiro a mão da sua boca e tranco a porta atrás dela.

Verifico a hora no relógio. Temos trinta minutos antes de eu precisar estar nos boxes.

— Acha que consegue ficar quieta? — sussurro.

O irmão dela está a alguns metros de distância, e as paredes são mais finas do que a porra de uma camisinha.

Ela assente, os olhos brilhando de excitação.

— Sempre animada. — Passo um dedo do pescoço até o peito dela. Minhas mãos encontram a barra da sua camisa Bandini e a puxam pela sua cabeça, revelando um sutiã de renda branca que faz meu pau latejar.

Ela brinca com o zíper do meu macacão de corrida.

— Você fica tão gostoso com isso. Quase não quero abrir.

As palavras trazem um sorriso ao meu rosto.

Eu a calo com um beijo, porque não quero correr o risco de Santiago nos ouvir. Exploro sua boca com a língua, aproveitando seu sabor viciante. Uma energia magnética nos cerca, sempre me puxando de volta... não que eu queira ficar longe. Nossas línguas dançam e se provocam. O beijo abafa um gemido dela enquanto minhas mãos exploram seu corpo, meus dedos ásperos roçando sua pele macia.

Espalmo seus seios perfeitos e puxo para baixo o bojo macio do sutiã, revelando os peitos empinados e os mamilos rosados e enrijecidos. A melhor visão de todas. Dou beijos molhados por seu pescoço, sugando e deixando marcas. Porra, como eu gostaria de marcá-la inteira. Mas sigo em frente porque não tenho tempo suficiente.

Meu pau lateja, duro feito pedra dentro do meu traje, ansiando por atenção.

Ela agarra meu cabelo, puxando para me encorajar. Sou um homem em uma missão, com tempo limitado.

— Shhh. — Esfrego a ponta áspera do polegar em seus lábios.

Sua respiração pesada pode nos denunciar. Ela assente com a cabeça, olhando para mim enquanto coloco um de seus mamilos na boca, e então Maya arqueia as costas. Chupo um mamilo e depois passo para o outro, traçando um caminho entre os dois com a língua.

Minha outra mão encontra o botão da calça jeans dela. Eu a deslizo para dentro, encontrando-a molhada e pronta. É a melhor sensação do mundo, excitá-la com um mínimo de esforço.

Seus olhos selvagens e seu cabelo bagunçado me deixam louco. Não há nada como saciar a fome entre nós, poder lhe dar prazer a ponto de todo o resto sumir.

Maya toca o contorno do meu pau por cima do traje de corrida. Ela me segura, fazendo movimentos suaves para cima e para baixo.

— Hora de tirar isso — diz ela em um murmúrio rouco.

Boa garota.

O som excitante do zíper sendo aberto ecoa pela sala. Talvez Maya me corrompa tanto quanto eu a ela, porque nunca fiz nada assim antes de uma corrida.

Solto os braços da parte de cima do traje e termino de abrir o zíper até a cintura. O relógio me diz que faltam quinze minutos. Embora eu queira mais tempo com ela, uma rapidinha dá pro gasto. Ela tira meu pau das camadas apertadas de material retardante de chamas.

Então fica de joelhos. A cena por si só faz meu pau latejar, o líquido pré-ejaculatório pingando antes que ela o agarre. Sua língua lambe a gotícula branca.

Minha cabeça cai para trás.

Porra, a boca dela é maravilhosa.

Sua língua traça linhas preguiçosas da base até a cabeça. É perfeito. Ela é perfeita. Completamente perfeita pra caralho.

Ela me coloca na boca, um paraíso quente e úmido acolhendo meu pau. Sua língua se arrasta ao longo da parte inferior enquanto ela move a boca para a frente e para trás. As sensações fazem meu cérebro entrar em curto-circuito.

Uma mão sobe e desce com a boca enquanto a outra agarra minha bunda. Eu tenho clareza mental suficiente para puxá-la para cima, seus lábios estalando enquanto meu pau balança.

— Não. Não é assim que vai ser hoje.

Seus olhos mel se estreitam. Passo o polegar por seus lábios carnudos, adorando a cara dela depois de me chupar. Um breve beijo tira a expressão contrariada de seu rosto.

Eu puxo sua calça jeans e calcinha. Ela começa a me ajudar, atrapalhando-se ao tirar os tênis. O melhor tipo de trabalho em equipe.

Os números vermelhos no relógio zombam de mim.

— Agora você tem que ficar quieta — sussurro antes de lamber sua orelha, e noto como todo o seu corpo se arrepia.

Ela gosta desse jogo de fazer silêncio, imaginando quem vai perder primeiro.

Coloco as mãos dela na lateral do sofá cinza. A suíte é pequena, não foi feita para sexo. Mas foda-se, posso usar o espaço com um pouco de esforço.

— Fique com as mãos aí. — Pego uma camisinha na carteira.

Ainda bem que me planejei.

Viro-me para Maya. A visão de sua bunda empinada no ar, pronta para mim, com os braços no sofá, os seios à mostra e as costas arqueadas… É muito para absorver. Ela morde o lábio, me lançando um olhar faminto enquanto admira meu pau.

Coloco a camisinha.

— É uma pena seu macacão não ser muito conveniente para o sexo — diz ela em uma voz rouca.

— Meu Deus, você tem um fetiche por trajes de corrida? Devo me preocupar? Posso trancá-la aqui, longe dos outros pilotos, para ter você só para mim.

Apalpo sua bunda, arrancando um leve gemido dela. Meu dedo desliza até chegar à sua entrada lisa. Deslizo-o para dentro, e então outro, sua umidade me envolvendo.

Eu me inclino para mais perto de seu ouvido.

— Sempre pronta para mim. Me diga uma coisa, você fica assim enquanto me vê correr? Fica molhada? — Ela assente com a cabeça, a admissão silenciosa me excitando. — É um esporte perigoso. Altas velocidades. Colisões. — Deixo um rastro de beijos por suas costas. Maya vira a cabeça para me olhar por cima do ombro. — Mas vou contar um segredo... transar com você é como ganhar um Campeonato Mundial. Eu poderia nunca mais vencer nada e não me importaria nem um pouco desde que estivesse ao meu lado. Na minha cama. Comigo dentro de você. Gosto *muito* de você.

Ela não tem tempo de absorver minhas palavras. Tomo a precaução de cobrir sua boca com a mão antes de meter em sua boceta molhada. Cerro os dentes para conter um gemido, seu corpo aceitando meu pau e me apertando como nenhuma outra. Nossos corpos interligados se movem no mesmo ritmo hipnotizante.

E, porra, isso mexe comigo, uma onda possessiva percorrendo meu corpo enquanto deslizo o pau para dentro e para fora, até o fim.

Ela parece mais apertada nesta posição, e tento conter meus grunhidos porque não quero que Santi ouça nada. Tiro a mão de sua boca assim que o choque passa.

Maya agarra o tecido do sofá, e é lindo vê-la abalada desse jeito por mim. Eu me movo para a frente de novo e saboreio a sensação de tê-la apertando meu pau.

Ela é o paraíso. É perfeita para mim.

Minha mão segura seu rabo de cavalo, enrolando-o em meu braço, os fios grossos roçando minha pele. Eu puxo, realizando uma fantasia que tenho desde que a conheci.

Seu corpo pulsa com a mistura de dor e prazer. A pele fica mais quente sob a minha outra mão. Aperto um dos seus peitos, adorando sentir seu mamilo duro sob a palma da mão.

Quero que ela saiba que sou o único que pode transar com ela assim, fazê-la se sentir assim. Quero estragar as chances de qualquer homem que se atreva a tentar vir depois de mim.

Eu a fodo como se ela fosse a última mulher do planeta. Porque, para mim, poderia muito bem ser.

Ela até que consegue se manter calada, soltando apenas alguns gemidos de vez em quando. Puxo seu cabelo de novo em uma exigência silenciosa para que ela olhe para mim. Maya me deixa abalado com seus olhos castanhos, anuviados de tesão, as bochechas coradas e os lábios carnudos dos meus beijos. Eu poderia terminar agora mesmo só olhando para ela.

Mas não faço isso.

Porque primeiro as damas.

Meu aperto em seu quadril se torna mais possessivo enquanto bombeio implacavelmente. Eu me inclino para atingir seu ponto G. Todo o seu corpo se contrai ao meu redor, e a reação arranca um sorriso de mim.

Eu acaricio seu lugar especial com toda a atenção. Meu pau desliza para a frente e para trás como nunca antes, sua excitação me encorajando enquanto minhas estocadas se tornam menos controladas. Parece mágica quando ela chega ao ápice ao meu redor. Sua respiração pesada preenche a suíte silenciosa, seu peito subindo e descendo enquanto ela me encara com um sorriso preguiçoso.

Seu orgasmo me dá o empurrão final: paro de me conter, minhas bolas batendo em sua bunda enquanto ela recebe todo o meu comprimento. Solto um gemido quando encontro meu alívio. Meus dedos dos pés se curvam ao senti-la me apertando, praticamente implorando por mais. É poético pra caralho.

Beijo seu pescoço ao escorregar para fora dela. Jogo a camisinha no lixo e arrumo meu macacão, desejando que tivéssemos mais tempo.

Maya permanece no mesmo lugar, deitada na lateral do sofá com os olhos fechados. Suas costas se movem no ritmo constante de sua respiração. Pego suas roupas do chão, querendo ajudá-la como puder, quando ela enfim fala.

— Acho que você me arruinou. — Sua voz sussurrada ressoa no silêncio.

Caralho. Essa é a melhor coisa que ouvi o dia todo.

CAPÍTULO VINTE E NOVE

MAYA

Entro na área dos boxes para desejar boa sorte a Santi. Noah afastou meu mau humor com sexo, me curando das palavras negativas de Santi.

— Para onde você foi? — Ele olha para mim com olhos gentis e um sorriso fraco.

— Fui dar uma volta. Precisava de uma pausa na nossa conversa.

Será que ele consegue ver que eu e Noah acabamos de transar? O brilho pós-sexo é real.

— Você parece ter andado chorando. Desculpe se te deixei chateada. Só quero ter certeza de que vai ficar bem e encontrar algo que ama fazer.

Minhas bochechas coram. Não andei chorando, exatamente. O pedido de desculpas deixa meu coração apertado, a culpa consumindo qualquer resquício de excitação.

— É, obrigada. Mas estou feliz, e vai ficar tudo bem. Gosto de acompanhar todo mundo e fiz bons amigos. Você não precisa mais se preocupar comigo.

Ele me puxa para um abraço, nossa conversa anterior deixada de lado.

— Você sabe que eu te amo, né?

Meus olhos se reviram com o mínimo de esforço porque sua frase brega sempre mexe comigo. Não consigo ficar brigada com ele por mais de uma hora, de qualquer maneira.

— Você diz isso o tempo todo. Eu também te amo. Agora vá lá e deixe os outros comendo poeira. Especialmente o Slade.

— Ei! Eu ouvi isso. Vocês se comportam como se eu não estivesse aqui. — A voz de Noah se ergue acima do burburinho da equipe e das máquinas. Meu corpo esquenta em resposta. Estou fodida, no sentido literal e figurado.

— Você já ganhou três campeonatos mundiais. Deixe um pouco para os pequenos. — A voz de Santi se sobrepõe sobre os outros barulhos.

— Que bom que você não tem vergonha de ser pequeno. É muito maduro da sua parte. Sabe o que dizem, o importante não é o tamanho, é como você usa. — Noah abre um sorriso malicioso para o meu irmão.

Santi resmunga enquanto eu solto uma risada.

— Você é um escroto, Slade. — As palavras de Santi não têm o mesmo calor. — Por falar em paus, o que estava acontecendo na sua suíte? Mudou seu ritual pré-corrida? Em geral você fica em silêncio, mas seu sofá estava batendo na parede em um ritmo muito particular, devo dizer. — O sorriso significativo de Santi diz tudo.

Minha garganta se fecha, minha mente tirando as piores conclusões. Respiro aliviada ao perceber que Santi não está olhando para mim.

Noah devolve um sorriso malicioso e dá de ombros.

— Desculpe. Vou tentar fazer menos barulho da próxima vez.

Se o chão pudesse me engolir agora, seria perfeito.

Mas isso não acontece. O idiota do meu irmão sorri para Noah.

— Talvez eu precise seguir o mesmo ritual. Me pergunto se é assim que você vence tanto.

Se eu estivesse bebendo alguma coisa, este seria o momento em que engasgaria. *Meu Deus. Você com certeza não quer, Santi. Pode calar a boca?*

Meus olhos se movem pela garagem, evitando contato visual com os dois a qualquer custo. Santi me dá um rápido beijo na cabeça antes de entrar no carro.

Ele e Noah desejam sorte um ao outro e vão para a pista. Eu fico para trás na área dos boxes para assistir à corrida nos monitores enquanto Sophie fica com o pai. Um membro da equipe me entrega um fone de ouvido para que eu possa ouvir o rádio de Santi enquanto ele corre.

Noah larga em primeiro lugar, o que não é uma surpresa. As câmeras alternam entre imagens aéreas e a visão dos pilotos. Nas últimas corridas, percebi que torço por ele tanto quanto por Santi.

Noah cruza o asfalto rapidamente. Meu irmão está logo atrás, disputando o segundo lugar com Liam. Noah se mantém a uma boa distância e evita colisões com outros pilotos. Meu irmão mantém um ótimo ritmo, com Liam em sua asa traseira. A aerodinâmica do carro torna difícil para Liam ultrapassar meu irmão. O ar se torna um vórtice dentro da pista, comprometendo a velocidade de qualquer piloto que tente ultrapassar o primeiro colocado.

Santi alcança Noah, mas não é páreo para sua habilidade defensiva. Noah faz curvas precisas, posicionando-se bem no meio da pista e impedindo qualquer um de ultrapassá-lo. Meu coração acelera enquanto ele põe uma distância confortável entre si e meu irmão.

Os comentaristas vão à loucura enquanto os pilotos disputam a segunda e terceira posições. Jax ultrapassa Liam, aproximando-se do meu irmão. O pit stop vai decidir quem vai ficar na frente. Jax ultrapassa Santi em uma curva estreita, fazendo com que meu irmão gire antes de recuperar o controle.

Os carros vão e vêm, volta após volta, com os pilotos mudando de posição. Jax começa a se aproximar de Noah, sem querer abrir mão de uma possível vitória para a McCoy. Gosto do estilo de Jax em comparação com os rapazes da Bandini. Ele faz movimentos deliberados que rivalizam com os de Noah, disposto a qualquer coisa para superar o líder.

De repente, uma voz me distrai da TV: o pai de Noah. Contenho uma expressão de desprezo. Noah me contou sobre a dificuldade do pai em controlar a raiva, falando sobre o lado desconhecido de Nicholas Slade.

Ele para ao meu lado, olhando para a TV como se compartilhasse meu interesse emocional. Uma cena cômica, porque suas intenções ficam claras assim que ele abre a boca.

— Vocês dois se acham muito espertos, escondendo o que estão fazendo.

Fico imóvel, e meus olhos continuam fixos na TV. Noah e Jax competem pelo primeiro lugar. Os mecânicos trabalham enquanto Noah faz um pit stop, me distraindo da conversa com seu pai enquanto a equipe troca os pneus. O processo termina em menos de dois segundos. Esqueço quem está ao meu lado até que ele dá uma tosse falsa.

Contenho o impulso de sair correndo.

— O que você acha que Santiago e eu estamos fazendo, exatamente?

Sua risada me causa arrepios.

É possível odiar uma pessoa sem conhecê-la direito? Porque acho que já o conheço suficiente. Quem bate no próprio filho por perder no kart? Um homem com um pau pequeno e um ego frágil.

— Você está transando com o meu filho. Ficou óbvio só de ver vocês dois nos boxes mais cedo.

Meu pescoço esquenta, formigando com a presença desse homem perigoso. Enrolo uma mecha de cabelo nos dedos para evitar movimentos nervosos. Desvio o olhar, encarando a TV.

— É uma teoria interessante. Você fica tão entediado assim assistindo às corridas que precisa inventar histórias? — Minha voz sai mais confiante do que me sinto.

— Você é esperta. Se estiver metida com Noah e o desempenho dele não for o que eu espero... — Fico em silêncio. Ele quer uma briga que eu não preciso comprar. — Vou garantir que seu irmão não tenha o contrato renovado. Sem falar que você nunca mais entrará em uma suíte da Bandini. Estou falando sério. Jogo para ganhar.

Viro a cabeça, encontrando seu olhar frio antes de devolvê-lo com meu próprio olhar gélido. Suas ameaças não me assustam. Não há por que dar a ele qualquer impressão de que me controla.

— Não sei o que você acha que está acontecendo. Sinto muito que esteja preocupado com o desempenho de Noah. Mas o que ele faz lá na pista é com ele. — Minha voz soa enjoativamente doce para os meus próprios ouvidos.

Ele se afasta com um sorrisinho no rosto, provando ser o idiota que Noah descreveu.

— Precisamos conversar.

Santi apoia as costas na cabeceira da minha cama, sentando-se ao meu lado. Ontem foi um dia difícil para ele, depois de terminar em quarto lugar no Prêmio. Ele deu uma volta para agradar aos fãs, mas a derrota o deixou para baixo e ele se trancou na suíte do hotel pelo resto da noite. Só o serviço de quarto pôde tirá-lo de lá.

— Sobre o quê? — Minha voz falha. A paranoia atormenta meu cérebro, pregando peças e me fazendo pensar que o pai de Noah contou a Santi sobre meu relacionamento secreto. Nada é baixo demais para aquele homem vil.

— Não tivemos a chance de conversar a sós sobre ontem. Eu fui um idiota e peço desculpas. Tenho andado nervoso por causa da Bandini, e me preocupo com você, para além de tudo isso. — Ele lança um olhar penetrante com seus olhos castanhos.

— Não há nada mais para conversar. Entendo que você quer o melhor para mim. — Eu me remexo sobre a colcha da cama, sem conseguir encontrar uma posição confortável.

— Você anda meio distante, e não sei o que está acontecendo. Pensei que talvez quisesse voltar para casa, mas fui longe demais na minha inquisição.

Meu peito se aperta com a sinceridade dele.

— Não. Não é isso.

— Você seria sincera comigo se algo estivesse te incomodando, certo? Este mundo é difícil, mas eu sou grato por ter você aqui. Melhorou muito minha temporada.

Isso, me dê mais uma facada no coração.

— Claro. Você é meu melhor amigo. — Um nó na garganta faz com que eu engula em seco.

— Agora que a parte sentimental acabou, a Netflix acabou de lançar a nova temporada de *Stranger Things*. Vamos assistir enquanto eu tenho tempo livre.

Acabo assistindo à mesma temporada duas vezes porque a culpa tem uma maneira engraçada de me obrigar a fazer quase qualquer coisa pelo meu irmão.

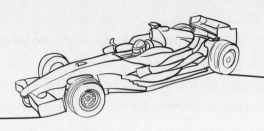

CAPÍTULO TRINTA

Noah

Acabei ficando em segundo lugar na corrida de ontem. Jax brigou muito pela liderança e mereceu sua vitória no Prêmio. A pista difícil e minha colocação me deixam satisfeito com meu desempenho. Meu pai, por outro lado, não está.

Infelizmente, ele me convidou para jantar, algo raro, já que ele nunca fica depois de uma corrida, e isso bastou para me deixar em alerta máximo. Posso contar nos dedos de uma mão o total de vezes que saímos juntos desde que entrei para a F1.

Em resumo, meu pai merece tomar no cu, e usando Gelol como lubrificante.

Ele é condescendente comigo e com os garçons. Cerro os punhos toda vez que fala com alguém, o nariz tão empinado que até o deixa mais alto. Preciso de todo o meu autocontrole para não pular em cima da mesa, segurá-lo pela camisa, cuspir na cara dele e meter o pé no seu saco, algo que por sinal define a sua personalidade.

Sinto um aperto no peito ao pensar em agir como ele. Quero deixar de lado as várias mulheres, a arrogância e minha atitude superior. Para me proteger, desisti de pedaços da minha personalidade até estar vazio, sem sentimentos. Mas o fingimento constante prega peças cruéis nas pessoas. Enquanto tentava passar certa imagem, acabei me tornando a pessoa para quem mais menti. Com o tempo, passei a acreditar em todas as mentiras, nas desculpas que dei para a minha atitude ruim e meu mau humor, me tornando o babaca de quem eu estava fugindo.

A atitude péssima do meu pai reforça todas as lições que aprendi ao longo deste ano. E a pior parte? Eu me sinto mal pelo meu pai. Tenho pena dele.

Nicholas Slade não tem ninguém, usando dinheiro e poder para conseguir o que quer, sem nunca amar outra pessoa. Como poderia amar, quando o homem que ele adora está dentro do espelho? Para ser sincero, ele não me ama. Porra, ele nem *gosta* de mim, que dirá algo próximo da palavra de quatro letras. É só um filho da puta egoísta que vive através de mim.

Mas, para seguir em frente com a minha vida, tenho que enfrentar essas questões do meu passado. Meu terapeuta ficará feliz com a maneira como fico sentado em silêncio, respirando fundo e aguentando as merdas dele.

Dou uma chance para ele. Um teste, por assim dizer.

— Maya mencionou que vocês conversaram hoje na corrida. — Minha voz permanece relaxada apesar do formigamento crescendo dentro de mim.

— Hum, sim. Ela é bem gostosa. Quando você vai largar a bomba em Santiago? É um plano inteligente, foder com a cabeça dele antes do último Prêmio. — Seu sorriso deixa um gosto amargo na minha boca. Como ele consegue dormir à noite? Deve ficar inquieto, com uma alma tão sombria quanto a escuridão que o rodeia.

— Ela é minha namorada.

Não oficialmente. Mas ele não precisa saber.

Ele inclina a cabeça, me dando um sorriso sinistro.

— Se é assim que você chama seus casos, seja feliz.

Sinto tantos arrepios que minha pele quer fugir do meu corpo. Travando uma guerra interna, tento lhe dar uma chance.

— Provavelmente vou me casar com ela um dia. Acho que é a mulher da minha vida — falo com confiança.

A ideia é um pouco prematura, é claro. Mas tenho um bom pressentimento. Maya me enche de vida e não quer me consertar, aceitando todas as minhas imperfeições. Acordar ao lado dela deixa meus dias melhores, não por causa dos seus boquetes sensacionais, mas pelo sorriso especial que ela me dá quando aperto o botão de soneca do seu celular cinco vezes. Adoro vê-la deitada na cama lendo livros durante o dia, me mandando embora quando está em uma parte interessante e eu tento interromper a leitura. Ela afasta meu mau humor com um sorriso e um beijo, porque posso ser um babaca ranzinza quando não chego em primeiro lugar — algo condicionado pelo merda sentado na minha frente. Mais do que tudo, gosto de como ela me faz querer ser uma pessoa melhor. Por ela, por mim, pelo mundo inteiro.

Meu pai me dá um sorriso forçado.

— É bom contratar um advogado e fazer um acordo pré-nupcial então. Mulheres como ela só querem uma coisa, e não é a sua personalidade cativante e boa aparência.

Paro de tentar ser diplomático. Estou cagando para ele, porque não há como ajudá-lo. Eu me preparei para este exato momento, porque antecipei o bote que ele deu em Maya. Afinal, eu o conheço há anos. Só não esperava que ele ameaçasse o contrato do Santi, pois pensei que o alvo seria eu.

Solto um longo suspiro. Ele me encara com olhos hostis.

— Depois de passar tempo com pessoas que se importam comigo, percebi algumas coisas. Quem te ama passa tempo com você dentro e fora da pista. Elas vão a eventos e ficam até o fim para estar por perto, porque é o que querem fazer. O foco não é vencer ou perder. Eu sou um campeão mundial e você me trata como um merda, algo nojento preso na sola do seu sapato. Inconveniente e indesejado.

Ele tenta falar, mas ergo a mão para calá-lo. O restaurante requintado que ele escolheu nos dá a privacidade de que precisamos para esta conversa.

— E você vem ameaçar minha namorada? Teve a coragem de dizer a Maya que o irmão dela pode perder seu contrato com a Bandini? Sua vida deve ser muito triste e miserável mesmo, para fazer isso. Estou cansado de tentar ter um relacionamento com você. Você foi um péssimo pai a minha vida toda, só se importando comigo quando tinha algo a ganhar. Ser parte da minha vida é mais pela sua imagem do que para estar presente para mim.

Presto atenção apenas em suas pestanejadas rápidas, e minha frequência cardíaca vai desacelerando.

— Você não pode cortar relações comigo quando sou eu que patrocino sua equipe. Eu estava falando sério sobre a renovação do contrato do Santiago. Vai pagar pra ver? — Ele sibila como a maldita cobra que é.

— Ah, pai. A questão é que tenho tudo sob controle. A Bandini não precisa mais das suas generosas doações. Eu fui a quase todos os eventos, reuniões e bailes de patrocinadores este ano, aos poucos ganhando patrocínios suficientes para superar os seus. Você está fora da *minha* equipe. Sinta-se à vontade para apoiar outra, se quiser. Não sei se eles precisam de um patrocinador com uma atitude mais nojenta do que o esgoto de onde você saiu, mas, sei lá, você é uma lenda, afinal de contas.

— Isso não acabou. Ainda sou patrocinador este ano, então vou fazer o que bem entender.

Jogo meu guardanapo de pano na mesa.

— Foda-se, não me importo. Faça o que quiser, mas fique longe de mim.

Não preciso continuar aqui e passar mais um segundo com esse homem, meu estômago ameaçando se livrar da vergonha e de um bife de sessenta dólares.

Ele não se dá ao trabalho de pedir desculpas.

Deixo meu passado para trás na mesa de um restaurante chique qualquer. Ele que volte para o inferno, porque estou cansado de conviver com um homem que mais parece um demônio.

CAPÍTULO TRINTA E UM

MAYA

—Hoje estamos aqui com Santiago, já que ele fica com ciúme quando dou atenção aos outros pilotos.

Meu irmão e eu estamos sentados em uma varanda elegante no motorhome da Bandini. Coloco dois copos de shot ao lado de uma garrafa de tequila enquanto Santi sorri para a câmera posicionada em uma mesa adjacente.

— Santi admitiu que está chateado por não ter ficado no pódio no outro dia. Então, vamos fazer um episódio exclusivo de Tequila Talks, porque ainda não aprendemos que tequila não resolve nossos problemas. Espero que este episódio seja melhor que o último. Vou fazer uma série de perguntas, e ele tem que tomar um shot sempre que se recusar a responder. Encerro o programa depois da quarta dose, porque ele pesa muito e não vou conseguir tirá-lo do chão. Culpem a rotina rigorosa de treinos dele e sua massa muscular. — Meu irmão flexiona o bíceps para a câmera. — Um aviso: eu não bolei as perguntas. Quero deixar isso bem claro, já que os fãs querem respostas para coisas que eu *não* preciso saber sobre o meu irmão. — Meus lábios se apertam ao pensar no monte de fãs taradas por aí. É um número bem maior do que eu esperava, todas me mandando mensagens sobre os pilotos.

Faço uma careta exagerada em resposta ao sorriso travesso de Santi e mostro a língua para ele.

— Qual sua coisa favorita na sua irmã? — Pisco algumas vezes.

— Hum, quem fez essa pergunta? — Ele arqueia a sobrancelha. Dou de ombros e não respondo. — Eu amo a paixão dela, sua coragem e sua personalidade despreocupada.

Ai, que fofo.

— Quem diria que você tem uma opinião tão gentil sobre mim? Certo, próxima pergunta. A pior parte da F1?

— Sem dúvida o fato de passar meses seguidos sem dormir na minha cama. Sinto saudades de casa.

Ah, a parte não tão glamourosa de viajar o mundo.

— Você sente falta mesmo é da sua academia e dos banhos de espuma. — Sorrio para o meu irmão.

— As bombas de banho não são a mesma coisa na banheira do hotel. — Ele faz um biquinho.

Eu seguro uma risada.

— Qual a melhor parte de ter um companheiro de equipe?

— Os pontos compartilhados que vocês ganham juntos. Além disso, dicas e recomendações pessoais. — Santi abre um sorriso sincero para a câmera.

— Argh, eu odeio a próxima. Sua posição sexual favorita?

Ele pisca para a câmera e toma um shot. *Boa resposta.*

— Que bom que podemos deixar essa para trás. Próxima: alguma garota especial na sua vida?

Ele vira seu copo vazio.

— Não desde o ensino médio.

— Viram só, meninas, os rapazes são tão sensíveis quanto nós. Eles têm o coração partido uma vez e é o fim da linha.

Ele dá uma risadinha.

— Viram só, rapazes, as meninas são sempre irritantes, não importa a idade.

Ih, me pegou.

— Enfim...

— O que está acontecendo aqui? — A voz de Noah faz meu estômago se revirar.

— Tequila Talks. Quer participar? — Meu irmão está todo solto depois de uma dose de tequila.

Noah pega o copo extra e o enche. Ele se senta na cadeira ao meu lado, pronto para as perguntas.

Meus olhos se movem entre Noah e Santi.

— Espera, ele não pode participar. Eu não tenho perguntas para ele.

Santi me lança um olhar confuso.

— É só fazer as mesmas perguntas.

— Maravilha. — Minha mandíbula dói de tanto ranger os dentes.

Noah tem a audácia de parecer convencido. *Tudo bem, ele está pedindo.*

— Se pudesse sair em um encontro com qualquer celebridade, quem seria? — Dou um sorriso caloroso para a câmera antes de me virar para os dois.

Noah pigarreia. Bem, eu tentei impedi-lo.

— Com certeza a Taylor Hill. Aquela garota é demais — solta meu irmão.

Minhas mãos ficam inquietas na expectativa da resposta de Noah.

Ele murmura um palavrão antes de falar.

— Hum. Adriana Lima?

Se olhares matassem, esse homem estaria a caminho do cemitério.

— Se alguém do desfile da Victoria's Secret estiver nos assistindo, por favor, convide esses dois. Vai fazer o ano deles.

Meu irmão ri enquanto Noah fica quieto, o que me agrada.

— Equipe de F1 favorita além da Bandini?

Meu irmão esfrega o queixo enquanto Noah responde:

— A minha é a McCoy. Gosto dos caras e de como levam o trabalho a sério. São ótimos concorrentes, sempre nos incentivando a dar o nosso melhor.

— Eu gosto da Kulikov, devido à nossa história anterior. Não há ressentimentos desde que eu saí. E os caras são esforçados também.

Passo para a próxima pergunta.

— Cinco coisas que você procura na sua garota dos sonhos?

— Bonita, inteligente, gosta de F1… — Santi faz uma pausa. — Ah, que seja uma pessoa família, e simpática.

Noah leva alguns segundos para responder, seu olhar intenso me aquecendo por dentro. Fico muito ocupada arrancando o rótulo da garrafa de tequila.

— Bonita por dentro e por fora. Engraçada o suficiente para entender meu senso de humor idiota. Alguém que queira ter uma família e que goste de mim por quem eu sou, não pela fama. E uma garota que queira viajar o mundo comigo, porque este trabalho exige isso.

Acho que meus ovários explodiram, mas é difícil dizer. *Continuando.*

— Melhor história sexual?

A câmera captou minha careta? Vou ter que conferir depois enquanto edito.

Meu irmão respira antes de falar.

— Bom, teve uma vez…

Dou uma cotovelada nas costelas dele. *De jeito nenhum.*

Noah dá uma piscadela para mim antes de virar sua dose como o homem maravilhoso que é. *Ah, o que uma simples piscadela é capaz de fazer comigo.* Meus lábios se curvam em um sorriso revelador.

O jogo continua com perguntas de outros assuntos que não sexo e mulheres. *Graças a Deus.*

Pela primeira vez desde que Santi começou na Bandini, ele e Noah estão se dando bem. Isso me dá esperança de que os dois possam ser amigos depois que Noah e eu revelarmos nosso relacionamento.

Mas você sabe como são os planos mais bem traçados…

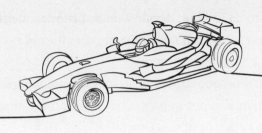

CAPÍTULO TRINTA E DOIS
Noah

Maya diz ao irmão que quer dormir na suíte de Sophie hoje à noite. Na verdade, planejamos ficar a noite inteira juntos depois do vlog Tequila Talks, e agora estamos deitados nus na cama do hotel.

— Você sabe que eu não quero ficar com a Adriana Lima, certo? Só precisava de um nome.

Ela suspira. Não é exatamente a reação que quero.

— Sei. Mas você já ficou com modelos como ela, então é uma competição e tanto quando eu não sou nada como essas garotas.

Minhas más decisões vêm à tona de novo. Porém, desta vez, quero bani-las para sempre. Não me orgulho mais do meu passado merda, e gostaria de mandá-las para longe em uma caixa de papelão junto com as lembranças ruins.

— Você pesquisou sobre mim na internet? — Eu fico por cima dela. Minha mão segura seu queixo de leve, acariciando sua pele macia.

— *Talvez*. Eu estava curiosa. — Ela olha para o teto.

— O Google vai ser a minha perdição. Não olhe essas coisas. Não vale o seu tempo ou energia quando as pessoas ficam inventando histórias para ganhar dinheiro. — Beijo suas bochechas entre as palavras: — Você. É. A. Mulher. Mais. Linda. Para. Mim.

Ela ri com todos os beijos em seu rosto. Encontro a boca dela, minha língua acariciando seus lábios fechados, querendo acesso. Odeio quando ela se fecha. Desço as mãos pelo corpo dela, querendo uma reação. Acaricio sua entrada e a provoco para que me dê o que eu quero.

Maya geme quando deslizo um dedo para dentro dela e meu pau começa a enrijecer com a sua excitação. Aprofundo o beijo, querendo lhe mostrar como a quero. Desejo e desespero se misturam dentro de mim. Abro suas pernas com o joelho e esfrego minha ereção nela. Seu gemido faz meu pau latejar, sua excitação envolvendo-o enquanto eu me empurro contra ela. O tesão deixa meus pensamentos turvos, mas preciso provar meu ponto.

— Eu realmente gosto de você, Maya. Quero passar todos os meus dias com você, aqui dentro e lá fora, assim que me deixar. Aceita ser minha namorada? Oficialmente?

O sorriso que ela me dá faz meu coração pular e meu pau doer. Ela me puxa para outro beijo que diz muito, porque quem precisa de palavras quando o corpo fala?

Tenho dificuldades para ficar acordado no evento de patrocinadores, outro baile de gala no qual homens mais velhos abrem suas carteiras recheadas. São muitos por aqui. Com a idade, minha disposição para comparecer a esses eventos é cada vez menor, e quero fugir assim que chego, porque não tenho o menor interesse em puxar o saco de ninguém. Sem falar que nem posso ter minha namorada ao meu lado, já que ela está acompanhando Santi.

Então faço o que qualquer homem excitado faria. Mando uma mensagem para Maya pedindo que me encontre no salão de baile vazio ao lado.

Ela aparece dez minutos depois, envolta pela escuridão do salão, e para perto da porta dupla. A pouca luz dificulta distinguir sua forma.

— Você tem algum fetiche por sexo em público que deveria me preocupar? Está se tornando algo comum para nós. — Sua voz soa baixa e rouca.

— Por que você não vem descobrir?

Ela caminha na minha direção, contornando as pilhas de cadeiras e mesas vazias espalhadas pelo salão. Sinto o cheiro de seu xampu misturado com um leve perfume floral. Poderia ficar chapado só com o cheiro dela.

Ela puxa a minha gravata-borboleta, afrouxando-a.

— Adoro ver você de terno. É uma das minhas coisas favoritas.

Eu posso usar terno todo dia se isso a fizer feliz.

— Adoro ver você nua. Mas vou me contentar com isso por enquanto. — Eu deixo escapar um sibilo quando levanto seu vestido de renda. — Você estava sem calcinha? Esse tempo todo?

Ela responde com uma risada ofegante.

Mordo meu lábio.

— Porra. Você não pode fazer isso. Se eu soubesse…

Ela me cala com um beijo. Preguiçoso, lento. Tentador e doce, o que combina muito com ela. Suas mãos descem pelo meu peito e param no meu cinto. Ela sussurra com sua voz rouca em meu ouvido, um arrepio subindo pelas minhas costas com a sua audácia.

— Nós não precisamos disso agora.

Nossa respiração pesada ecoa pelas paredes, junto ao meu gemido quando a fivela metálica do cinto cai no chão. Maya abre meu zíper lentamente. Meu pau está ereto, uma gotícula na ponta. Ela o puxa para fora das calças, seu polegar roçando o líquido perolado.

Solto um gemido.

— Merda.

— *Shh*, você está fazendo muito barulho — diz ela antes de se afastar e pegar uma camisinha da bolsa.

O fato de estar preparada me faz sorrir.

— Achou que ia se dar bem hoje à noite?

— Eu sabia que sim. — Seus olhos brilham para mim.

— Sempre sonhei em calar essas suas respostas espertinhas com uma boa foda. — Eu a empurro contra a parede, cansado de falar.

Meus lábios encontram os dela enquanto minhas mãos acariciam seu centro, arrancando um suspiro dela. Ela nunca precisa de muito, o que eu adoro. Amo a maneira como me estimula a ser mais. A sentir, a viver, a respirá-la e nunca deixá-la ir. Quero ter Maya toda para mim porque foda-se o mundo, ele não a merece. *Merda. Eu também não.* Mas não consigo evitar meu egoísmo, o sentimento possessivo que tenho por ela. A vontade de marcá-la e deixar hematomas em meus lábios. Levá-la ao limite e trazê-la de volta, explodindo em volta do meu pau da mesma maneira que ela destruiu minhas barreiras.

Ela coloca a camisinha em mim, desenrolando-a até embaixo, fazendo as coisas mais simples parecerem eróticas.

Eu a levanto e suas pernas envolvem minha cintura. As coxas me envolvem, apertando-me da mesma forma que mãos invisíveis espremem meu coração. Mas não quero que ela me solte. Pode dominar toda a minha vida com um sorriso no rosto e eu agradeceria. Suas costas batem na parede enquanto encontro os lábios dela, sorvendo, mordiscando e puxando sua boca macia.

Deslizo para dentro dela devagar, querendo aproveitar a primeira estocada. Meus olhos se fecham quando coloco meu pau dentro dela por inteiro. Seu suspiro ofegante faz com que eu me mexa depois do que pareceu ser um minuto inteiro controlando minha respiração.

Eu saio até a ponta antes de deslizar de volta com um ritmo lento.

— Ai, Deus. Noah. — Ela segura a parte de trás do meu terno.

Meus lábios encontram seu pescoço, buscando o ponto que a deixa louca. Eu a chupo e a marco porque quero que todo mundo saiba que ela me deixa fora de mim também.

— Você está tão molhada. Fica excitada sabendo que alguém poderia nos ver agora? Entrar aqui e me encontrar comendo você contra uma parede? Podem até querer assistir. Porra, eu ia querer. — Aperto sua bunda quando ela tenta se levantar. — Não — rosno. — Quem manda sou eu.

Ainda bem que malho todos os dias e ela não pesa muito, porque não quero separar nossos corpos para irmos até uma mesa. Pelo menos não antes do seu primeiro orgasmo. Eu sou egoísta em tudo, menos na cama.

— É demais. — Sua voz tensa faz meu pau latejar dentro dela.

Sei o que ela quer dizer. Nosso relacionamento é mais do que atração física, não se limitando a uma maratona de fodas alimentada pelo tesão. Não tenho medo do nosso laço emocional; escolho abraçá-lo porque sou o único que transa com ela desse jeito, que a ama desse jeito.

Amor. Uma palavra que eu não entendia até conhecer Maya.

Nós nos olhamos intensamente enquanto eu deslizo para dentro e para fora dela, arrancando alguns gemidos dela enquanto puxa meu cabelo. Sexo nunca pareceu tão íntimo para mim. Como se Maya destruísse meu exterior, deixando um pedaço de si mesma para trás que sempre vai ficar comigo.

Continuo meu ritmo preguiçoso. Quero marcá-la, tomá-la para mim, enlouquecê-la tanto quanto ela me enlouquece. Ela goza pela primeira vez quando roço seu ponto G. Eu a seguro enquanto seu corpo treme, agarrando sua bunda e me recusando a soltar.

Vivo para ouvi-la gritar meu nome e lhe dar prazer. É, sou um filho da mãe egoísta, mas ela gosta de mim assim mesmo, então que seja.

Acabo aumentando o ritmo, acertando os pontos certos enquanto luto para segurar meu orgasmo. Ela precisa gozar de novo, porque eu anseio por isso mais do que pelo meu próprio êxtase. Como se fosse uma droga.

— Isso. Bem assim. Porra, Noah.

Suas mãos passam pelo meu cabelo e puxam. Adoro como ela me diz do que gosta, ao mesmo tempo me incentivando e alimentando minha autoestima.

— Você fica linda quando goza. Acho que nunca vi algo tão perfeito. — Dou um beijo ardente em seus lábios carnudos.

Eu a carrego até uma mesa vazia próxima que parece resistente o bastante, precisando ajustar meu ângulo. Uma das minhas mãos encontra seu clitóris enquanto a outra apalpa o vestido por cima dos seus seios.

— Isso… não… para — diz ela entre as estocadas.

Gemo ao ouvir seu pedido, meu pau latejando dentro dela com o desespero em sua voz. Meu ritmo se torna mais rápido e frenético. Sua respiração ofegante e meus suspiros ressoam em meus ouvidos. Encontro os olhos dela, entreabertos e nebulosos, uma obra-prima de tesão e amor.

E, com mais algumas palavras doces de incentivo, ela explode em volta de mim de novo, me estimulando. Suas unhas arranham o terno. Porra, isso é tão sexy.

Meu pau desliza com facilidade para dentro e para fora dela, lubrificado por sua excitação. Aumento a pressão e o ritmo. As estocadas apressadas combinam com meu controle limitado, cada vez mais desesperadas. Meu coração bate rapidamente no peito. Gozo dentro dela com um rugido de prazer, minhas costas formigando com o êxtase. Faço mais alguns movimentos preguiçosos até não restar mais nada dentro de mim.

Meu corpo relaxa e eu me deito em cima dela enquanto recuperamos o fôlego.

— Acho que você tira um ano da minha vida toda semana — diz ela em uma voz rouca.

— Que ano bem gasto.

Seu peito treme debaixo de mim e eu abro um sorriso junto de seu pescoço.

Quando nos recompomos, eu a ajudo a alisar o cabelo enquanto ela arruma minha gravata-borboleta. Somos um par perfeito, ela e eu.

— Tenho um último pedido. — Seguro a mão dela. Maya olha para cima, sua curiosidade evidente. — Você dançaria comigo?

Ela assente com entusiasmo enquanto me lança um sorriso radiante.

Abro o aplicativo de música no meu celular e o deixo em cima de uma das mesas. A música "Die a Happy Man", de Thomas Rhett, ecoa pelos pequenos alto-falantes do telefone, alto o suficiente para ouvirmos. Minha mão segura a dela enquanto a puxo para uma área vazia. Com a outra mão nas costas dela, eu a conduzo ao som da música.

Isso é o melhor que vou ter por enquanto, já que ainda não podemos dançar juntos em público. O momento parece apropriado depois do sexo, a cabeça dela encostada no meu peito enquanto nos movemos em um pequeno círculo. Beijo seu cabelo antes de girá-la.

Ela joga a cabeça para trás sem cerimônia e solta uma risada sedutora. Faço disso um de meus objetivos: fazê-la rir assim todos os dias pelo resto da minha vida. Maya me transforma em um bobo apaixonado que não consegue se controlar perto dela, sempre buscando maneiras de deixá-la feliz e satisfeita.

Reúno coragem no decorrer da música, porque eu quero que ela saiba. Porque não quero deixar outro dia passar sem que ela ouça.

— Eu te amo — digo em uma voz rouca por cima da música.

Maya sempre parece linda para mim. Mas no momento em que admito que a amo? Ela me dá o que é, sem dúvida, o sorriso mais lindo que já vi — um sorriso especial, só para mim.

Eu vivo dizendo isso. Mas nunca vou esquecer este sorriso.

— Eu também te amo — diz ela, mais alto que a melodia doce.

Eu a puxo para perto depois que Maya diz as três palavras que eu quero ouvir há semanas, registrando o momento na memória.

CAPÍTULO TRINTA E TRÊS

MAYA

Brasil. Lar da amada Adriana Lima de Noah.

Estou brincando. Minha amargura pelo comentário passou, já que Tequila Talks foi há algumas semanas. Sou mais madura que isso. Além disso, Noah me ama. Ele me pegou de surpresa no salão de baile, parecendo animado em dizer aquelas três palavras. Agora nunca passa um dia sem dizê-las.

Mentir para o meu irmão sobre onde estou agora me deixa toda apreensiva. Avisei a ele hoje de manhã que iria mais cedo para o Brasil com Sophie, dizendo que queríamos explorar o Rio de Janeiro juntas antes do próximo Grande Prêmio. Minha mentira não está muito longe da verdade. Sim, estou no Rio de Janeiro... mas na verdade vim para cá com Noah.

Que surpresa. Eu sei.

Mas temos uma semana de folga antes do Grande Prêmio do Brasil e decidimos vir para o país e curtir a viagem que ele planejou. Ele me mostra que se importa comigo com atitudes fofas que me fazem apreciá-lo ainda mais. Como comprar um chocolate de cada tipo quando eu estava menstruada e sexo estava fora de cogitação. Ou como ele fez sangria quando eu estava com saudades de casa, o que nos levou a ficar bêbados e jogar outra rodada de "duas verdades e uma mentira".

Carrego minha câmera enquanto passeamos pelas ruas do Brasil, filmando momentos nossos. Nada como a agitação de uma cidade grande. Noah mostra interesse na minha câmera, pedindo para as pessoas tirarem fotos de nós, dizendo que quer registros da nossa primeira viagem juntos. Ele odeia qualquer câmera exceto a minha. Não consigo imaginar como deve ser essa vida de fama, sem poder desfrutar de uma privacidade básica.

Nós usamos disfarces, porque evitar os fãs se tornou nosso novo trabalho. Eu não quero fotos nossas na internet. Pelo menos não identificáveis, então me encarrego dos disfarces.

— Será que este bigode falso é realmente necessário? Fica coçando. — Noah coça o rosto pela quarta vez hoje. Odeio dizer isso, mas bigodes não combinam com ele, especialmente não com as pontinhas para cima.

— Pare de reclamar. Sou eu quem está usando a camisa da Albrecht. Eles são os piores de todo o circuito da F1, então eu que saí perdendo.

A risada rouca dele me faz rir junto.

Noah toca a aba do meu chapéu.

— Eu falei para você usar a peruca. Você se recusou.

— Está quente e perucas dão coceira. — Nem sei por que comprei aquele troço horroroso. Ela me faz parecer uma estrela pornô, e não das que são bem pagas.

— Vamos ter que guardar para outro dia.

O sorriso sedutor de Noah me deixa arrepiada. Ele beija meu pescoço na base das escadas do Cristo Redentor, e pessoas passam por nós, resmungando em português.

— Você tem muitos fetiches. Não sei se teria concordado com este relacionamento se soubesse disso antes. — Eu me afasto e dou de ombros com um braço só. O apetite sexual dele me deixa dolorida por dias, já que uma vez nunca basta para esse homem.

Ele dá um tapa na minha bunda enquanto continuamos a subida para visitar a estátua. Quando chegamos ao topo, meus pulmões doem e minhas pernas estão bambas.

— Você nunca fica suada desse jeito depois do sexo. Será que não estou fazendo você se esforçar o suficiente? — O sorriso de Noah combina com o brilho travesso em seu olhar.

Eu lhe dou um olhar irritado, mas sem muito empenho.

— Nem todos gostamos de ir à academia às cinco da manhã. Este é o máximo de exercício que fiz o ano inteiro.

Ele balança a cabeça para mim.

— Não deixe de contar todas as vezes que comi você. Melhor do que qualquer exercício aeróbico que vai conseguir fazer na academia de um hotel.

Abro um sorriso sincero para ele.

— Olha só você, resolvendo todos os meus problemas.

Meu celular toca, vibrando no bolso da calça legging. Talvez eu não me exercite, mas pelo menos me visto como se fosse ativa.

— Preciso atender rapidinho. É Santi. — Eu me afasto antes que Noah proteste. Ele fica admirando a vista enquanto eu me sento em um banco.

— *Hola, hermana*. Você se esqueceu de dar notícias. — A voz de Santi chega pelo pequeno alto-falante.

A mão segurando o telefone treme enquanto meu estômago se revira de apreensão.

— Desculpa. Acabei ficando ocupada. — *Não é exatamente uma mentira.*

— Como está o tempo aí? Fiquei sabendo que pode cair uma tempestade antes da corrida.

O sol brilha sobre mim, sem uma nuvem no céu. Estou na sombra de um dos braços abertos do Cristo Redentor, o que é uma ironia, já que estou mentindo para o meu irmão.

— Não se preocupe com isso, está bem ensolarado por aqui. Você ainda tem alguns dias antes de precisar vir, de qualquer maneira.

— Como está Sophie?

— Bem. — Engasgo com a palavra. — Passeando pela famosa estátua antes de visitar o Pão de Açúcar.

Prometo que, assim que esta temporada acabar, contarei a verdade, não importa o que acontecer. Noah vive falando sobre como quer que a gente namore publicamente depois da última corrida. Espero que nosso relacionamento valha a náusea que sinto toda vez que minto para o meu irmão.

— Bom, sorte a sua estar se divertindo tanto. Noah furou comigo em um evento de patrocinadores, o que significa que tive que passar cinco horas conversando com aquelas pessoas sozinho. Odiei cada segundo.

Meu peito se aperta.

— Ah, não. — *Nossa, Maya. Você não quer soar ainda menos surpresa?*

— "Ah, não" mesmo. Todo arrogante, se acha bom demais para pegar o telefone e me avisar que não ia me ajudar com as conversas chatas. Mas, enfim, eu sobrevivi.

Nós três precisamos de outra sessão de tequila.

— Pelo menos você gosta desse tipo de evento. Mas que droga ele não ter aparecido.

Que droga que ele estava na cama comigo enquanto você estava puxando o saco dos patrocinadores. Vou precisar tomar um banho de água-benta para me purificar de todas essas mentiras.

— Sim, talvez por uma hora. Mas não consigo nem ir ao banheiro sem que alguém me pergunte algo sobre a temporada ou meu companheiro de equipe.

Eu rio da cena que Santi pinta.

— Bom, acho melhor eu ir.

— Sim. Fui trocado pela sua nova companheira de viagens.

Santi faz meu coração se apertar sem nem saber.

Tenho dificuldade de falar:

— Nunca. Você sempre vai ser o meu número um.

— É bom mesmo. Até mais tarde. — Ele desliga.

Noah sorri para mim do outro lado da plataforma de paralelepípedos. Abro um sorriso fraco e dou um aceno discreto, respirando fundo para aliviar a tensão que se acumula na minha cabeça.

Espero que todo esse estresse valha a pena, porque, ao contrário de Noah, não recebo meus problemas de braços abertos e com um beijo.

— Você sumiu três vezes esta noite. Até me abandonou com Charles Wolfe. Justo ele. Isso foi golpe baixo, Maya — choraminga Santi.

Abro um sorriso doce e dou de ombros. Ele não gosta desse patrocinador, reclamando que o sujeito bebe demais e fica querendo abraçar as pessoas. A expressão irritada em seus olhos castanhos tem um toque de diversão.

— Desculpa. Me distraí. — Levo minha bebida aos lábios porque tenho que manter as mãos ocupadas. Caso contrário, meu nervosismo vai me entregar.

— Você tem estado mais do que distraída nos últimos tempos. Vou ter que ter uma conversinha com a Sophie, porque ela toma muito do seu tempo, está me deixando carente e com ciúmes.

Ele não percebe quando me engasgo com a bebida.

Como você é boa em manter a calma, Maya.

Santi continua, alheio ao meu conflito interno:

— Isso está saindo do controle. Quero minha irmã de volta. Só temos mais duas corridas e eu mal vejo você. Nem nas entrevistas coletivas.

— Bom, essas são muito chatas. Quase dormi em uma... e estava em pé, devo dizer. — Não menciono que Noah me fez passar horas acordada na noite anterior. Seu olhar frio me avalia enquanto ele permanece em silêncio. — Vou passar o resto da noite ao seu lado. Até te ajudarei a evitar Charles. Não acho que ele goste muito de mim, de qualquer maneira. — Entrelaço meu braço ao dele, ignorando a sensação na garganta como se eu tivesse engolido areia.

— É bom mesmo. Ele me abraçou duas vezes, esfregando a cara suada na minha. Tenha pena do seu irmão mais velho. — Santi faz uma careta.

Esfrego seu braço, consolando-o.

— Ai, coitadinho. Estou aqui agora e vou ficar de olho nele.

Não demora muito para Noah me encontrar de novo. Mas desta vez ele franze a testa quando seus olhos encontram Santi ao meu lado. Sua expressão significa perigo. Um perigo delicioso, mas ainda assim um perigo, com meu irmão aqui. Balanço sutilmente a cabeça de um lado para o outro na esperança de desencorajar seus avanços. Seus lábios se curvam nos cantos.

— Noah, bom te ver, cara. Você mal tem vindo a estes eventos. Perdeu o Charles hoje. Ele me abraçou. — Meu irmão cumprimenta Noah daquele jeito típico entre homens: apertos de mão e tapinhas nas costas.

A culpa me corrói por dentro como uma bateria enferrujada no fundo do estômago. Como Noah consegue fazer essa cara de paisagem o tempo todo? Preciso marcar uma reunião com o gerente de relações públicas da Bandini, porque umas dicas cairiam bem.

— É, não estou gostando muito desses eventos ultimamente. Ainda mais o Charles. Ele é legal, mas um pouco grudento. — Ele abre um sorrisinho para o meu irmão.

Nós dois sabemos do que ele está gostando ultimamente.

Spoiler: não é o Charles ou ganhar corridas.

Embora Noah ganhe a maioria das corridas de qualquer maneira. Os comentaristas acham que ele pode ser o melhor piloto da nossa geração e da história da F1. Os fãs são obcecados por ele, indo às corridas com grandes cartazes, inclusive alguns com números de telefone de mulheres. Eles passam horas na fila para conseguir que ele assine suas coisas. Sem contar os seios.

Meu irmão e Noah batem papo enquanto eu solto comentários aleatórios que não soam muito entusiasmados. Noah e sua proximidade me distraem. Seu terno me deixa tonta, seu sorriso travesso me derrete por dentro. Felizmente, Santi não repara em nada. Ainda bem que logo vou poder contar a verdade para ele, porque não aguento mais mentir.

Pouco depois, Santi e eu decidimos encerrar a noite, querendo umas horas de sono extras antes das eliminatórias.

Pela primeira vez em algum tempo, passo a noite na suíte de Santi, por conta de sua confissão sobre se sentir sozinho. Ele faz tanto por mim e eu só minto para ele, guardando segredo sobre algo que ele deveria saber.

Não consigo pregar os olhos. Em vez disso, acabo me revirando na cama, sem jamais conseguir encontrar uma posição confortável. Aparentemente, o sono é para os inocentes.

— Não gosto do jeito que ele olha pra você — rosna meu irmão antes de tomar outro gole de cerveja.

Noah nos encara do outro lado da *pit lane*, sorrindo antes de se virar para o homem com quem está conversando.

Noah é péssimo em manter as aparências. Ele já conversou com a gente duas vezes neste evento, uma corrida de kart para angariar fundos para crianças com câncer. Quando Santi e eu pegamos dois karts, Noah decidiu se juntar a nós, alegando querer passar tempo com seu companheiro de equipe.

Na verdade, queria ficar com a companheira com quem passa as noites.

E maldito seja por fazer meu coração derreter no asfalto ao brincar com as crianças, jogando-as para o alto e pegando-as no ar. Uma atitude de pai que deixa meus ovários felizes.

Meu irmão o encara, as sobrancelhas escuras franzidas enquanto seus dedos apertam a garrafa de cerveja.

Ele olha para mim. *Droga*. Esqueci que Santi tinha falado.

— Ele olha assim pra todo mundo. Não precisa ficar irritado. — Tomo um gole de água, desejando virar a cerveja de Santi.

— Não, não olha. Os olhos dele se demoram demais em você. Talvez eu tenha uma conversa com ele, porque você é minha irmã, e ele é um mulherengo que precisa se controlar.

A ameaça está sendo feita com uns cinquenta orgasmos de atraso.

— Você está inventando desculpas porque quer gostar dele, mas vocês têm essa rivalidade idiota.

Alguns podem achar exagero meu, mas eles se aproximaram por causa da tequila. Se isso não é sinal de uma amizade futura, não sei o que seria.

Ele resmunga baixinho.

— Graças a Deus você não gosta de caras como ele.

Devo ter medo da frequência com que meu coração se aperta perto de Santi?

— Por quê? — sussurro.

— Realmente precisa de outra razão além do fato de que ele dorme com qualquer rabo de saia?

Eu não consigo esconder a maneira como meu corpo se encolhe, mas ele não percebe, ocupado demais encarando Noah. As palavras de Santi perfuram minha armadura e me deixam sangrando.

— Bom, as pessoas mudam. Não quero julgar quando ele tem sido legal comigo nesta temporada. — Ergo o queixo e cruzo os braços. As pessoas só podem pisar no seu coração se você deixar.

Santi solta uma risada amarga.

— Esse é um dos motivos pelos quais eu te amo. Você é inocente e confia no mundo e nas outras pessoas. — Sua afirmação faz meu coração murchar como um balão.

— Talvez você devesse confiar mais no seu companheiro de equipe em vez de procurar defeitos nele. Podia aprender comigo. — *Uau*. Não sei de onde essas palavras vieram.

Santi me encara, sem piscar e sem se mexer. Ele muda de assunto depois de tomar o resto da cerveja, mas o clima continua pesado — uma nuvem sombria pairando sobre mim, a culpa me atingindo como granizo.

CAPÍTULO TRINTA E QUATRO

Noah

É um esforço monumental não explodir. Cerro os dentes e os punhos enquanto meus pés batem no asfalto, ficando cara a cara com meu pai.

E, olha só, ele trouxe uma equipe de filmagem.

— Noah, exatamente quem eu estava procurando. A *Sports Daily* quer fazer uma matéria especial sobre mim, para comemorar o vigésimo aniversário da minha última vitória no Campeonato Mundial. — Seu sorriso sinistro faz um calafrio percorrer minhas costas, como se meus nervos soubessem que ele é um merda manipulador.

Assinto com a cabeça como se me importasse. As câmeras me filmam, tornando impossível esconder minha cara feia com a atenção indesejada, ao contrário de qualquer uma das filmagens de Maya. Meu pai me surpreende ao voltar agora, depois da nossa briga no jantar de um mês atrás, mas eu deveria saber que ele ignoraria quando lhe disse para ficar longe de mim, porque nunca faz nada que eu peço. *Que sorte a minha.* Parece que herdei dele minhas habilidades de ouvinte.

— Está empolgado para competir no Grande Prêmio do Brasil amanhã? — Seu sorriso brilhante não chega aos olhos.

— Claro. — Meus lábios permanecem cerrados. Não estou nem um pouco interessado na conversa.

Consigo dar um passo para longe, mas ele me puxa, seu braço grosso envolvendo meus ombros e me prendendo.

— Quer contar para as câmeras como tem se preparado para as corridas ultimamente? Os fãs querem saber o que move você, o que faz um vencedor se destacar na multidão. Foi interessante a estratégia de tirar uma semana de folga antes da corrida. — Seus olhos brilham ao sol. Odeio a expressão em seu rosto, o sorriso presunçoso feito para intimidar e me controlar.

— O de sempre: descansar, me preparar e seguir a minha rotina. Não tem por que mudar o que é perfeito. — Dou um sorriso fraco enquanto me desvencilho do braço do meu pai.

— É melhor tomar cuidado. Não quer que segredos sobre como faz para vencer as corridas acabem vazando. — Seu sorriso ardiloso faz meu estômago se revirar.

Eu me afasto das luzes brilhantes da câmera, colocando distância entre meu pai babaca e eu. Primeiro foi o problema com o contrato de Santi, agora ele me ameaça. Esse ciclo interminável entre nós. Eu empurrando, ele socando. Um relacionamento errado que nunca será normal, mas ainda bem que tenho novos patrocínios e um novo começo.

O joguinho dele não me interessa, e, pela primeira vez, minhas decisões podem afetar outra pessoa. Me sinto um idiota por ter lhe contado sobre Maya, porque o olhar dele me diz que nossa relação não vai terminar até ele dizer que sim. O controlador supremo. E, pior, ele gosta disso.

Porra, eu realmente estraguei tudo desta vez.

CAPÍTULO TRINTA E CINCO

MAYA

Um dia de corrida chuvoso. Uma péssima notícia para pilotos e fãs. A pista brilha, escorregadia depois da chuva forte, o que significa que os pneus terão pouca aderência. Condições menos que ideais ameaçam a segurança dos pilotos. É preciso muita habilidade para correr com visibilidade limitada e uma pista com pouca aderência.

Com um burburinho nervoso, a equipe nos boxes trabalha em um ritmo apressado, preparando as peças sobressalentes para os carros — uma precaução caso os rapazes da Bandini se envolvam em alguma colisão.

Santi e Noah discutem os planos para a corrida com o pai de Sophie. Eu fico por perto, atrapalhando mecânicos aleatórios que gentilmente desviam de mim, sem me pedir para sair até eu derrubar uma furadeira elétrica. Eles me escoltam até a área dos computadores, onde posso causar menos estragos. Sophie se aproxima de mim.

— Meu pai apostou cinquenta dólares que a Albrecht não vai passar das trinta voltas. Quer participar? — Seus olhos verdes brilham, combinando com sua pele bronzeada. Ela usa tranças francesas, uma saia jeans e outra de suas camisetas com slogan.

Eu rio.

— Você não aprendeu sua lição com apostas?

— Não. É por isso que apostei que eles não vão passar das setenta. — Ela faz uma bolha cor-de-rosa de chiclete antes de estourá-la.

— A corrida tem setenta e uma voltas.

— Exatamente. Meu pai criou uma espertinha. — Ela bate de leve na têmpora, exibindo um sorriso radiante com suas duas covinhas.

A chuva fraca dá uma trégua, permitindo que os pilotos corram, mas não há tempo para a pista secar naturalmente. O pai de Sophie anuncia que a corrida começará em vinte minutos. Noah e Santi se reúnem com os engenheiros perto da entrada dos boxes, revisando estratégias para as condições climáticas, os dois homens da minha vida trabalhando juntos. Uma vez que a equipe dá o sinal verde, Santi vem até o nosso ponto perto dos computadores.

— Vai ficar tudo bem. Você tem se preocupado demais ultimamente. É só uma chuvinha, quase um banho de sol. — Santi me puxa para um abraço.

O chão molhado ri de mim. Encaro a chuva com um olhar fulminante, como se pudesse fazer a Mãe Natureza mudar de ideia.

— Eu queria que não fizessem vocês correrem nessas condições. É meio perigoso. Só fico pensando na Albrecht batendo.

Santi ri.

— Eles não nos deixariam correr se fosse tão arriscado assim. Não vai acontecer nada além do comum, como bater em barreiras com danos mínimos.

— Eles se preparam para isso. Além disso, meu pai vai conversar com os dois, dando os melhores conselhos. — Sophie joga uma trança para trás do ombro.

Abro um sorriso forçado.

— Se cuide. Vou ficar com fones para ouvir tudo da equipe da Bandini. — Não menciono que também vou sintonizar o rádio de Noah.

— Isso aí. A gente se vê em breve. — Ele dá uma batidinha no boné com o número do carro.

Aceno para Noah por cima do ombro de Santi, e queria poder abraçá-lo antes de ele ir para a pista. Nosso segredo está me deixando abatida e estragando o meu sono. Faltam duas corridas até eu poder contar tudo a Santi, e estou rezando por uma boa reação, porque ele se abala com facilidade.

Noah me oferece um sorriso maravilhoso antes de entrar no carro.

— Caramba, não sei como você acabou com aquele cara. Ele é muito sexy. — Sophie dá uma piscadela para mim, mas acaba parecendo mais um tique.

Dou minha primeira risada do dia.

Nada de especial acontece no início da corrida. O grid tem Liam na P1, com Noah, Jax e meu irmão logo atrás. Não sei como as outras equipes não ficam entediadas, sempre na parte de trás do grid. Mas acho que os pilotos estão aproveitando suas vidas mesmo assim, felizes por poderem competir e fazer o que amam todos os dias. Na F1, são conhecidos como "os melhores do resto".

Os pilotos partem, alguns carros derrapando pela pista molhada. Felizmente, as equipes da McCoy e da Bandini saem do grid perfeitamente intactas. Nossos rapazes seguem por uma reta estreita com Liam na liderança. Sophie sorri e aplaude quando Noah não consegue ultrapassá-lo.

Más notícias chegam pelo rádio e pela televisão. Com a pista molhada, Santi faz uma curva fechada rápido demais e bate. Seu carro para ao lado de uma barreira, a roda esquerda se soltando e rolando para longe. Ele se retira da corrida depois de apenas uma volta.

Meu irmão extravasa sua frustração diante das câmeras. O rádio zumbe enquanto o pai de Sophie o acalma, apaziguando-o como um pai faria com um filho birrento. Que trabalho terrível ter que lidar com pilotos de pavio curto.

— Meu pai é o melhor em lidar com a raiva dos outros. Deve ser por isso que se saiu tão bem nos meus anos de ódio adolescente — murmura Sophie.

Tento imaginar os ataques de raiva adolescentes de Sophie, algo parecido com a Tinker Bell batendo o pé.

— Ele aguenta esses dois a temporada inteira, então deve ter uma paciência infinita. — Meus olhos permanecem grudados na televisão. — Santi deve estar puto por ter se retirado mais cedo.

Santi está ao lado do carro, e a equipe de filmagem o flagra batendo na lataria vermelha.

O carro de segurança deixa meu irmão na garagem dez minutos depois. Eu lhe dou um abraço rápido e digo algumas palavras de incentivo antes de ele subir para sua suíte, dizendo que precisa de um tempo para meditar. Meu coração dói ao vê-lo tão derrotado, os ombros curvados enquanto se afasta.

Sophie me cutuca.

— Até que foi melhor do que o esperado. Ele não jogou o capacete longe, nem varreu dramaticamente as ferramentas de cima de um carrinho para o chão.

— Alguém já te disse que você tem muita imaginação?

— Claro, o Liam… o tempo todo. Diz que eu deveria escrever e ganhar dinheiro com as minhas maluquices. — Ela assente como se estivesse considerando a ideia.

Liam e Noah disputam a liderança. Ambos fazem manobras arriscadas, tentando ultrapassar um ao outro. A antecipação e o nervosismo se misturam dentro de mim. Seus pneus perdem aderência algumas vezes, mas eles se recuperam, voltando à pista bem a tempo. O carro de Liam derrapa e gira uma vez enquanto ele evita uma barreira habilmente e ganha impulso suficiente para continuar. Faltam dez voltas. Noah tenta ultrapassar Liam na curva, mas a pista parece molhada demais.

Me sinto enjoada assistindo à cobertura ao vivo, uma testemunha impotente do ruído de metal sendo amassado e do chiar dos pneus, do arfar de surpresa de todos na garagem. O pai de Sophie grita no rádio, mas suas palavras são difíceis de entender.

A asa dianteira e o pneu de Liam roçam a parte de baixo do carro de Noah. Meu sangue bombeia alto nos ouvidos, tornando impossível escutar qualquer coisa pelo rádio. Fico sentada em silêncio, na pontinha da cadeira, enquanto o tempo desacelera, quadro a quadro, e o acidente acontece.

O carro de Noah vira de lado e começa a capotar. Uma. Duas. Três vezes. Ele quica de novo e desliza pela pista, batendo na barreira a cerca de duzentos e setenta quilômetros por hora. *Puta que pariu*. A parte de baixo do carro está para cima, os pneus girando e líquido escorrendo pelo metal.

Meus olhos ficam marejados quando Noah não responde aos chamados no rádio. As lágrimas começam a cair pelo meu rosto. O pai de Sophie fala no rádio, a única voz no silêncio da garagem.

Fumaça começa a subir do carro de Noah, mesmo com a chuva fraca. Ela se ergue, escurecendo o ar acima dele. Mais silêncio no rádio. Chamas alaranjadas tomam a lataria vermelha do carro da Bandini, estragando-a até ficar totalmente desfigurada.

Noah fala pelo rádio.

— Merda, há um incêndio. Estou de cabeça para baixo. Por favor, me tirem daqui agora!

Meu coração se aperta ao ouvir sua respiração pesada, a voz denunciando o medo.

As chamas engolem o cockpit do carro. A bile sobe pela minha garganta, e luto para manter o controle.

O pai de Sophie fala pelo microfone:

— Eles estão a caminho. Mantenha a calma, Noah! Vamos tirar você daí. Respire fundo algumas vezes. Estão trazendo os extintores de incêndio agora.

— Cadê a equipe de segurança, porra? O guindaste? Meu macacão está pegando fogo! Tem um monte de fumaça saindo do carro, está difícil de respirar. — A transmissão do rádio parece distorcida.

O pai de Sophie assume o controle da situação e pergunta se Noah tem algum ferimento. Meu coração se aperta ao ouvir o pânico em sua voz.

Não posso fazer nada além de assistir. Estou impotente, sem controle. A equipe de segurança finalmente chega com extintores, a espuma branca cobrindo o carro de Noah e escorrendo pela tinta vermelha como uma nuvem. Eles controlam as chamas em tempo recorde, mas ainda parece uma eternidade. Ignoro os comentaristas na televisão. Minhas pernas se movem sozinhas, e eu me sento antes que meus joelhos cedam.

A equipe traz um guindaste para soltar o carro de Noah da barreira.

Eu choro e soluço ao ouvir seus pedidos desesperados para ser solto, incomodado com a demora. Meu Deus, parece uma tortura. Saber que ele se sente fraco, saber que não posso fazer nada além de ficar aqui sentada, assistindo à equipe de segurança fazer tudo. Não poder ajudar a pessoa que amo é terrível.

Respiro fundo quando o guindaste ergue o carro. Ele rasteja de debaixo da massa de metal com a ajuda da equipe — uma imagem que nunca vou esquecer. Ele joga o capacete na grama e o equipamento quica, seu corpo trêmulo enquanto inspira o ar fresco profundamente.

Agulhas invisíveis ferem meu coração ao vê-lo chorar na grama. Ele está caído e vulnerável, não mais o seu eu de sempre, forte, competitivo e corajoso. Lágrimas escorrem pelo meu rosto, imitando as suas na TV. Não há privacidade em um momento como esse.

Minhas lágrimas de tristeza se transformam em lágrimas de alívio quando a equipe de segurança o examina, liberando-o. É uma sorte incrível Noah sair ileso de um acidente como esse.

Sophie me abraça, me apertando bem forte, o cheiro de coco e verão me envolvendo. Sinto meu nariz escorrer e minha visão embaçar enquanto a equipe de segurança leva Noah para longe do acidente.

— Ele vai ficar bem. Os carros são projetados para esse tipo de coisa, e ainda tem as novas medidas de segurança.

Abraço Sophie de novo, grata por sua amizade em momentos como este, mas meu corpo congela ao ouvir a voz de Noah. Eu me desvencilho de Sophie e me atiro nos braços dele.

Ele se retesa antes de me envolver com os braços, sem se importar com quem está olhando. Ele inspira meu cabelo, e lágrimas brotam dos meus olhos de novo, um turbilhão de emoções. Choro em seu peito enquanto ele segura meu corpo trêmulo junto de si.

— Eu estava morrendo de medo. Estou tão feliz que esteja bem — murmuro em seu peito.

Ele me abraça mais forte enquanto sussurra as palavras no meu ouvido:

— Eu sempre vou ficar bem e voltar para você. Esses carros são feitos para aguentar o pior. Eu te amo.

Respiro fundo de novo, o cheiro terrível de Noah invadindo meus pulmões. Uma mistura de borracha queimada, fumaça e suor, e tento controlar a ânsia de vômito.

Quando me acalmo, me afasto e o examino em busca de qualquer ferimento. Tirando as bochechas vermelhas, ele parece bem. Graças a Deus. Ele me encara com olhos embaçados, brilhando sob a luz fluorescente.

Dou um longo suspiro. Ao me dar conta do zumbido dos equipamentos da garagem, endireito a coluna. Depois de tudo o que aconteceu hoje, preciso conversar com Santi. Com apenas uma corrida faltando, ele merece saber que me importo com os meus dois pilotos da Bandini.

Nos afastamos um do outro e meus olhos caem para o chão.

Esse tom de ardósia é fascinante.

Cutuco o chão com a ponta do tênis enquanto todos parabenizam Noah por sair ileso. Sua risada ecoa nas paredes da garagem. Precisando de um momento para me recompor, digo a ele que preciso usar o banheiro e subo para as suítes.

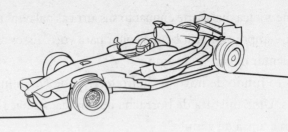

CAPÍTULO TRINTA E SEIS
Noah

O acidente de hoje foi, sem dúvida, o pior da minha carreira na F1. Ainda pior que o de Abu Dhabi há dois anos. Tomara que não divulguem as gravações do rádio, senão vou morrer de vergonha.

Maya saiu há dez minutos e não voltou depois de dizer que precisava ir ao banheiro. Deveria ter sido o primeiro sinal de que algo estava errado. Ela teria voltado após meu acidente terrível.

Um calafrio percorre minhas costas enquanto subo as escadas em direção às suítes privadas.

Entro no corredor e me deparo com Maya, seu rosto molhado pelas lágrimas, um Santiago furioso e meu pai debochado. Claro que meu pai teria um timing impecável. Calculado, esperando o momento perfeito, quando minha guarda está baixa e eu não posso fazer nada para impedi-lo.

Fico apreensivo ao olhar para Maya. Seus olhos encontram os meus por um segundo antes de se desviarem, voltando-se para Santi.

— Noah, bem quem eu estava procurando. Imagino que esteja ocupado depois daquele escorregão. Mas eu estava aqui conversando com

Santiago, dando a ele alguns conselhos, umas dicas para se sair melhor em dias de chuva.

Cerro os punhos ao ver meu pai se gabando. Pensei que já havia chegado ao fundo do poço, mas estava enganado. O homem nojento me encara.

— Eu gostaria de falar com Santiago e Maya a sós, se não se importa. — Porque eu com certeza me importo de ter o babaca do meu pai aqui, se deliciando com todo o drama.

A tensão paira sobre nós. Desconfortável, indesejada e completamente errada em um dia como hoje.

— Na verdade, pensei que todos nós poderíamos conversar sobre a final do Campeonato, ainda mais porque você vai revelar seu relacionamento. Não é maduro da parte de Santiago aceitar tudo tão bem? — Meu pai assente na direção de Santiago.

Meu estômago se revira ao ver a surpresa estampada no rosto de Santiago. Maya cobre o rosto com as mãos, o vermelho subindo do pescoço até as bochechas.

— Cala a boca. — Encaro o homem que está morto para mim. *Nunca mais. Acabou.*

A cabeça de Santiago se vira de mim para Maya e de volta para mim. Seus punhos se fecham enquanto ele preenche as lacunas. Ele avança na minha direção, me empurrando contra a parede, agarrando meu macacão de corrida. Bem perto, as narinas dilatadas e os olhos fulminantes. Não reajo, porque mereço isso e muito mais. Ele me dá mais um empurrão contra a parede, mas meus braços continuam imóveis ao lado do corpo.

— Você transou com a minha irmã? — pergunta ele entre dentes cerrados.

Odeio vê-lo tão furioso, os lábios curvados e as bochechas vermelhas. Odeio fazê-lo sofrer, mesmo amando a irmã dele.

— Olha só, nada como uma equipe unida! — A voz do meu pai transborda de apreciação.

Não preciso olhar por cima do ombro de Santi para saber o quanto ele está se deliciando com a cena. Por que usar Viagra quando ele tem um suprimento vitalício de drama para satisfazer seus desejos?

— Como pôde fazer isso? Eu a trago comigo, esperando que você seja legal com ela em vez de agir como o babaca de sempre, e o que acontece? Você dorme com ela como se ela não significasse nada e depois a faz mentir para mim! É um fetiche seu? Destruir a família dos outros porque a sua é uma merda?

Maya grunhe enquanto puxa o ombro de Santi.

— Já chega, Santi. Não foi culpa dele eu ter mentido. Eu é que não queria contar, não ele. Solta.

Santi não recua. Ele me encara, os dedos tremendo enquanto segura meu macacão, doido para me bater. Reconheço o olhar, pois já o vi muito vindo do meu pai. Mas sou grandinho, eu aguento.

— Por que vencer só nas corridas quando ele pode foder com sua cabeça assim também? — Meu pai continua atormentando-o, distorcendo tudo de especial que tenho com Maya, vendendo essa versão suja para meu companheiro de equipe.

Santi aperta os punhos. Fico esperando que ele me bata, qualquer coisa para me livrar deste tormento. Odeio ver Maya tão chateada. Seus olhos estão vermelhos e inchados, sua pele de uma palidez doentia enquanto nos observa.

— Ela não é só um caso para mim. Eu a amo. Vou continuar amando, não importa o que você ou qualquer outra pessoa diga, não importa o que você tente fazer para nos separar. É um insulto você pensar que eu estaria com Maya para prejudicá-lo nas corridas. Ela é tudo para mim. Não estou com ela por um troféu idiota, muito menos por uma vitória no Campeonato. Quero tudo com ela. Tudo depois *disso*.

Maya inspira profundamente, seus olhos arregalados enquanto me observa.

Sorrio para ela, mesmo com um Santi enfurecido me empurrando contra a parede, prestes a me dar um soco na cara.

— Você é um filho da puta. Eu confiei em você. E você… — Ele olha para Maya pela primeira vez por cima do ombro enquanto me segura.

— Estou decepcionado com você.

Essas quatro palavras destroem Maya, e novas lágrimas começam a cair de seus olhos.

— Não desconte nela. *Por favor.* — Minha voz falha. — A culpa é minha. — Não me importo de implorar se isso vai poupar Maya de ter seu coração partido aqui em uma suíte da Bandini.

É o momento mais sincero de toda a minha vida.

— Sério, todo esse drama por uma piranha?

As mãos de Santi me soltam. Seus reflexos me surpreendem, ele vira um borrão vermelho. O som de um soco reverbera pelas paredes. Tudo acontece em um segundo. Meu pai leva a mão ao rosto, um Santiago enfurecido pairando sobre ele. Em todos esses anos, nunca bati nele, mas finalmente alguém bateu.

— Você é um filho da puta. Ninguém fala da minha irmã dessa maneira. *Ninguém.* Estou pouco me fodendo para quem você era, mas sei que hoje é um homem patético, e vou dizer uma coisa: é uma decepção.

Nenhuma palavra sai da minha boca enquanto Maya olha para nós dois.

O corpo de Santi treme, seu autocontrole vacilando.

— Maya, vamos embora. — Ele segura a mão dela como se fosse a de uma criança.

Meu coração se contrai à medida que o medo corre por minhas veias, incapaz de suportar a rejeição dela se Maya considerar que nosso relacionamento não vale a pena, não vale irritar o irmão dela, não vale todos os riscos e as promessas que ainda não foram cumpridas.

Mas os pés dela permanecem firmes no chão.

— Não.

Uma simples palavra me enche de esperança.

CAPÍTULO TRINTA E SETE

MAYA

Chega de mentiras, chega de segredos e, acima de tudo, chega de ter alguém me dizendo o que fazer ou como viver minha vida.

Os olhos do meu irmão se arregalam. Ele abre a boca, mas eu levanto um dedo, precisando falar antes de perder a coragem.

— Santi, sinto muito por mentir para você e manter meu relacionamento com Noah em segredo. E-eu... o amo. E não quero mais esconder nossos sentimentos, como se isso fosse algo vergonhoso, porque não é. Eu preciso crescer, e você precisa deixar. Inclusive os erros. Não que eu ache que esse relacionamento seja um erro, mas não importa o que aconteça, não posso viver minha vida preocupada se vou decepcionar você, ou *mami y papi*, ou até a mim mesma. Eu te amo, mas preciso pagar pra ver com este relacionamento, e você tem que aceitar. — As palavras saem da minha boca, emotivas e sem filtro, assim como são meus sentimentos por Noah.

Santi me olha incrédulo.

Mas então ele me surpreende. Seus braços me envolvem, me puxando para um abraço, enquanto ele murmura em meu ouvido:

— Estou tão orgulhoso de você. Mas também estou muito puto. Descobrir seu segredo por causa desse idiota no chão, saber que meu companheiro de equipe agiu por trás das minhas costas... não vou esquecer nada disso tão cedo. Mas quero ficar feliz por você, porque você merece tudo no mundo e mais um pouco. — Ele me solta. Seus olhos brilham sob a luz da suíte. — Nunca mais minta para mim. E você aí — ele aponta para Noah —, é bom agir certo com a minha irmã. Se a fizer chorar, juro que vou te fazer se arrepender de ter nascido desse seu lixo de pai. — Ele olha para baixo, na direção de Nicholas Slade, que ainda não afundou de volta para o inferno de onde veio.

Meu irmão vai embora. Os segredos que me corroíam por dentro não nos atrapalham mais. Solto um suspiro trêmulo, meus pulmões não mais privados do ar fresco.

O pai de Noah se levanta. Sua bravata habitual parece ter desaparecido, exceto pela malícia que ainda brilha nos olhos.

Noah se adianta, interpondo-se entre seu pai e eu.

— Você não é mais bem-vindo aqui na Bandini. Se voltar, vou banir você. Acabou. Não me ligue, não me mande mensagens e não fale com Maya ou a família dela. Vá viver o resto da sua vida triste em outro lugar. *Acabou.* — O rosto de Noah não expressa nada enquanto encara seu pai. Nem raiva, nem amor, nem tristeza. Nada além de vazio.

Ele segura minha mão e me puxa para longe. Sem precisar olhar por cima do ombro, deixo para trás as mentiras e o passado de Noah. Olho de relance para ele e, pela primeira vez em horas, sorrio.

Apesar de querer ficar com Noah depois do seu acidente, preciso conversar com meu irmão sem uma plateia. Sei que minhas mentiras magoaram Santi mais do que ele demonstrou na hora, porque ele tem um coração muito sensível.

Compro comida para levar, pois o caminho para o coração do meu irmão passa pela barriga. Quando chego à nossa suíte, ele pega a sacola das minhas mãos sem me olhar. Ele se senta à mesa de jantar grande e acaba abrindo minha embalagem de comida em vez da dele. Seus olhos avaliam o conteúdo e ele desliza a refeição para o assento vazio à sua frente.

Seus olhos permanecem fixos no prato enquanto ele come seu arroz frito. Eu me sento e brinco com os talheres de plástico embrulhados.

— Santi, eu sinto muito mesmo por esconder a verdade de você. Eu ia contar depois do Grande Prêmio de Abu Dhabi, porque não queria deixá-lo chateado, sabendo que você e Noah têm uma história difícil. Mas odeio ter mentido para você, e nunca mais quero fazer isso.

Ele apenas pisca para mim. Enfia mais comida na boca, só o barulho dos talheres plásticos contra o isopor. Eu mereço o silêncio e a raiva dele.

— Eu fui para o Rio mais cedo porque Noah planejou uma viagem, não porque estava com Sophie. Eu a usei como álibi várias vezes e peço desculpas por isso. — Não sei mais o que dizer.

Ele respira fundo algumas vezes.

— Sempre contamos tudo um para o outro. Odeio que você tenha mentido para mim... mas entendo. Só quero que você seja feliz, e estou disposto a deixar isso no passado. — Ele toma um grande gole d'água. — Posso aceitar Noah como seu namorado, com uma condição.

Prendo a respiração, querendo ouvir o que ele vai dizer. Como de costume, Santi me faz esperar, desconfortável, comendo mais algumas garfadas de seu jantar antes de pousar os talheres.

— Se vocês terminarem, você ainda tem que vir às minhas corridas. Nada de falar que está desconfortável ou que Noah partiu seu coração. Se quer agir como uma mulher adulta, então precisa lidar com as consequências se houver problemas entre vocês dois. — Ele esfrega o queixo barbado enquanto me avalia.

Eu posso aceitar essas condições.

— Combinado.

CAPÍTULO TRINTA E OITO

Noah

O baile de gala de Abu Dhabi é pura extravagância e riqueza; lustres de cristal brilham ao meu redor enquanto converso com os patrocinadores. Todos querem falar sobre o Grande Prêmio final. Sobre quem sairá vencedor. Se eu vou vacilar ou me destacar atrás do volante. Minha cabeça lateja com o bombardeio de perguntas. Queria poder escapar com Maya... pedir comida e assistir a um filme seria ótimo agora.

Maya está com Sophie, ficando bêbada de champanhe enquanto eu socializo com um mínimo de álcool no sangue.

Termino a conversa com um patrocinador, querendo passar tempo com Maya, quando o pai de Sophie me puxa para um canto. Ele está de terno, com o cabelo grisalho penteado para trás e uma careta no rosto. Não é exatamente a melhor forma de cumprimentar alguém.

— Noah, me siga. Preciso te mostrar uma coisa. — Seus olhos me dizem para não discutir.

Franzo a testa ao ouvir seu pedido. Eu o sigo para fora do salão do baile, curioso, enquanto entramos em outra sala vazia. Meus lábios se curvam quando me lembro de Maya e eu nesta mesma situação. Porém, quando meus olhos encontram seu irmão, meu sorriso se transforma em uma expressão séria. Santi fez questão de me evitar a qualquer custo na última semana. O nervosismo me faz cerrar as mãos enquanto contenho a vontade de passar a mão pelo cabelo.

— Certo, é o seguinte. Não estou gostando da tensão entre vocês. Os fãs percebem, a equipe tem comentado, e eu com certeza não quero lidar com essa palhaçada. Resolvam tudo aqui e agora. Não vou permitir mais drama na minha equipe, ainda mais com a última corrida do Grande Prêmio chegando. Se eu quisesse estar na merda, iria trabalhar para a McCoy. Santi, vou permitir que você dê um soco nele. Faça valer a pena, porque todo mundo sabe que Noah pode ser um desgraçado arrogante.

Meus olhos se arregalam. James está dando a Santi autorização para me dar um soco? *Que porra é essa?*

Santi compartilha da minha surpresa e franze a testa, parecendo muito concentrado. Eu riria, mas não quero irritá-lo ainda mais.

— Não sei o que dizer. — Seu sotaque espanhol deixa as palavras mais arrastadas.

A tensão em sua mandíbula diz o contrário. Eu deveria dar o número do meu terapeuta para ele — quem sabe o ajudaria a expressar suas emoções.

James bate o pé no chão.

— Ah, para com isso. Ele dormiu com a sua irmã pelas suas costas. Agora namora ela, até a *ama*, tudo isso enquanto compete contra você. Claro que você tem um monte de coisa para dizer. Desembucha logo ou bata nele. Mas resolvam essa merda. — O pai de Sophie se mantém firme, a cabeça alta, sem recuar diante do desafio, exigindo respeito de nós como nosso chefe de equipe. *Que tocante.*

— Está bem, está bem. Noah, estou puto por você ter me desrespeitado e feito tudo às escondidas. Você tem um péssimo histórico com mulheres e não quero que minha irmã seja apenas mais uma na sua longa lista. Alguém para você passar o tempo até se cansar. Sem falar que ela é minha *irmã*. — Santi cruza os braços, seus medos e reprovação pelo meu passado pairando sobre nós como um terceiro membro da equipe.

— Peço desculpas por esconder nosso envolvimento, mas não me arrependo do relacionamento. E não espere que Maya se arrependa também. Quero deixar nossos desentendimentos no passado, porque a amo e quero ficar com ela. Para sempre. Não posso mudar meu passado ruim e minhas más decisões, mas posso controlar meu futuro. E ela é meu futuro.

Minha confissão paira no ar; estou disposto a admitir tudo isso se fizer Santiago parar de bico.

Ele se aproxima de mim, os punhos cerrados como um aviso. *Merda.* Seu olhar é fulminante. Fico parado, pronto para levar um soco, qualquer coisa para pôr um fim nisso.

— Não preciso bater em você para me sentir melhor. Amo demais minha irmã para estragar esse seu rostinho bonito.

Ele estende a mão, e eu a aceito. Seus dedos apertam os meus com firmeza. Deixo que se sinta machão, sem o menor interesse em mais uma disputa. Vou guardar a competição para a pista de corrida.

— Estou orgulhoso de vocês dois, resolvendo isso como homens de verdade. Agora sumam da minha frente. Não quero mais ouvir sobre nenhum drama, juro por Deus, porque não pedi por dois filhos. Já tenho trabalho suficiente com a minha filha. — A voz de James tem um toque de orgulho. Olhamos para ele, flagrando um sorriso.

Santi e eu saímos juntos, a tensão que nos seguiu desde o Brasil não sendo mais um problema.

Santi bate nas minhas costas.

— Vamos tomar uma dose? Um brinde ao fim da temporada e a novos começos?

— É a melhor ideia que você teve o ano todo.

CAPÍTULO TRINTA E NOVE

MAYA

—Só para saberem, acho que vomitei duas vezes na minha boca olhando para vocês dois.

Meu irmão chega depois do treino. A equipe de mecânicos está em seu intervalo de almoço, o que significa que temos a garagem silenciosa só para nós, um momento perfeito para a minha filmagem.

Eu sorrio.

— Ah, sinta-se à vontade para usar a lixeira mais próxima quando precisar.

— Pare de incomodar minha namorada, Santiago — Noah se intromete na conversa.

Ele se aproxima com ar arrogante, batendo na minha bunda antes de deslizar a mão para o bolso traseiro da minha calça. Não posso dizer que me incomoda, agora que desfruto dos benefícios de seus sorrisos maliciosos e sua boca suja.

Meu irmão resmunga.

— Você acabou de bater na bunda dela bem na minha frente. Quer morrer?

Noah sorri enquanto minhas bochechas coram. Ele adora irritar meu irmão, apesar da quantidade de vezes que lhe digo para parar de provocá-lo. Mas pelo menos os dois riem.

— Não consigo resistir ao nosso amor ardente — diz Noah, levando a mão ao peito em um gesto dramático.

Babaca lindo.

Santiago revira os olhos.

— Você perdeu suas bolas entre o Brasil e aqui? Porque nesse caso minhas chances de vencer o Campeonato acabaram de aumentar bastante.

Noah joga a cabeça para trás e ri.

— Acho que Maya encontrou as minhas... — Eu me apresso em cobrir a boca dele, ficando nas pontas dos pés para alcançá-la.

— Não. De jeito nenhum. Piadas sujas estão fora de cogitação, agora e para sempre.

Noah lambe minha mão e me dá uma piscadela. Eu me afasto, não confiando em mim mesma perto dele, porque ele tem um jeito com as palavras. E com a língua.

— Sério, vocês não podem encontrar algum outro lugar para isso? De preferência longe da garagem, para eu não ter que ver você agarrando a minha irmã contra uma pilha de pneus.

Santi deu um belo susto na gente ontem. As pilhas de pneus caíram como dominós, chamando a atenção de todos para nós três. Minha cara ficou vermelha o dia inteiro depois daquela cena.

— Aprendemos a lição depois dessa. — Noah balança a cabeça, contendo um sorriso.

Ao contrário dele, eu rio, sem conseguir apagar a imagem mental de um Santi furioso atacado por pneus enormes.

— Desculpa. Vamos nos comportar melhor. Sem brincadeiras. — Lanço um olhar significativo para Noah.

— As coisas que fazemos estão longe de ser brincadeira. — Noah mexe as sobrancelhas.

Meu irmão passa a mão pelo rosto.

— Odeio dizer isso, mas acho que prefiro o Noah mal-humorado ao Noah apaixonado. Pelo menos o outro ficava na dele nos finais de semana de corrida em vez de enfiando a língua goela abaixo da minha irmã.

Sabemos que ele gosta de Noah. Os dois nunca foram tão simpáticos um com o outro, e nós três jantamos juntos todas as noites desta semana. Eles até passaram tempo juntos quando fui entrevistar Liam. Voltei para a suíte e os encontrei jogando videogame, competindo em uma simulação de F1. Sentei entre os dois e passei a noite assistindo à TV com um sorriso gigante no rosto.

Posiciono os dois homens da minha vida em suas cadeiras, de costas um para o outro.

— Certo. Vamos lá. — Aperto o botão de gravar da minha câmera. — Oi, pessoal. Bem-vindos ao meu último vlog desta temporada de F1. Estamos em Abu Dhabi, onde Santi e Noah acabaram de completar a rodada de treinos. Com apenas dois dias antes do último Grande Prêmio, eu quis aproveitar o tempo livre. Hoje estamos jogando o Jogo dos Recém-Casados com nossos dois pilotos favoritos da Bandini. Funciona assim: Noah e Santiago têm dois cartões cada. O cartão azul significa Noah, o vermelho significa Santi. Toda vez que ambos concordarem em uma resposta, a equipe ganha um ponto. Depois de dez meses juntos, vamos ver quão bem esses dois se conhecem. O objetivo é vencer como equipe, então pensem bem antes de responder. Se errarem três vezes, vocês perdem, provando ao mundo que Jax e Liam são os melhores colegas de equipe.

Os dois marcaram trinta pontos juntos, superando minhas expectativas. Duvido que Santi e Noah cheguem a dez.

Ocupo meu lugar ao lado da câmera, optando por ficar fora do enquadramento.

— Certo, a primeira pergunta. Quem recebeu menos multas por excesso de velocidade?

Dois cartões vermelhos são levantados. Noah e Santiago se viram e sorriem por terem acertado a resposta.

— Os policiais americanos param você por qualquer coisinha. — Noah revira os olhos.

Meu irmão encara a câmera.

— Porque só os amadores são pegos.

Eu continuo, senão nunca terminaremos.

— Quem tem a maior bunda?

Meu irmão ergue um cartão vermelho enquanto Noah levanta um azul.

— Ah, vocês discordaram. Um X. — Risco a pergunta.

Noah suspira.

— Vamos lá, Santiago. Seu traseiro jamais encheria minhas calças.

Meu irmão se levanta e aponta a bunda para a câmera. Eu rio enquanto Noah se levanta para comparar, e os dois não chegam a uma conclusão. Está claro que a relação deles alcançou novos patamares, porque eles pedem minha opinião, mas apenas balanço a cabeça. Não vou me envolver nesse debate.

— Quem aguenta mais álcool?

Dois cartões vermelhos são levantados.

— É melhor você ficar na cerveja. Ninguém quer te ver abraçado com a lixeira mais próxima dos boxes de novo.

Nós três rimos. As más decisões de Noah não pesam mais sobre nós desde que ele contou a verdade sobre seu pai para meu irmão dois dias atrás. Meu namorado, o mesmo homem que agia como se quisesse mandar o mundo inteiro se foder, deu um abraço em meu irmão e lhe agradeceu pelo soco em seu pai. *Agradeceu.* Se eu já não o amasse, ele teria ganhado meu coração naquele momento.

— Quem faz mais drama quando fica doente?

Dois cartões vermelhos são levantados. Fico feliz por meu irmão reconhecer sua infantilidade, porque a gastroenterite que peguei da última vez que cuidei dele foi terrível.

— Quem é o mais teimoso?

Dois cartões de cores opostas são erguidos.

— Outra resposta errada e um exemplo perfeito de como vocês dois são teimosos.

— Você sabe que demorou uns oito meses para perceber que gostava da minha irmã, né? — Meu irmão balança o cartão azul para enfatizar seu ponto.

Noah sorri para a câmera.

— Pior foi você, que demorou dez meses para perceber que queria ser meu amigo em vez de inimigo.

Iiih.

— Eu não precisei mediar o jogo de Liam e Jax. Vocês vão perder assim, porque não concordam em nada.

— Bem, pelo menos podemos concordar que nós dois amamos você — diz meu irmão com um sorriso.

Meu peito se aperta quando os dois olham para mim. Nem em um milhão de anos eu teria imaginado que eles se dariam bem assim e estariam dispostos a deixar de lado suas desavenças para me fazer feliz.

Os dois perdem o jogo após marcarem um total de nove pontos.

Infelizmente, não conseguiram decidir quem se importa mais comigo. *Estou brincando.* Eles não conseguiram concordar sobre quem merece mais vencer o Campeonato Mundial, com Noah levantando o cartão vermelho enquanto meu irmão levantou o azul.

Sim, isso aconteceu. Jax e Liam podem ter ganhado o jogo, mas esses dois conquistaram um ao outro, um desafio que parecia ser impossível. E, se isso não merece um troféu do Campeonato de Construtores, não sei o que mereceria.

CAPÍTULO QUARENTA
Noah

Meu celular toca na mesinha de cabeceira. Graças a Deus Maya saiu do quarto há uns dez minutos, porque os palavrões que jorram da minha boca não são nada menos que abomináveis. Não sei o que me leva a atender a ligação — se são as emoções fervendo dentro de mim ou se é porque tenho tendências masoquistas. Meu dedo desliza pela tela, minha cabeça latejando no ritmo do meu coração.

— Mãe. O que posso fazer por você?

Por que jogar conversa fora quando ela tem a inteligência emocional de um papel de parede floral? Se está tentando entender, é melhor já desistir.

— Meu filho.

Um clássico. Nada como me lembrar de quem assinou minha certidão de nascimento como forma de me manipular.

— Estou ocupado, prestes a sair para minha classificatória. Você está precisando de alguma coisa?

— Você podia melhorar um pouco seu tom, Noah. — Sua voz é melodiosa. Uma sereia que atrai homens com carteiras e fundos fiduciários, seduzindo-os antes de arrancar seus corações.

Eu solto um grunhido, incapaz de formular uma frase.

— Bem, estou passeando em Dubai com Clarissa e Jennifer, e pensamos em assistir ao Prêmio. O que acha de nos conseguir uns ingressos? De preferência na seção VIP com a vista boa, não aquela perto das arquibancadas.

Porque até parece que ela ia querer uma vista para a linha de chegada. A seção VIP das arquibancadas não vem com champanhe de cortesia e não impressiona tanto no Instagram.

Toda vez que minha mãe me liga pedindo ingressos, eu digo sim. Nunca considerei dizer não, porque é mais fácil assim. É fácil ceder aos meus pais tóxicos. É mais simples não arranjar problemas, evitar criar caso como o meu pai, apesar de me sentir enjoado ao ser usado vez após vez.

Mas, como fiz com o meu pai, quero dar a ela uma última chance. Estar com Maya me transformou em uma pessoa mais disposta a perdoar.

— Posso mandar uma mensagem para o meu assistente. Como você está? — Seguro o celular no ouvido, sem a menor vontade de pedir os ingressos.

Ela solta uma risada desdenhosa.

— É aquele homem que não para de falar?

Se está se referindo ao Steven, que gosta de perguntar sobre como está o dia dela, então sim.

— Isso, o mesmo assistente que tenho desde que comecei na Bandini. Acredita que já faz sete anos desde que me tornei piloto da equipe? — *Aposto um final de semana no meu iate que ela não vai reparar no erro.*

— Não. Mas, com o fim da temporada, seu aniversário está chegando. Como vai comemorar seus 29 anos?

Eu suspeitaria que ela passou a gravidez apagada, exceto que não podia beber. Surpreendentemente, ela se lembra do mês em que nasci, talvez porque meu pai deposita um bom dinheiro em sua conta bancária como um "obrigado por ter parido a minha cria".

— Na verdade, vou fazer 31. Mas a gente perde a conta depois de tantos anos. — *Um revirar de olhos obrigatório aqui.*

— Exatamente. Erro meu. — Sua risada soa como unhas arranhando um quadro-negro.

Eu odeio cada segundo desta ligação, do conflito dentro de mim para não desligar. Mas quero mostrar a mim mesmo por que preciso deixar esta relação para trás. Que não posso voltar a ter um relacionamento doentio com os meus pais, porque o amor deles é condicional. E, se aprendi uma coisa na terapia, além do fato de que chorar deixa meu rosto inchado, é que o amor não vem com condições. Sem *se*, *e* ou *mas*. Ele deve tonar você uma pessoa melhor — não porque você precisa ser, mas porque quer. Quero ser a melhor versão de mim para Maya e para mim. Preciso amar a mim mesmo e todas essas coisas.

— Sim, erro seu. Você sabia que conheci alguém enquanto competia este ano?

— Que fofo. — Ela se distrai quando alguém diz algo ao fundo.

Que fofo. Embora seja melhor do que os comentários do meu pai sobre Maya, ela não pode dizer mais do que isso?

— Clarissa está perguntando se você também conseguiria uns ingressos VIP para a festa pós-corrida. Nós gostamos daquela com a empresa de champanhe, mas pode ser de alguma outra também.

Parece que ela é capaz de dizer mais do que três palavras em uma frase. Mas, como uma máquina de chicletes, só funciona quando você lhe dá dinheiro.

— Sabe, acho que isto não vai mais funcionar.

É hora de arrancar o Band-Aid. Por que não, afinal, quando tudo mais na família Slade foi para a casa do caralho?

Ela suspira.

— O que você quer dizer com isso?

— Você, eu, seu ex-amante Nicholas. Tudo isso. Não posso mais me obrigar a passar por isso, a tentar ser o filho que achei que vocês dois queriam. Vocês só entram em contato quando é conveniente. E, para minha surpresa, você passou o ano inteiro sem me procurar. Caso não saiba, sofri o pior acidente da minha carreira duas semanas atrás. E quantas vezes você ligou para saber como eu estava? Nenhuma. Aliás, quantas vezes você me ligou esta temporada? Tirando a vez por engano?

O silêncio dela só me encoraja.

— Obrigado por ter dado à luz a mim, por ser o que quer que tenha tentado ser. Mas acabou. Você deveria ter me protegido *dele*. Na primeira vez que ele me bateu, você saiu de perto porque não queria pôr sua mesada em risco. Você me decepcionou de novo e de novo. Então agora é a minha vez. Não vou conseguir ingressos para você. Nem agora, nem no ano que vem. Nunca mais. Se estiver interessada em ligar para me conhecer como pessoa, pode me falar. Se não quiser, tenha uma boa vida.

Eu espero, segurando o celular no ouvido, querendo que ela diga qualquer coisa. O encerramento é um conceito engraçado. Todo mundo fala que é catártico, mas ninguém descreve a dor que você sente antes. A coragem necessária para ir adiante numa situação difícil. Quanto você sofre por saber que está na hora de deixar alguém ir, não porque quer, mas porque precisa.

Minha vida inteira, eu tentei ganhar um prêmio inatingível: o amor dos meus pais. Corri por autódromos e pela vida, sempre tentando ir mais rápido, mas agora quero desacelerar. Aproveitar os momentos com as pessoas importantes para mim, que querem se lembrar do meu aniversário ou que conhecem cinco fatos sobre mim que não podem ser pesquisados no Google.

A ligação é encerrada.

Aperto o celular, meus pulmões sorvendo o ar fresco. Pela primeira vez, não guardo nenhum rancor, desejando tudo de bom para ela. Parece certo. Meu terapeuta disse que eu precisava enfrentar meu passado para abraçar meu futuro. Parece que fui ao inferno e voltei, arrumando um anjo no caminho.

CAPÍTULO QUARENTA E UM

MAYA

— Deixa eu ver se entendi. Você convidou meus pais para o último Grande Prêmio dois dias atrás? E eles aceitaram? — luto para pronunciar as palavras.

Noah soltou essa bomba enquanto assistíamos a um filme no sofá do nosso quarto de hotel. Ele comentou com toda a naturalidade que meus pais pegaram um voo ontem à noite para vir nos visitar, como se tivéssemos planejado isso juntos.

— Sim. Dá para acreditar? Eles querem ver seus filhos depois de meses longe. — Seus olhos brilham.

— Mas por que você fez isso?

— Por que não? — Seus lábios se curvam nos cantos.

Inclino a cabeça para ele.

— Não responda uma pergunta com outra pergunta.

— Posso responder com um beijo, então?

Noah me puxa para o seu colo, o sofá afundando com nosso peso. Seus lábios encontram os meus, um arrepio subindo pelas minhas costas enquanto nossas línguas se acariciam, provocantes. A química entre nós nunca vacila. É como uma corrente constante, disparando com o mero toque de nossas mãos ou o contato de nossos lábios.

Eu termino o beijo.

— Por trás dessa sua atitude, você tem um coração enorme.

— Shhh. Não deixe ninguém ficar sabendo do nosso segredo.

Noah me dá um beijo apaixonado, fazendo minha mente se esvaziar enquanto ele expressa seus sentimentos. Eu amo tudo nesse homem. Ele aproveita toda oportunidade para me surpreender.

Ele passa os lábios pelo meu pescoço antes de descer pelo decote em V da minha camisa.

— Por mais que eu queira continuar, temos um jantar com toda a sua família hoje à noite.

— Eles já chegaram? — Eu me levanto de um pulo, deixando um Noah excitado para trás.

— É melhor a gente ir logo, o jantar é às sete. — Seu sorriso deslumbrante chega aos seus olhos, com linhas aparecendo nos cantos.

Solto um gritinho e o abraço antes de sair correndo para me arrumar. Felizmente, Noah se limita a ficar do seu lado do banheiro, porque ele tende a me distrair.

— Ainda não consigo acreditar que você os trouxe até aqui. Santi considerou a ideia, mas meus pais disseram não quando ele perguntou. Como convenceu eles?

— Está interessada em aprender minhas táticas? — Seus olhos dançam sob a luz forte do banheiro.

Eu gesticulo com a mão.

— Já sucumbi às suas habilidades há muito tempo. Por que esconder o jogo agora?

Ele cruza os braços e se apoia na pia.

— Pedi a eles para fazerem isso por mim.

Meu rosto deve mostrar a confusão que sinto.

Noah suspira.

— Eu disse que meus pais não viriam e que significaria muito para mim ter a família da minha namorada aqui, não importa quem vença.

Porque eu gostaria de conhecê-los antes de levar você em uma viagem de duas semanas. Mas, acima de tudo, porque isso faria você feliz, o que me deixa feliz também.

Ah, nossa, eu não esperava por isso.

Vou até ele e passo os braços em volta do seu pescoço. Parece que hoje eu é que vou ser a distração, porque a sinceridade e a bondade de Noah merecem todas as recompensas.

Chegamos ao jantar apenas dez minutos atrasados. Considero o pequeno atraso um sucesso, porque, se alguém tivesse visto meu cabelo depois que nos divertimos um pouco no banheiro, teriam julgado um caso perdido.

Santi se recusa a segurar vela, escolhendo se tornar o centro das atenções em vez de ficar em segundo plano.

— Sabe, quando estipulei para Maya algumas regras sobre nossa viagem, não imaginei que Noah seria um problema. — Meu irmão examina o menu.

Noah contém um sorriso.

— A primeira regra não é nunca subestimar o inimigo?

— Você me pegou. Eu achava que era babaca demais para Maya. Ela costuma se interessar por caras mais nerds.

— Isso não é verdade. Cite um nerd que eu namorei. — Cruzo os braços.

Considerando que Noah dormiu com mulheres suficientes para povoar uma pequena ilha, ele pode aguentar essa conversa. Até porque não acredito nas palavras do meu irmão.

— Xavier, por exemplo.

— Como ele era nerd?

— Bom, ele gostava de mexer com computadores — interrompe meu pai.

Ah, que ótimo. Será que todo mundo achava que Xavier era nerd?

— Ele também adorava assistir a *Além da imaginação* com a *mami*. Até falava sobre como postava sobre a série no Reddit. — Santi dá um sorrisinho para Noah.

Entendi o que ele está fazendo.

Minha mãe sorri com a lembrança.

— Um rapaz tão doce, se oferecendo para ler a Bíblia comigo.

Meu irmão me lança um olhar. *Tudo bem, aquele grupo de estudos da Bíblia deles era um pouco estranho.*

Meu pai se junta à brincadeira. Afinal, por que não?

— Não se esqueçam do Felipe.

— O que tinha de errado com ele? Vocês ficam fazendo *chisme* sem mim?

— Bem, ele era gay. — Meu irmão revela um segredo de família do qual eu não fazia ideia.

Noah engasga com o vinho.

— Você namorou alguém sem saber que ele era gay?

Estreito os olhos para ele.

— Visto que isso é novidade para mim, claramente não.

— Desculpe. Temos que lavar a pouca roupa suja de Maya caso Noah queira sair correndo na direção oposta — diz Santi antes de tomar um gole de vinho.

Minha mãe interrompe, encerrando a brincadeira.

— Noah não vai sair correndo. Ele gosta dela desde Barcelona. — Noah e eu olhamos para a minha mãe de olhos arregalados. — Ah, não façam essa cara. O jeito como você olhava para a minha filha é algo que reconheço no meu próprio marido. Vocês dois só eram teimosos demais para admitir.

Meu pai resmunga baixinho.

— O que foi, meu amor? — Ela sorri para ele.

Ele encara Noah.

— Se ele quebrar o coração dela, vou atropelá-lo com o carro que ele ama mais do que qualquer coisa no mundo.

— *Amava* mais do que qualquer coisa no mundo.

Noah me dá um largo sorriso que guardo na memória.

CAPÍTULO QUARENTA E DOIS

MAYA

Noah se prepara para a última corrida do Grande Prêmio, rindo e fazendo piadas enquanto a equipe trabalha na garagem apesar do acidente da semana passada. Que corajoso. Ele ficou com a terceira posição no grid de largada após uma classificatória decente.

Mecânicos e engenheiros são a espinha dorsal de uma equipe, e consertaram todos os danos do acidente de Noah; o carro parece novo em folha, sem um amassado à vista. Noah agradece à equipe enquanto seus dedos deslizam pelo capô vermelho.

Possíveis desfechos muito piores passam pela minha cabeça enquanto faço companhia a Santi em sua última corrida. Entrelaço os dedos, meus tênis balançando para a frente e para trás no piso de concreto. Abu Dhabi. A última corrida do Grande Prêmio e o local do infame acidente envolvendo Noah e meu irmão. Com um Campeonato muito disputado entre a Bandini e a McCoy, esta corrida vai ser decisiva.

Noah passa a mão trêmula pelo cabelo enquanto conversa com os engenheiros. Apesar de eu ter perguntado sobre seu nervosismo, ele finge indiferença. Então me dá um beijo rápido nos lábios antes de sair com membros da equipe em direção à pista.

Meu irmão me puxa para um abraço de boa sorte.

— Tente não bater no meu namorado desta vez — murmuro em seu peito.

— Eu estava planejando tirar Liam da pista. Acho mais seguro, porque aquele cara não consegue guardar rancor nem que sua vida dependa disso.

Nossos corpos tremem de tanto rir. Nos separamos, e Santi entra no carro, acenando para mim enquanto a equipe o conduz para longe.

Eu não saio do box, preferindo ficar perto em vez de no meio da multidão. Mais cedo, Noah reservou ingressos VIP na arquibancada para os meus pais poderem assistir a um Grande Prêmio como verdadeiros fãs. Meu coração ficou apertado com o olhar de gratidão que meus pais lançaram para ele, nenhum dos dois ciente do quanto significa para Noah ter alguém torcendo por sua equipe. Noah, um homem privado de amor e carinho, quer ser aceito pela minha família mais do que qualquer outra coisa.

Os carros de corrida zumbindo pela pista não me acalmam em nada. O carro de Noah passa em alta velocidade, um borrão vermelho com um barulho de motor que ecoa pelas paredes. Os carros da McCoy o seguem, criando um vórtice de ruído e ar poluído.

Noah merece o Campeonato Mundial e, sinceramente, quero que ele ganhe, torcendo para que isso possa nos ajudar a superar essas preocupações.

Desculpa, Santi. Eu também sou leal ao meu namorado.

Alguns carros sofrem acidentes ao longo das voltas. Um dos pilotos da Albrecht, que não consegue ter um momento de paz nesta temporada, deixa para trás uma massa metálica destruída depois da terceira curva.

Os carros continuam suas voltas. Os comentaristas falam sobre a rápida recuperação de Noah após sua derrota trágica no Brasil, seu desempenho uma prova de sua vontade de vencer. Meu coração bate forte e implacável durante as primeiras voltas. Nenhum contratempo até agora. Respiro fundo pela primeira vez quando Noah supera as primeiras dez voltas sem problemas.

Os carros seguem rodando, quase voando pela pista. Os pilotos completam as voltas em menos de dois minutos. As primeiras posições estão disputadas, com a Bandini poucos segundos atrás da McCoy, Santi logo atrás de Noah e Liam na liderança. O motor de Noah ruge quando ele entra nos boxes para trocar os pneus. A última troca da temporada. Ele arranca de novo, acelerando pela pista, recuperando qualquer tempo perdido.

Noah completa sua quadragésima quarta volta, então restam apenas onze antes da pausa de inverno. Ele atrás de Liam, em segundo lugar. Mas não pode vencer o Campeonato Mundial assim.

Seu carro dá um solavanco, um movimento estranho. Como se hesitasse. Noah tem a reputação de fazer ultrapassagens ousadas, mas sua audácia habitual parece ter sumido.

— Maya, preciso que venha até aqui. — O pai de Sophie acena para mim.

Não escondo minha surpresa quando ele me entrega o *headset* com que se comunica com Noah. Ele pressiona o botão de mudo, respirando fundo enquanto massageia a têmpora, e então me encara com olhos verdes intensos.

— Noah quer falar com você. Ele está nervoso e acha que você pode acalmá-lo. Ajude-o. A posição dele no Campeonato depende de você. Se ele não superar o medo, talvez nunca mais volte a correr, porque traumas assim podem arruinar uma carreira.

Certo, sem pressão. Mas não tenho um segundo para pensar. Pego o *headset*, ajeito o microfone e desativo o mudo.

— Oi, aqui é Maya. Está me ouvindo? — Tento imitar os vídeos de rádios que Noah e eu assistimos na internet.

A risada dele chega pelos fones.

— Oi, aqui é Noah. Estou ouvindo.

— Bom, vou ser péssima neste trabalho, mas vou tentar. Tem um carro vermelho atrás de você indo bem rápido. Tem um carro na sua frente também indo muito rápido. A cerca de três cliques de distância.

— Você está se saindo muito bem. Continue assim. Não sei o que três cliques significa, mas…

Eu rio. Mal posso esperar para os comentaristas ouvirem e debaterem a nossa conversa.

Querendo um pouco de privacidade da equipe, vou para a cerca próxima da área dos boxes. Uma televisão pendurada mais acima oferece uma visão aérea da pista. Carros guincham ao longe. Luzes inúteis piscam na tela do computador, não fazendo sentido algum para mim.

— Hum, tem um piloto incrível no carro vinte e oito. Mas ele não está ultrapassando o carro na frente dele. O que está acontecendo?

Noah dá mais uma volta. Ele está contido, sem a agressividade necessária para vencer a corrida.

— Me conte mais sobre esse ótimo piloto. Acho que não o vi. — Sua voz soa tensa.

Meu coração dói ao pensar nele em pânico no meio de uma corrida.

— Dizem que Noah Slade é basicamente o melhor. Gosta de quebrar recordes, na pista e no quarto. Você tem que tomar cuidado com ele. — Ele solta uma risada rouca. — Este rádio da equipe vai ser terrível. Vou acabar no YouTube, *perdónenme mami y papi*. Ignorem isso. — Noah acelera após fazer uma curva. *Bom.* — Mas enfim, por favor, pare de me distrair. E pare com as risadinhas sedutoras também. Você sabia que esse tal de Noah concordou em ajudar uma garota com o seu vlog? Ele pode ser parte do motivo pelo qual ela tem mais de um milhão de inscritos agora. Mas acho que não sabe que não vai mais conseguir se livrar dela. É grudenta pra caramba. Ela já assinou um contrato com a equipe para vir às corridas no ano que vem, já que eles querem que ela filme mais dos bastidores para promover a marca. Ele está ferrado.

Sua voz expressa surpresa.

— Você não me contou. Parabéns, Maya. Estou muito orgulhoso, sabia que você ia conseguir. A Bandini tem sorte de ter você trabalhando nas suas redes sociais.

— *Shh.* Essa história não é sobre mim. — Eu rio antes de continuar. — Mas é uma loucura. Imagine só a surpresa da garota ao descobrir que o número vinte e oito não quer ir mais rápido. Correr mais riscos. Ele se arriscou ao apostar na relação deles e deu tudo certo. Eu me pergunto se poderia fazer a mesma coisa hoje.

Imagino os fãs comentando como sou clichê. *Ah, bem, não vou chorar no meu travesseiro. Vou fazer outras coisas.*

Consigo ouvir a respiração profunda de Noah e as trocas de marcha pelo rádio. O ronco do motor me anima. Seu carro acelera, se aproximando de Liam, diminuindo a distância entre a McCoy e a Bandini.

— Tenho quase certeza de que a garota disse para o cara que não namora perdedores, mas não sei bem, não perguntei a ela. Mas você sabe como são essas fãs de F1, tudo é muito lindo até o cara não subir ao pódio. Acho que as garotas têm uma quedinha por troféus e macacões de corrida, é um pacote completo.

Noah ri pelo fone. Ele tem apenas mais algumas voltas para ultrapassar Liam, e o Campeonato está começando a parecer perdido.

— Mas isso é mentira. Porque essa garota ama o cara. Aquele tipo de amor para sempre. O tipo de amor em que os filhos brincam lá fora enquanto os pais dão uma rapidinha no andar de cima. Sabe do que estou falando? — Ele fica em silêncio. Sua respiração ritmada e o ronco do motor me encorajam a continuar. — É muito louco. Você consegue imaginar esse tipo de amor? Eu consigo, porque é algo que vivo. A história não termina com um "felizes para sempre", porque ela começa com isso. Porque eles têm o resto de suas vidas para terminar essa história. Muito louco, né?

Noah acelera em uma curva, forçando seu carro até o limite, as faíscas voando de sua asa traseira. Ele ultrapassa Liam em uma das últimas curvas.

— Ótimo trabalho, amor! Foi incrível. Eu sabia que você ia conseguir.

— Maya? — Sua voz está rouca.

— Sim?

— Continue falando. Amo ouvir sua voz.

Com prazer.

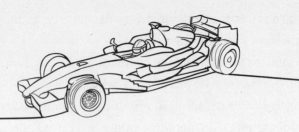

CAPÍTULO QUARENTA E TRÊS
Noah

Levanto a bandeira estadunidense no ar. *Campeão do mundo, porra.* Não consigo parar de agradecer a Maya por me ajudar no fim da corrida. Quase me descontrolei atrás do volante, meu corpo todo trêmulo até ela entrar no rádio. Mas a voz e as palavras dela me deram coragem e me fizeram superar meus limites.

A multidão pula loucamente com energia e entusiasmo. Chamo Maya da seção VIP isolada. Os seguranças a deixam passar, sorrindo e balançando a cabeça enquanto ela corre pelos degraus do palco e se lança nos meus braços. O melhor "olá", completo com um beijo. Giro-a enquanto ela ri, seus braços em volta do meu pescoço enquanto seu perfume floral viciante invade o meu nariz. Alguém me entrega o troféu, e eu o seguro com Maya em meus braços. Um dos dias mais felizes da minha vida.

Nossos amigos nos banham com champanhe. Maya grita quando o líquido gelado nos cobre e escorre pelos nossos corpos. Eu jogo a cabeça para trás, rindo e engolindo o champanhe que milagrosamente chega à minha boca. Os fãs gritam enquanto dou um beijo de tirar o fôlego em Maya, com gosto de champanhe e felicidade.

É incrível como a vida muda rápido.

Eu achava que vencer o Campeonato Mundial era a melhor coisa possível, o único objetivo que eu tive por muito tempo. Meu Deus, como estava errado. Percebo hoje que a melhor coisa inclui vencer com seus entes queridos.

Não meu pai idiota. Mas com Maya, minha equipe e meus amigos. Esta é a melhor sensação de todas.

Bem, a melhor até agora.

CAPÍTULO QUARENTA E QUATRO

MAYA

Se alguém tivesse me dito um ano atrás que eu estaria no palco da F1, com um braço ao redor de Noah Slade e o outro em volta do meu irmão, eu teria chorado de rir. Meu irmão está ao meu lado com um enorme sorriso no rosto depois de ficar em terceiro no Campeonato Mundial. Ele e Noah espirram champanhe um no outro depois de vencerem juntos o Campeonato de Construtores. Antigos rivais abraçando-se como amigos.

É engraçado como a vida acaba se resolvendo. Eu me envolvi com a F1 porque não tinha nada para fazer, uma recém-graduada que passara por inúmeras tentativas fracassadas de carreira, vivendo à sombra do meu irmão, quisesse eu ou não.

Não consigo deixar de olhar para o homem que me ganhou, com seu cabelo escuro e ondulado e olhos azuis que me hipnotizam. Um campeão mundial com um coração de platina para combinar com o troféu que ergue acima da cabeça. O mesmo homem que diz "eu te amo" em vez de "bom dia" todos os dias. Um "filho da mãe sentimental", segundo o próprio, que me implorou para usar o número do seu carro hoje, pois precisa me marcar de todas as maneiras possíveis. Uma bola de demolição humana que entrou na minha vida sem aviso e destruiu todas as minhas expectativas, deixando para trás escombros, poeira e um novo começo.

Mas, mais importante, Noah Slade, o amor da minha vida.

EPÍLOGO

MAYA

UM ANO DEPOIS

Noah e eu estamos relaxando na varanda dele, virados para a costa amalfitana, as águas azuis brilhando sob o sol da manhã. Ele mexe em seu computador enquanto eu contemplo a vista. Aprecio o som melódico da água batendo na costa pedregosa. Estamos de pijama, tomando um bom café da manhã, nosso ritual matinal durante as férias.

Um ano se passou desde que Noah ganhou o seu quarto Campeonato Mundial. Nosso áudio do rádio da equipe no Grande Prêmio de Abu Dhabi viralizou no YouTube, com os fãs imediatamente apoiando o nosso relacionamento. Meus pais receberam Noah em nossa família de braços abertos, não permitindo mais que ele passe as datas reservadas para a família sozinho — feriados, aniversários, tudo.

A F1 ainda é muito importante em nossas vidas. Eu viajo o mundo com Noah, acompanhando-o em cada corrida. Meu vlog continua popular entre os fãs. A Formula Corporation me pediu para trabalhar com as outras fases, como a F2 e a F3, mas Noah diz que não pode vencer sem o seu amuleto da sorte, ameaçando me fazer refém se eu deixar de ir às suas corridas.

O ar salgado bate no meu rosto, balançando meu cabelo.

Já disse como amo a casa de Noah na Itália? Parece saída de um filme.

Pego meu celular para verificar as atualizações da manhã quando vejo uma notificação que me surpreende. *Estranho.*

Olho para os olhos azuis de Noah.

— Você selecionou a data errada para eu publicar o meu próximo vídeo? Recebi uma notificação de que ele acabou de ser postado.

— Acho que não. Que estranho. — Ele dá de ombros.

Exatamente. Ele pega o laptop e o coloca na mesa. Uma tela preta com um título que não reconheço aparece na nossa frente, diferente do vídeo que eu tinha programado.

— Não é esse, porque eu escolhi uma miniatura diferente para a prévia. Você acha que alguém invadiu a minha conta? E o que é isso de "Mais por vir"? Eu gosto de fazer trocadilhos. Nunca teria colocado um título assim.

Ele ri.

— Eu sei muito bem. Antes de denunciarmos, vamos assistir.

Noah, sempre inteligente. É por isso que a Bandini o paga tão bem.

O vídeo começa com um clipe curto de mim no primeiro Grande Prêmio de Santi na Bandini, lá na Austrália. Alguém me filmou lançando um olhar mortífero para Noah. É vergonhoso, mas apropriado, sabendo como eu me sentia em relação a ele na época.

— Ai, meu Deus. Quem iria postar isso? Olha só como estou olhando pra você. E por que você estava rindo pelas minhas costas? — Que interessante, Noah me secando desde o primeiro dia. *Cafajeste.*

O vídeo continua para a próxima cena antes que Noah me responda. Desta vez, um vídeo da coletiva de imprensa. Noah sorri para mim enquanto mexo a cabeça, caçoando de um dos repórteres. Ele ri alto quando reviro os olhos. Liam e Santiago se viram para ele enquanto os repórteres olham em volta, sem saber o que o fez reagir daquela maneira.

É muito fofo ele ter olhado para mim desse jeito. Eu não fazia ideia de que me observava tanto, querendo ver que bobeira eu faria em seguida. Isso me enche de uma sensação calorosa e feliz.

A cena seguinte foi retirada do vlog que fiz com Noah e o seu carro. Ele está perto do cockpit enquanto eu faço várias perguntas. Meu coração se aquece com o vídeo, gostando de ver como ele me observa com um olhar encantado no rosto. *Ou talvez esteja querendo arrancar minhas roupas. Não dá para saber.* Eu nunca assisti ao vídeo com tanta atenção, procurando sinais de que Noah gostasse de mim. Mas ele abre um sorriso radiante quando eu rio e falo com a câmera. Mal presta atenção no que digo, seus olhos fixos em mim.

Sinto um frio na barriga. Estou desconcertada, atingida por muitas emoções de uma vez só — uma mistura de felicidade e nostalgia.

Tenho uma suspeita de quem criou esse vídeo. O homem ao meu lado permanece estranhamente quieto, seus lábios sedutores não dizendo uma palavra. Mas eu não pauso o vídeo, pois perguntas estragariam o momento.

Outra cena, desta vez do pódio, quando Santiago venceu o Grande Prêmio na Espanha. Noah ignora tudo o que está acontecendo no palco. Ele olha para o lado e a câmera desvia para ver por que ele está sorrindo, me filmando de costas, abraçando meus pais. Estou enrolada na bandeira espanhola enquanto pulo para cima e para baixo.

Meu coração bate rapidamente e sinto um nó na garganta, incapaz de dizer qualquer palavra. Lágrimas de felicidade embaçam minha visão. Noah sempre esteve interessado em mim, mesmo quando eu pensava que ele só queria algo casual. Seus olhos traem seus verdadeiros sentimentos. É um soco na barriga.

Várias cenas são reproduzidas, inclusive uma de mim assobiando para Noah enquanto ele desfila pela passarela em Mônaco. Eu grito vergonhosamente o quanto gostaria de tirar o seu terno. Ele dá uma piscadela para mim, mas não vejo na hora porque Sophie me distrai ao cobrir minha boca. Eu morreria de vergonha se Noah não apertasse minha mão para comunicar que ainda me acha fofa. Não tenho ideia de como esse vídeo veio à tona ou como Noah o conseguiu. Que sorrateiro.

Outro vídeo me mostra dançando no pódio depois da corrida de kart organizada por Noah. Meu grito faz o som do computador vibrar quando Noah joga champanhe em mim como se eu fosse uma piloto de F1, até mesmo me fazendo beber direto da garrafa. A pressão de grupo é uma coisa poderosa mesmo. Eu danço no pequeno pódio com os braços para cima. Noah ri comigo antes de piscar para a câmera. *Ovários, conheçam o seu mestre.*

Toda a sua consideração me faz querer me aconchegar nele e nunca mais me afastar. Colocar um aviso de "não perturbe" na nossa porta da frente, nos isolando do público por tempo indeterminado.

A câmera o flagra com um sorriso largo enquanto me carrega no ombro até o carro. Palmas para o câmera, porque ele dá um zoom perfeito do tapa de Noah na minha bunda. *Filmagem nota 10.*

Maldito Noah e toda a sua fofura. Parece que engoli uma pedra, não conseguindo falar enquanto assisto a todas as nossas lembranças. *Por que ele tem que ser tão meloso e ainda assim tão sedutor?*

Lágrimas escapam dos meus olhos. De vez em quando, Noah as enxuga com o polegar, e minha pele esquenta sob o seu toque.

Ele permanece em silêncio. É quase demais. *Quase* sendo a palavra-chave, já que preciso sorver essa demonstração romântica e aproveitar cada segundo. *Óbvio.* Vou assistir a esse vídeo cem vezes — mostrar para os meus filhos, meus netos, os vizinhos. Todo mundo que eu consiga fazer assistir.

Um clipe me mostra gritando desesperada enquanto ele dirige aquele terrível carro verde da Bandini. Ele me olha e ri enquanto gira o volante com uma mão só, nosso carro derrapando enquanto eu o agarro como se minha vida dependesse disso. *Devo ter desmaiado, porque não me lembro disso.*

A próxima é uma cena curta do meu episódio Tequila Talks. Noah responde à pergunta que faço sobre a garota dos seus sonhos, mas ele me olha intensamente enquanto fala. Eu encaro a garrafa de tequila e mexo no rótulo em vez de encontrar seus olhos.

Juro que meu coração nunca bateu tão rápido, o que me faz questionar de novo se estou tendo um ataque cardíaco. Um turbilhão de emoções se revira dentro de mim: felicidade, empolgação, gratidão. Um espectro inteiro.

A tela mostra a gravação de um fã brasileiro, a julgar pela qualidade terrível e o cenário. Eu rio enquanto subimos as escadas até a estátua do Cristo Redentor. Noah segue atrás de mim, alternando olhares para a minha bunda e para o céu, como se este pudesse responder às suas preces. Sem sorte, porque ele não vai se livrar de mim.

A emoção transborda de mim, junto com minhas lágrimas. "Die a Happy Man" toca baixinho ao fundo na parte em que Noah me gira no ar depois de vencer o Campeonato Mundial. Nossos sorrisos se espelham. Um belo caos nos envolve, com champanhe sendo jorrado por todo lado e lançadores de confete explodindo no palco.

Eu amo esse homem convencido, seguro de si, mas também altruísta e amoroso. Ninguém jamais poderia substituí-lo. Nunca pensei ser possível amar alguém assim — com uma paixão inabalável e uma apreciação infinita. Como se ele me desse a lua depois de dançar comigo sob ela. Noah nunca passa um dia sem me dizer ou demostrar o quanto me ama. Uma obra-prima ferida, mas que não é mais definida por seu passado.

A música para e a tela fica preta. Eu seco as lágrimas do rosto e olho para Noah.

Só que ele não está mais sentado em sua cadeira.

Está me olhando com o sorrisinho que eu tanto amo, de joelhos, segurando uma caixa com um anel.

EPÍLOGO ESTENDIDO

Noah

UM ANO DEPOIS

Nunca imaginei que ficaria noivo.

Porra, na verdade, nunca imaginei que teria uma namorada, que dirá alguém com quem eu quisesse passar o resto da minha vida. Mas cá estou, prestes a me casar com a irmã do meu rival. Fui domesticado, com jantares em família uma vez por semana e viagens de iate com meus futuros sogros.

Certo, talvez a minha versão de domesticado seja um pouco diferente da normal. Nunca tive pessoas genuínas com quem compartilhar minha riqueza e, agora que tenho essa chance, não posso voltar atrás.

Quero dividir tudo com Maya. Fodam-se os acordos pré-nupciais e coisas que enfatizem o fim em potencial do relacionamento. Se meu casamento acabar em divórcio, Maya pode levar metade do que tenho. Por que não, já que meu coração é a coisa mais valiosa que ela levaria embora?

É bem piegas, mas é verdade.

Bato os nós dos dedos na porta do nosso quarto.

Nosso quarto. Aquele que reformamos, assim como o resto da nossa casa. A mesma casa onde planejamos criar nossos filhos e, se tudo der certo, com Liam e Sophie morando ao lado. Ter sua melhor amiga em uma casa próxima deixaria Maya feliz, o que, por sua vez, me deixaria feliz também.

Sophie abre uma fresta da porta, não me dando muito espaço para ver lá dentro. Ela me olha com ceticismo dos pés à cabeça.

— Você não deveria estar aqui.

— Por que não?

— Você conhece a tradição. — Ela faz menção de fechar a porta, mas sou mais rápido, bloqueando-a com meu sapato. O mesmo sapato que vai andar pelo corredor até o altar.

Já mencionei que vou me casar hoje?

Eu bufo.

— Não acredito em azar.

— Ah, é mesmo? Que pena, porque sua futura esposa acredita. — Ela chuta meu sapato brilhoso com seu tênis com glitter. Meu pé não se move, fazendo-a rosnar de frustração.

Abro um sorriso debochado.

— Pensei que pessoas religiosas não acreditassem em sorte.

Sophie solta o maior suspiro da sua vida.

— Noah, cai fora daqui.

— Mas eu quero ser o primeiro a vê-la.

— Você perdeu sua chance, já que eu a vi primeiro. Agora, vá embora.

Solto um suspiro irritado.

— Certo, eu quero vê-la antes de qualquer outra pessoa, tirando você. Vou permitir que a madrinha tenha direitos exclusivos sobre o que é meu. Compartilhar é se importar, afinal.

Sophie me encara por uns bons trinta segundos.

— Tudo bem. Vou perguntar a ela. Não entre aqui sem permissão.

Eu lhe dou um sorriso largo.

— Perfeito. — Afasto o sapato para que ela possa fechar a porta.

— Homens, tão estúpidos, intrometidos e egoístas... — Ela faz cara feia para mim enquanto fecha a porta.

Eu bato o sapato no mesmo ritmo do meu coração enquanto espero Sophie falar com Maya. Malditas tradições. Nada no meu relacionamento com Maya tem sido tradicional.

Eu estava sendo sincero com Sophie sobre querer ser o primeiro a ver Maya. Não é uma questão de ser possessivo — é mais porque sinto a necessidade de valorizar cada momento com ela. Quero vê-la em particular antes de Deus e o mundo a verem andando até o altar. Não é segredo que sou um filho da mãe egoísta, mas Maya me aceita com todos os meus defeitos, então que seja.

A porta do nosso quarto se abre. Ergo a cabeça, vendo Sophie sair discretamente antes de fechar a porta de novo. Ela balança a cabeça para mim.

— Não sei que magia vodu seu pau tem, mas Maya aceitou te ver. Não bagunce o cabelo dela. Não borre a maquiagem dela. E, pelo amor de Deus, não transem antes dos votos. Eu volto em vinte minutos para levar você de volta ao seu lugar. Sabe, aquele do lado de fora com o resto das pessoas. — Sophie balança o dedo para mim antes de se afastar, o som de seus tênis ecoando pelo corredor.

Eu seguro a maçaneta com a mão trêmula. A ideia de um futuro com Maya me deixa ansioso. Uma ansiedade boa. Do melhor tipo. Do tipo que eu quero ter pelo resto da minha vida com ela.

Quero ser tudo o que Maya precisa em um parceiro. Cresci com péssimos exemplos e não quero que a minha família sinta o mesmo tipo de decepção que eu vivenciei. Que sintam que não são amados, só usados por causa de títulos e talento.

Eu me destaquei em tudo na vida, então não é segredo que aspiro a um dia ser o melhor marido e pai. Ser a pessoa com quem Maya e meus futuros filhos podem contar para enfrentar seus desafios e protegê-los. Amá-los incondicionalmente porque quero, não porque sou obrigado.

Respiro fundo e abro a porta. Maya olha pela janela do nosso novo quintal, me dando a chance de admirá-la. E eu admiro. Admiro com tanto afinco que tenho medo de precisar de óculos quando terminar. O tecido de renda do seu vestido branco é justo, realçando as curvas que amo. Fico tentado a puxar seu cabelo escuro e ondulado que cai pelas costas. Ela se vira, me lançando o que juro ser, sem dúvida, o olhar mais lindo que ela já me deu. Ainda melhor do que quando disse que me amava pela primeira vez.

Porque esse olhar é uma promessa silenciosa de que ela vai me amar para sempre.

Meus olhos percorrem seu corpo, memorizando cada mínimo detalhe. Uma felicidade que nunca senti antes me atinge, embaçando meus olhos e fazendo meus dedos tremerem. Eu. O maior escroto deste lado da Europa, chorando pela minha noiva. Passo a mão pelo cabelo.

— Você está linda pra cacete.

Ela joga a cabeça para trás e ri, e o som é uma doce melodia para os meus ouvidos. Eu me aproximo, segurando a mão esquerda dela. Mexo no seu anel de noivado em um gesto tranquilizador para me lembrar de que ela é toda minha.

Na alegria e na tristeza.

Na riqueza e na pobreza.

Na saúde e na doença.

Com orgasmos para todo o sempre.

Certo, a última parte faz parte dos nossos votos privados. Santiago provavelmente teria um ataque se eu falasse algo relacionado à sua irmã e ao nosso quarto.

Essas pessoas religiosas, todas tímidas e tal.

— Você também não está nada mal, sr. Slade. — Ela sorri para mim. Sua mão livre se move para ajeitar minha gravata antes de repousar no meu peito. — Nem consegue seguir esta tradição básica, né? Por que não estou surpresa?

Levo a mão dela aos meus lábios e beijo seu anel.

— Planejo começar novas tradições com você.

— Como quais?

— Como esta. — Eu a puxo para mim, envolvendo sua cabeça com a mão enquanto trago seus lábios até os meus.

Eu a beijo com todo o amor que sinto por ela. É uma promessa muda de amá-la todos os dias pelo resto de nossas vidas. De ser a pessoa com quem ela mais pode contar no mundo, por mais difícil que a vida fique. De oferecer a ela infinitos anos de felicidade.

O beijo é revigorante, pois sei que Maya é a única mulher que quero. Hoje. Amanhã. Para sempre.

Eu me afasto cedo demais, para não estragar a maquiagem dela.

— Gosto das suas tradições. — O sorriso dela provoca uma sensação calorosa no meu peito.

— Bem, tenho mais uma. — Ela inclina a cabeça, seus olhos curiosos me fazendo rir. — Tenho um pequeno presente para a futura sra. Slade.

Maya ergue a sobrancelha.

— Acho que nunca vou me acostumar com esse nome.

— Você tem décadas para isso. — Eu sorrio enquanto pego a mão dela e a conduzo até a cama.

— Sem gracinhas antes do casamento! — Ela para.

— Você não quer ver minha surpresa?

— Já vi tudo que tem para ver seu, eu garanto.

Eu balanço a cabeça para ela enquanto a puxo em direção à cama de novo.

— Feche os olhos.

Maya obedece e fecha os olhos. Eu a pego pela cintura e a sento na cama, deixando-a em uma posição confortável.

Ela tenta abrir os olhos.

— Mantenha-os fechados ou você não vai ganhar a sua surpresa.

Ela solta um suspiro resignado. Eu me ajoelho no chão e tiro meu presente do bolso. Levanto a barra do vestido dela, causando arrepios em sua pele.

Seguro a perna esquerda dela e ponho a liga feita sob medida que encomendei para ela. Desde que me tornei sentimental, não poupo esforços. Amo sofrer, então crio um caminho de beijos leves pela coxa dela até chegar à liga. Ela solta um leve suspiro quando me afasto e me levanto.

— Tudo pronto.

Ela se inclina e observa seu novo presente.

— Uau. Agora me explica.

Toco a liga em sua coxa.

— Ela é feita do tecido da bandeira quadriculada do Grande Prêmio de Barcelona. Foi o momento em que realmente caí de quatro por você, porque abri mão de uma vitória para te fazer sorrir.

O sorriso de Maya se alarga.

— Eu sabia!

— Se contar a Santi, eu nego tudo. Eu não sabia na época, mas já estava perdidamente apaixonado por você. — Uma única lágrima escorre pelo rosto dela enquanto observa o presente. — Merda, você não pode chorar. — Eu limpo a lágrima, torcendo para não ter borrado a maquiagem dela.

Ela me olha com um sorriso trêmulo.

— Não consigo me segurar. Te amo tanto que dói.

— Uma dor boa? — Eu me coloco entre as pernas dela, segurando seu queixo.

— A melhor de todas. — Ela desliza as mãos pelo meu terno.

Beijo suavemente seus lábios.

— Te amo tanto, mas tanto. Aproveite seus últimos trinta minutos como Maya Alatorre, porque depois você será só minha.

Ela revira os olhos.

— É só um sobrenome.

Eu dou um sorrisinho.

— Não. É o começo do para sempre.

AGRADECIMENTOS

Obrigada a todos que leram meu romance de estreia. Sou grata aos blogueiros e leitores que deram uma chance ao meu trabalho.

Vocês merecem seu próprio banho de champanhe.

Sr. Smith: sou grata pelo seu apoio interminável, inclusive nas vezes que me obrigou a sair de casa para comer e socializar. Sua paciência, ajuda e palavras positivas me fizeram acreditar em mim mesma e perseguir esse sonho.

Julie: você me acolheu no mundo dos livros com calor e gentileza, e não consigo expressar minha gratidão o suficiente. Você é uma pessoa incrível que foi parte fundamental desse processo. Obrigada!

Aos meus leitores beta: obrigada por darem uma chance ao meu mundo da F1. Com seus feedbacks e comentários, *Puro impulso* se tornou tudo o que é hoje. Sou eternamente grata!

A todos os outros que me ajudaram durante esse processo — obrigada do fundo do meu coração! Sem vocês, nada disso seria possível.

Este livro foi impresso em 2025, pela Maistype, para Harper Collins. O papel do miolo é pólen natural $70g/m^2$ e o da capa é cartão $250g/m^2$.